INGLATERRA, INGLATERRA

Julian Barnes

INGLATERRA, INGLATERRA

Tradução de
ROBERTO GREY

Rio de Janeiro — 2000

Título original
ENGLAND, ENGLAND

Copyright © Julian Barnes 1998

Julian Barnes assegurou
seus direitos sob o Copyright,
Designs and patents Act 1988, a ser
identificado como autor desta obra.

Direitos desta edição reservados à
EDITORA ROCCO LTDA.
Rua Rodrigo Silva, 26 – 5º andar
20011-040 – Rio de Janeiro, RJ
Tel.: 507-2000 – Fax: 507-2244
e-mail: rocco@rocco.com.br
www.rocco.com.br

Printed in Brazil/Impresso no Brasil

preparação de originais
HELENA MOLLO

CIP-Brasil. Catalogação-na-fonte
Sindicato Nacional dos Editores de Livros, RJ

B241i	Barnes, Julian, 1946 -
	Inglaterra, Inglaterra/Julian Barnes; tradução de Roberto Grey. - Rio de Janeiro: Rocco, 2000
	Tradução de: England, England ISBN 85-325-1155-4
	1. Conto inglês. I. Grey, Roberto. II. Título
00-0719	CDD-823 CDU-820-3

PARA PAT

1: INGLATERRA

— QUAL A SUA PRIMEIRA lembrança? – perguntaria alguém. E ela responderia – não me lembro. A maioria das pessoas tomava aquilo por uma piada, embora algumas desconfiassem que ela fosse inteligente. Mas ela achava exatamente isso.

– Sei exatamente o que você quer dizer – costumavam dizer as pessoas simpáticas, cuidando em preparar explicações e simplificações. – Há sempre uma lembrança bem por trás de sua primeira lembrança, que você não consegue exatamente alcançar.

Mas não: ela não queria dar significado àquilo. A primeira lembrança da gente não era como a de seu primeiro sutiã, ou de sua primeira amiga, ou de seu primeiro beijo, ou de sua primeira transa, ou de seu primeiro casamento, ou de seu primeiro filho, ou da morte do primeiro parente próximo, ou de sua primeira, súbita e lancinante consciência do absurdo que é a condição humana – não se aproximava de nenhuma dessas sensações. Não era algo concreto, tangível, que o tempo, a seu modo laborioso e ao mesmo tempo jocoso, pudesse ter ornado de detalhes fantásticos no decorrer dos anos – um novelo diáfano de neblina, uma nuvem carregada de trovoada, uma grinalda – e que jamais pudesse ser apagado. Uma lembrança não era, por definição, uma coisa, era... uma lembrança. Uma lembrança de outra anterior que levava a uma outra mais antiga, e essa, por sua vez, a uma outra que se perdia no tempo. Assim as pessoas lembravam-se de um rosto, de um joelho que lhes encostara, de um prado na primavera; de um cachorro, da avó, de um bicho de pelú-

cia cuja orelha se desintegrara, de tanto ser chupada; lembravam-se de um carrinho de bebê, da vista que tinha dali, do tombo do carrinho e da batida com a cabeça no vaso virado que seu irmão colocara no chão para subir em cima e admirar o recém-chegado (embora, muitos anos depois, começaram a desconfiar se aquele irmão não as teria arrancado violentamente de seu sono e jogado-as de cabeça contra o vaso, num momento de pura fúria fraterna...). Elas lembravam desses momentos sem contradições, mas não importa se aquilo era um relato dos outros, algo imaginado com carinho ou a tentativa delicada e calculada de provocar um aperto no coração do ouvinte, cuja sensação dolorida perduraria até que ele fosse fisgado pelo amor – não importava sua origem ou intento, ela desconfiava daquilo. Martha Cochrane haveria de ter uma longa vida, e, ao longo de sua existência, jamais depararia com uma primeira lembrança que, na sua opinião, não fosse uma mentira.
Por isso ela mentia também.
Sua primeira lembrança, afirmava, era de estar sentada no chão da cozinha, coberta por um tapete de ráfia de trama aberta, do tipo que tinha buracos, buracos nos quais ela conseguia enfiar uma colher, aumentando-os, levando uma palmada – mas sentindo-se segura porque sua mãe estava cantando sozinha atrás dela – ela vivia cantando canções antigas quando cozinhava, não as que ela gostava de ouvir em outras ocasiões – até hoje, quando Martha ligava o rádio e ouvia algo no gênero de "You're the Top", ou "We'll All Gather at the River" ou "Night and Day", sentia automaticamente um cheiro de sopa de urtiga ou de cebolas a fritar, não era a coisa mais esquisita? – e tinha mais, "Love Is the Strangest Thing", que para ela sempre dava a impressão do cheiro de laranja cortada – e ali, espalhado em cima do tapete, estava seu quebra-cabeça dos condados da Inglaterra, com o qual Mamãe resolvera ajudá-la, fazendo todo o contorno e o mar. Aquele início lhe deixava o contorno do país diante de si, um gozado pedaço de chão coberto de ráfia, que parecia um pouco com a figura de uma mulher gorducha sentada na praia, com as pernas esticadas. As pernas seriam a Cornualha – embora, até então, nem soubesse o que significava a palavra Cornualha, ou que cor a peça tinha – sabemos como são as crianças com quebra-cabeças, elas simplesmente pegam qualquer peça e tentam enfiá-

la à força no buraco. Talvez ela por esse motivo pegara Lancashire e o fizera de Cornualha.

Era essa sua primeira lembrança, sua primeira, inocente e engenhosa mentira. E acontecia com freqüência alguém ter possuído o mesmo quebra-cabeça em criança, surgindo uma pequena e delicada competição sobre qual a peça que costumavam montar primeiro – geralmente era a Cornualha, mas às vezes era Hampshire, porque Hampshire continha a Ilha de Wight e se projetava no mar, sendo fácil preencher o buraco, e depois da Cornualha ou de Hampshire talvez fosse East Anglia, porque Norfolk e Suffolk ficavam um em cima do outro como irmão e irmã, ou se agarravam como marido e mulher, deitados e acasalados, gordinhos, completando duas metades de uma noz. Então havia Kent, a apontar o dedo, ou o nariz, para o continente, avisando – cuidado, estrangeiros! Oxfordshire a namorar Buckinghamshire e amassar completamente Berkshire. Nottinghamshire e Derbyshire como duas cenouras, ou pinhões lado a lado. E ainda a curva suave, de leão-marinho, de Cardigan. Lembravam-se de como a maioria dos condados nítidos e grandes ficava em volta da beirada, deixando, depois que a gente os inseria, uma complicada e desajeitada miscelânea de condados menores, de formato estranho, no meio. Além disso, a gente nunca se lembrava onde encaixar Staffordshire. Depois, tentávamos lembrar das cores das peças, que haviam parecido ser tão importante na época, tão importante quanto os nomes. Agora, no entanto, depois de todo esse tempo, a Cornualha era roxa, Yorkshire amarelo e Nottinghamshire marrom, ou era Norfolk que era amarelo – a não ser que fosse sua irmã, Suffolk? E eram essas as lembranças que, mesmo contendo erros, eram menos mentirosas.

Havia uma, pensou, que talvez fosse uma lembrança verídica, não inventada: ela progredira do chão para a mesa da cozinha, seus dedos eram agora mais rápidos com os condados, mais ágeis e honestos – sem tentar forçar Somerset a ser Kent – e ela costumava ir encaixando as peças em torno do litoral – Cornualha, Devon, Somerset, Monmouthshire, Glamorgan, Carmarthen, Pembrokeshire (porque a Inglaterra continha o País de Gales – que era a barriga da velha senhora gorducha) – fazendo todo o contorno até voltar a Devon, encaixando o resto, e deixando o centro, que era complicado, por último, quando, então, faltaria apenas uma peça. Leicestershire, Derbyshire, Nottinghamshire, Warwickshire, Staffordshire – geralmente era um deles – ocasião em que ela era dominada por uma sensação de desconsolo, de fracasso, de decepção diante da imperfeição do mundo, até que Papai, que parecia estar sempre por ali naquela hora, achasse a peça no lugar mais improvável possível. O que estava Staffordshire fazendo no bolso de suas calças? Como poderia ter ido parar ali? Ela a vira pular? Achava que fora o gato quem a pusera ali? E ela haveria de dizer seus "nãos" e sacudir sorridente a cabeça para ele porque Staffordshire fora encontrado, e seu quebra-cabeça, sua Inglaterra e seu coração estavam novamente completos.

Essa era uma lembrança de verdade, mas Martha ainda desconfiava. Era verídica, mas não deixava de ser elaborada. Ela sabia que aquilo acontecera, porque acontecera várias vezes; porém naquele amálgama resultante, os sinais que distinguiam cada vez separadamente – que ela agora teria de inventar, como quando seu pai estivera lá fora na chuva e lhe devolvera Staffordshire úmido, ou quando ele entortara o cantinho de Leicestershire – haviam sido perdidos. Lembranças da infância eram os sonhos que permaneciam com a gente depois que acordávamos. Você sonhava a noite inteira, ou durante longos e importantes trechos da noite, e, no entanto, quando acordava, só lhe restava uma lembrança de ter sido abandonado, ou traído, preso numa armadilha deixada numa planície congelada. E às vezes nem mesmo isso, mas uma imagem residual, desbotada, da emoção despertada por tais ocorrências.

E havia outro motivo de desconfiança. Se uma lembrança não era uma coisa, e sim uma lembrança de uma lembrança de uma lembrança, espelhos colocados de maneira paralela, então aquilo que o cérebro dizia agora ter acontecido naquela época seria colorido pelo que acontecera entrementes. Era como um país a recordar sua história: o passado jamais era simplesmente passado, e sim aquilo que tornava possível ao presente conviver consigo mesmo. A mesma coisa acontecia com as pessoas, embora o processo não fosse obviamente algo direto. Será que aqueles cujas vidas os haviam desapontado se lembravam de algum idílio, ou de algo que justificasse suas vidas a terminarem assim num desapontamento? Aqueles que estavam satisfeitos com suas vidas se lembravam de satisfações anteriores, ou de um momento qualquer de oportuna adversidade heroicamente suplantada? Um elemento de propaganda, de vendas e de marketing sempre se interpunha entre a pessoa interna e a externa. Era também um incessante auto-engano. Mesmo se reconhecêssemos tudo isso, percebêssemos a impureza e a ilusão do sistema mnemônico, ainda assim, parte de nós acreditaria naquela coisa inocente e autêntica – uma coisa – que chamamos de memória. Na universidade, Martha fizera amizade com uma garota espanhola, Cristina. A parte comum da história de seus dois países já se passara havia séculos; mesmo assim, quando Cristina dissera, numa implicância amistosa que Francis Drake foi um pirata – ela retrucara: Não, não foi não, porque sabia que ele fora um herói inglês, sir, almirante e, portanto, um gentleman. Quando Cristina, dessa vez com mais seriedade, repetira que ele fora um pirata, Martha percebeu que se tratava de uma ficção consoladora dos derrotados. Mais tarde, ela consultou o verbete Drake em uma enciclopédia britânica, e mesmo que a palavra "pirata" jamais aparecesse, as palavras "saque" e "corsário" lá estavam, e ela pôde perceber bastante bem que aquilo que era corsário para alguns poderia ser pirata para outros. Sir Francis Drake, porém, permaneceu para ela um herói inglês, impoluto a despeito dessa informação.

 Ao recuar no tempo, então, ela se dava conta de memórias lúcidas e significativas das quais desconfiava. O que poderia ser mais claro e memorável do que aquele dia na Exposição Agropecuária? Um dia de nuvens frívolas que tentavam esconder um azul bem sério. Seus pais pegaram-na delicadamente pelos pulsos e balançaram-na bem alto para cima, e o capim tornou-se um trampolim, quando ela aterrissou. As tendas brancas com pórticos listrados eram tão solidamente construídas como casas paroquiais. Erguia-se uma colina atrás, da qual bichos preguiçosos e malcuidados observavam seus primos mimados e encabrestados na arena, abaixo. O cheiro que vinha da entrada dos fundos das tendas de cerveja quando o calor do dia aumentava. A fila diante dos banheiros portáteis. Crachás de autoridade a penderem de botões em camisas xadrez. Mulheres acariciando sedosas cabras, homens passeando orgulhosamente em tratores antigos, crianças em lágrimas descendo de pôneis, enquanto, lá atrás, vultos rápidos consertavam os obstáculos desfeitos. O pessoal da ambulância esperando que as pessoas desmaiassem, ou tropeçassem nas espias, ou tivessem ataques do coração. Eram pessoas que esperavam que as coisas dessem errado. Nada dera errado, não naquele dia, não na sua recordação daquele dia. E ela guardara o livro das listagens durante muitas décadas, sabendo de cor a maior parte de sua estranha poesia. A Lista de Prêmios da Sociedade Agrícola e Hortícola do Distrito. Apenas algumas dúzias de páginas dentro de uma capa vermelha, mas muito mais para ela: um livro de gravuras, apesar de só conter palavras, um almanaque, um herbário de farmacêutico; uma caixa de mágicas, um livro-lembrete de reminiscências.

Três cenouras – longas
Três cenouras – curtas
Três nabos – qualquer variedade
Cinco batatas – longas
Cinco batatas – redondas
Seis feijões largos
Seis feijões escarlate
Nove feijões anões
Seis chalotas, grandes vermelhas
Seis chalotas, pequenas vermelhas
Seis chalotas, grandes brancas
Seis chalotas, pequenas brancas
Coleção de verduras. Seis tipos diferentes. Couves-flores, quando incluídas, devem ser exibidas com talos.
Bandeja de verduras. A bandeja pode ser decorada, mas usando-se apenas salsa.
Vinte espigas de trigo
Vinte espigas de cevada
Relva de pasto provisório em caixa de tomate
Relva de pasto permanente em caixa de tomate
Cabras classificadas devem ser puxadas por cabresto e deve ser *mantido sempre* um espaço de dois metros entre elas e cabras não classificadas.
Todos os caprinos inscritos devem ser fêmeas.
Cabras inscritas nas categorias 164 e 165 devem ter parido um cabrito.

Define-se um cabrito do nascimento até 12 meses.
Vidro de geléia
Vidro de geléia de frutas moles
Vidro de geléia de limão
Vidro de gelatina de frutas
Vidro de cebolas em conserva
Vidro de creme para salada
Vaca holandesa em lactação
Vaca holandesa em gestação
Novilha holandesa em lactação
Vitela holandesa com apenas dois dentes largos
Gado puro de origem deve ser conduzido por cabresto e deve ser *sempre mantido* um espaço de três metros entre ele e o gado não puro.

Martha não compreendia todas as palavras, e muito poucas instruções, mas havia algo sobre as listas – sua tranqüila organização e completude – que a satisfazia.

Três melhores dálias, decorativas, mais do que 20cm – em três vasos
Três melhores dálias, decorativas, 15-20cm – em um vaso
Quatro melhores dálias, decorativas, 7,5-15cm – em um vaso
Cinco melhores dálias, bola em miniatura
Cinco melhores dálias, pompom, menos de 5cm de diâmetro
Quatro melhores dálias, cacto, 10-15cm – em um vaso
Três melhores dálias, cacto, 15-20cm – em um vaso
Três melhores dálias, cacto, mais de 20cm – em três vasos

Havia um mundo inteiro de dálias arrolado. Não faltava nenhuma.

Ela foi arremessada para o alto pelas mãos seguras de seus pais. Andava entre eles em cima de pranchas em terreno lamacento, sob a lona, através do ar quente com bafo de capim, e lia o seu livreto com a autoridade de um criador. Ela achava que os artigos expostos diante deles não podiam ter existência real sem que ela antes os nomeasse e classificasse.

– Então, o que temos aqui, srta. Camundonga?
– Dois sete, ah. Cinco melhores maçãs para cozinhar.
– Isso parece que está certo. Cinco delas. Eu me pergunto de que tipo seriam.
Martha consultou de novo o livreto. – Qualquer variedade.
– Cer-to! Maçãs para cozinhar de qualquer variedade. Precisamos procurá-las nas quitandas – ele fingia seriedade, mas sua mãe ria e remexia no cabelo de Martha, sem necessidade nenhuma.

Viram carneiros seguros entre as pernas de homens suarentos, de bíceps enormes, perdendo seus casacos de lã entre o zumbido e o vaivém das máquinas tosqueadoras. Gaiolas de metal encerravam coelhos ansiosos, tão grandes e bem cuidados que não pareciam de verdade. Em seguida, havia o desfile dos animais, a competição montada à fantasia e a corrida de terriers. Dentro de tendas quentes havia bolos gordurosos, sonhos fritos, bolos de Eccles e panquecas, ovos escoceses divididos ao meio como caramujos, nabos e cenouras de um metro de comprimento que se afinavam até a grossura de um pavio. Lisas cebolas com os pescoços curvados e tornados submissos ao serem amarrados com barbante. Conjuntos de cinco ovos, com um sexto quebrado numa vasilha, para ser julgado. Beterrabas cortadas para exibir anéis como troncos de árvores.

Eram as vagens do sr. A. Jones que brilhavam na cabeça dela – na época, depois, e mais tarde ainda – como relíquias sagradas. Eles davam cartões vermelhos para os primeiros prêmios, azuis para os segundos, e brancos para as menções honrosas. Todos os cartões vermelhos destinados às vagens pertenciam ao sr. A. Jones. Nove melhores feijões escarlate de qualquer variedade, nove melhores feijões-trepadores redondos, nove melhores feijões anões chatos, seis melhores favas brancas, seis melhores favas verdes. Ele também ganhou o prêmio nove melhores ervilhas na categoria vagens e três melhores cenouras curtas, mas estes últimos lhe interessavam menos. O sr. A. Jones também fazia truques com seus feijões. Ele os expunha em cima de pedaços de veludo negro.

– Parece uma vitrine de joalheiro, não é, querida? – disse seu pai. – Alguém aí quer um par de brincos? – e ele estendeu a mão em direção aos nove feijões anões redondos do sr. A. Jones, sua mãe dava risinhos, e Martha disse: – Não – bem alto.

– Ah, está bem então, srta. Camundonga.
Ele não devia ter feito aquilo, mesmo se não tivesse sido intencional. Não era engraçado. O sr. A. Jones conseguia fazer um feijão parecer perfeito. Sua cor, suas proporções, sua homogeneidade. E eram os nove feijões mais bonitos que ele podia encontrar.
No colégio eles costumavam cantar. Sentavam quatro, lado a lado, nos seus uniformes verdes, feijões numa vagem. Oito pernas ao todo, oito pernas curtas, oito pernas longas, oito pernas de qualquer variedade.
Cada dia começava com os cânticos religiosos, truncados por Martha Cochrane. Mais tarde, vinham os cânticos secos, hieráticos da matemática, e os cânticos densos da poesia. Mais esquisitos e calorosos do que os dois anteriores eram os cânticos da história. Aqui se encorajava uma fé premente, que ficava deslocada durante a assembléia da manhã. Os cânticos religiosos eram recitados num balbucio apressado; porém, em história, a srta. Mason, gorda como uma galinha e velha de vários séculos, puxava-os no culto como uma sacerdotisa carismática, mantendo o ritmo e guiando-os na adoração aos evangelhos.

55aC (palma palma) Invasão Romana
1066 (palma palma) Batalha de Hastings
1215 (palma palma) Magna Carta
1512 (palma palma) Henrique VIII (palma palma)
    Defensor da Fé (palma palma)

Ela gostava deste último: a rima ajudava a lembrar. Mil oitocentos e cinqüenta e *quatréia* (palma palma) Guerra da *Criméia* (palma palma) – eles sempre diziam assim, não importa quantas vezes fossem corrigidos pela srta. Mason. E assim prosseguia a cantoria até

1940 (palma palma) Batalha da Grã-Bretanha
1973 (palma palma) Tratado de Roma

A srta. Mason os guiava pelos séculos afora, voltando em seguida com eles, de Roma a Roma, ao início. Era assim que ela os esquentava e agilizava suas mentes. Em seguida, contava-lhes histórias de fidalguia e de glória, de peste e de fome, tirania e democracia; de *glamour* real e das sólidas virtudes do individualismo modesto; de São Jorge, santo padroeiro da Inglaterra, de Aragão e Portugal, além de protetor de Gênova e Veneza; de sir Francis Drake e seus feitos heróicos; de Boadicéia e da rainha Vitória; do senhor feudal local que participou das Cruzadas e jazia agora sob a lápide ao lado de sua mulher na igreja da aldeia, com seus pés sobre um cachorro. Ouviam, com muita atenção, porque se ficasse satisfeita, a srta. Mason terminaria a aula com mais cantoria. Haveria feitos que pediam datas, variações, improvisações, truques. As palavras se abaixavam e mergulhavam, enquanto todos eles se agarravam a um vestígio de ritmo. Elizabeth e Vitória (palmas palmas palmas palmas), e eles respondiam 1558 e 1837 (palmas palmas palmas palmas). Ou (palmas palmas) Wolfe em Québec (palmas), e eles teriam de responder (palmas palmas) 1759 (palmas). Ou, em vez de iniciar com A Conspiração da Pólvora (palmas palmas), ela trocaria para Guido Fawkes apanhado vivo (palmas palmas), e eles teriam de descobrir o ritmo, 1605 (palmas palmas). Ela os fazia entrar e sair de dois milênios, fazendo da história não um difícil progresso, mas sim uma série de momentos vívidos que competiam entre si, feijões em cima de veludo preto. Muito depois, quando tudo que aconteceria na sua vida finalmente aconteceu, quando Marta Cochrane percebia uma data e um nome em algum livro, ouvia a resposta em ritmo de palmas da srta. Mason na sua cabeça. Pobre Nelson Morto, Não Minto, Trafalgar 1805. Eduardo Oitavo Perdeu a Nação, 1936 Abdicação.

Jessica James, amiga e cristã, sentava atrás dela em história. Jessica James, hipócrita e traidora, sentava na sua frente, na assembléia. Martha era uma garota inteligente, e por isso não era crente. Durante as orações da manhã, com os olhos bem fechados, costumava rezar de modo diferente:

>Vai moço que mijais no véu
>Sem ter ficado seis avós com fome
>Venha, atroz, à foz do reino
>Çê já fez na fossa, à vontade
>Sim, na terra como no véu
>No cão nosso que vadia
>Mijai hoje
>Pedro, ai, as nossas dívidas

Ah, sim como, Pedro vamos...
Aos nossos bebedouros
Não vos queixeis
De ouvir tanta ação,
Mas livrai vos do tal – HO-MEM.

Ela ainda trabalhava em um ou dois versos que precisavam ser melhorados. Não achava que fosse blasfêmia, exceto a parte sobre mijar. Achava, um pouco, que era até bastante bonito: a parte sobre já fez na fossa a fazia pensar nos nove melhores feijões trepadores redondos, que Deus, se existisse, haveria presumivelmente de aprovar. Mas Jessica James a denunciara. Não, fizera algo mais esperto que isso: armara as coisas de modo que Martha se denunciasse. Em determinada manhã, a um sinal de Jessica, todo mundo em volta se calara, e a voz solo de Martha pôde ser claramente ouvida a instar os presentes a não se queixarem de tanta ação, quando então ela abrira os olhos para encontrar os ombros virados, peito galináceo e olhar cristão fuzilante da srta. Mason que presidia a turma delas.

Fora obrigada, durante o resto do trimestre, a ficar apartada dos demais, conduzindo o colégio em suas orações, forçada a articular claramente as palavras e fingir uma fé ardorosa. Depois de algum tempo, percebeu que fazia aquilo bastante bem, uma prisioneira renascida pela fé, assegurando à junta de livramento condicional que ela agora se purgara de todos os pecados e que eles já podiam, por obséquio, pensar em libertá-la. Quanto mais desconfiada ficava a srta. Mason, mais satisfeita ficava Martha.

As pessoas começaram a indagá-la. Perguntavam-lhe o que queria ela, afinal, sendo assim tão do contra. Diziam-lhe que nem sempre dava certo querer bancar a espertinha demais. Aconselhavam-na: o cinismo, Martha, era uma característica muito solitária. Esperavam que ela não fosse insolente. Também insinuavam, de maneira não tão óbvia, que a casa dela não era parecida com as outras casas, mas que os obstáculos estavam aí para serem vencidos, do mesmo modo que o caráter estava aí para ser modelado.

Ela não compreendia esse negócio de modelar o caráter. Certamente era algo que se tinha, ou algo que mudava em virtude daquilo que acontecia com a gente, como o fato de sua mãe ter se tornado mais áspera e de pavio mais curto nos últimos tempos. Como era possível modelar o próprio caráter? Ela contemplou os muros da aldeia em espantada comparação: blocos de pedra e argamassa entre eles, e em seguida uma série de pedras duras angulosas que revelavam que você já era adulto, que desenvolvera seu caráter. Não fazia sentido. Fotos de Martha a mostravam franzindo a testa para o mundo, projetando o lábio inferior, com as sobrancelhas contraídas. Seria em desaprovação ao que via, revelaria o "caráter" insatisfatório dela – ou simplesmente porque haviam dito à sua mãe (quando ela era criança) que sempre se devia tirar fotos com a luz do sol atrás do ombro direito?

De qualquer modo, moldar seu caráter não era sua prioridade naquela época. Três dias depois da Exposição Agropecuária – e aquilo era uma lembrança única, verídica, não elaborada, tinha certeza disso, tinha quase certeza –, Martha estava à mesa da cozinha; sua mãe cozinhava, mas sem cantar, lembrava-se ela – agora, sabia: alcançara a idade em que as lembranças se concretizam em fatos – sua mãe cozinhava sem cantar, era fato. Martha acabara seu quebra-cabeça, era fato. Havia um buraco do tamanho de Nottinghamshire a revelar os veios da mesa da cozinha, era fato. Seu pai não estava ali por trás, seu pai estava com Nottinghamshire no bolso. Ela levantou os olhos, e as lágrimas escorriam do queixo de sua mãe dentro da sopa. Tudo era real, ela sabia.

Segura, dentro de sua lógica infantil, ela sabia que não devia acreditar nas explicações de sua mãe. Sentiu-se até um pouquinho superior diante de tanta incompreensão e lágrimas. Para Martha, era perfeitamente simples. Papai fora buscar Nottinghamshire. Achou que estava com ele no bolso, mas, quando foi ver, não estava ali. Era por isso que ele não estava presente a sorrir-lhe de cima, sua estatura, culpando o gato. Ele sabia que não poderia desapontá-la, por isso saíra para procurar a peça e estava levando mais tempo do que calculara. Depois ele voltaria e tudo ficaria bem de novo.

Mais tarde – e mais tarde não tardou nada – uma terrível sensação entrou na sua vida, sensação para a qual ela ainda não possuía palavras para descrever. Um súbito motivo lógico, que rimava (palmas palmas), para o desaparecimento de Papai. *Ela* perdera a peça, *ela* perdera Nottinghamshire, colocara-o em algum lugar que ela não lembrava, ou talvez o tivesse deixado em algum lugar onde um ladrão o pudesse vir roubar, e assim seu pai, que a amava, que dizia que a amava e que nunca queria vê-la decepcionada, nunca queria ver a srta. Camundonga fazendo beicinho assim, fora buscar a peça dela, e seria uma longa, longa procura, se é que se podia acreditar nos livros e nas histórias. Seu pai poderia levar anos para voltar, e a essa altura teria deixado crescer uma barba, que estaria cheia de neve e ele teria um aspecto – como é mesmo que diziam? – emaciado por causa da desnutrição. E era tudo culpa dela, porque fora burra e desleixada, e ela era o motivo do desaparecimento de seu pai e do sofrimento de sua mãe, por isso ela nunca mais deveria ser burra ou desleixada de novo, porque, senão, esse era o tipo de coisa que aconteceria depois.

No corredor, perto da cozinha, ela achara uma folha de carvalho. Seu pai vivia trazendo folhas para dentro, grudadas nos pés. Ele dizia que era porque ele estava com tanta pressa para voltar e ver Martha. Mamãe costumava dizer-lhe, numa voz irritada, para deixar de ser tão enganador, e que Martha podia muito bem esperar até que ele limpasse os pés. Martha, com medo de provocar semelhante desaprovação, sempre limpava com cuidado os sapatos, sentindo-se um pouco virtuosa ao fazê-lo. Ela agora segurava uma folha de carvalho na mão. Sua beira irregular fazia-a parecer uma peça de quebra-cabeça, e por um momento seu coração animou-se. Era um sinal, uma coincidência, ou algo assim: se ela guardasse bem aquela folha como lembrança de Papai, ele voltaria. Não contou para sua mãe, mas enfiou a folha no livreto vermelho da Exposição Agropecuária.

Quanto a Jessica James, amiga e traidora, a oportunidade de se vingar surgiu no seu devido tempo, e Martha aceitou-a. Ela não era cristã, e o perdão era uma virtude praticada pelos outros. Jessica James, de olhinhos porcinos e crente, com uma voz parecida com o culto matinal, Jessica James, cujo pai jamais desapareceria, começou a ver um garoto alto e desengonçado, cujas mãos avermelhadas possuíam a falta de articulação úmida e frouxa de um pernil. Martha se esqueceu rápido do nome dele, mas sempre se lembrou de suas mãos. Fosse Martha mais velha, talvez tivesse achado que a coisa mais cruel seria deixar Jessica James e seu cortejador continuarem aquela sua conversa, até que subissem a nave da igreja, passando pelo cruzado com os pés sobre o cachorro, e penetrassem no poente do resto de suas vidas.

Mas Martha ainda não era tão sofisticada. Em vez disso, Kate Bellamy, amiga e conspiradora, fez o garoto saber que Martha talvez tivesse interesse em sair com ele, se ele quisesse fazer uma troca. Martha já descobrira que podia fazer quase qualquer garoto gostar dela, desde que não gostasse dele. Vários planos precisavam ser agora discutidos. Ela poderia simplesmente roubar o garoto, exibi-lo durante algum tempo e humilhar Jessica diante do colégio inteiro. Ou poderiam organizar um teatrinho mudo: Jessica seria levada a um passeio inocente por Kate e, por acaso, passaria por um lugar no qual seu coraçãozinho pudico seria destroçado pela visão de uma porcina mão agarrada a um suave seio.

Martha, entretanto, resolveu-se pela vingança mais cruel, e aquela na qual menos coisas precisaria fazer. Kate Bellamy, de voz inocente e coração falso, convenceu o garoto de que Martha poderia muito bem vir a amá-lo – assim que o conhecesse – mas já que era séria nos assuntos do amor, e em tudo mais a ele relacionado, ele teria primeiro de romper pública e irrevogavelmente com a srta. Carola, antes que tivesse qualquer chance. Depois de pensar alguns dias e engordar sua luxúria, o garoto assim o fez, e Jessica James foi devidamente vista a derramar gratificantes lágrimas. Passaram-se mais dias, e Martha estava em todo canto, oferecendo um perfil sorridente, e não obstante não surgia nenhum recadinho. Ansioso, o garoto aproximou-se de sua comparsa, que bancou a desentendida e disse que ele deve ter entendido mal: Martha Cochrane sair com *ele*? Imagine só! Furioso e humilhado, o garoto emboscou Martha depois do colégio, e ela fez troça de sua presunção em adivinhar os sentimentos dela. O garoto haveria de se recuperar; os garotos podiam. Quanto a Jessica James, ela jamais identificou a artífice de sua dor, o que agradou a Martha, até o dia em que deixou o colégio.

À medida que os invernos passavam, tornou-se lentamente claro para Martha que nem Nottinghamshire nem seu pai voltariam. Ela ainda acreditava que isso aconteceria, enquanto sua mãe ainda chorasse, usasse uma das garrafas da prateleira alta, a apertasse com demasiada força e lhe dissesse que os homens eram maus ou fracos, e que alguns eram ambas as coisas. Martha também chorava nessas ocasiões, como se suas lágrimas conjuntas pudessem trazer seu pai de volta.

Elas se mudaram para outra aldeia, mais longe do colégio, e Martha passou a tomar o ônibus. Não havia nenhuma prateleira alta para garrafas. Sua mãe parou de chorar e mandou cortar o cabelo dela curtinho. Sem dúvida, estava modelando seu caráter. Nessa nova casa, que era menor, não havia fotos de seu pai. Sua mãe dizia-lhe menos que os homens não prestavam ou eram fracos. Dizia-lhe, ao invés disso, que as mulheres precisavam ser fortes e cuidar delas mesmas, porque não podiam depender de ninguém.

Em reação a isso, Martha tomou uma decisão. Cada manhã, antes de partir para o colégio, ela tirava o quebra-cabeça de debaixo de sua cama, abria a tampa com os olhos fechados e tirava um condado. Ela não precisava nunca olhar quando calhava ser um de seus prediletos: Somerset ou Lancashire. É claro que ela reconhecia Yorkshire como um dos que você mal conseguia abarcar com os dedos, mas também nunca teve bons sentimentos em relação a Yorkshire. No ônibus, ela costumava esticar o braço para trás e enfiar o condado embaixo do encosto do assento. Uma vez ou outra, seus dedos encontraram outro condado preso entre o estofado apertado, algum que ela deixara ali havia alguns dias ou semanas. Havia cerca de cinqüenta condados dos quais precisava se livrar, e por isso levou quase o trimestre inteiro para fazê-lo. Jogou o mar e a caixa na lata de lixo.

Ela não sabia se devia lembrar ou esquecer o passado. Desta forma, jamais moldaria seu caráter. Esperava que não houvesse problema em pensar tanto assim sobre a Exposição; de qualquer maneira, não podia impedi-la de brilhar na sua cabeça. A última saída deles como uma família. Ela foi jogada lá no alto, naquele lugar que, a despeito do barulho e do empurra-empurra, possuía ordem, regras, e um sábio julgamento por parte de sujeitos em jalecos brancos, que pareciam médicos. Parecia-lhe que no colégio a gente era muitas vezes julgada errado, como em casa, mas que a Exposição dispunha de uma Justiça superior.

É claro que ela não o formulava assim. Sua preocupação imediata, quando pediu se podia participar da Exposição, era que sua mãe podia ficar zangada, e que a lista de prêmios talvez fosse confiscada por ter "incutido idéias" na sua cabeça. Isso era outro pecado da infância que ela nunca conseguiu antecipar direito. Você está sendo atrevida, Martha? O cinismo é uma característica que torna as pessoas muito solitárias, sabe? E alguém anda metendo idéias na sua cabeça?

Mas sua mãe apenas balançou a cabeça e abriu o livreto. A folha de carvalho caiu. – O que é isso? – perguntou ela.

— É algo que estou guardando — respondeu Martha, temendo uma censura, ou um reconhecimento de seu motivo. Porém sua mãe apenas enfiou novamente a folha entre as páginas, e com a nova animação que ela vinha demonstrando atualmente, começou a consultar a seção infantil.
— Um espantalho (altura máxima de 30cm)? Um artigo feito de massa salgada? Um cartão de parabéns? Um chapéu de crochê? Uma máscara facial feita de qualquer material?
— Feijões — disse Martha.
— Vamos ver, há quatro biscoitos amanteigados, quatro bolos butterfly, seis doces de marzipã, um colar de pasta. Isso parece bom. Um colar de pasta.
— Feijões — repetiu Martha.
— Feijões?
— Nove feijões-trepadores redondos.
— Não tenho certeza se você pode entrar nessa aí. Não está na seção infantil. Vamos consultar o regulamento. Seção A. Aberto a chefes de família e sitiantes num raio de 16 quilômetros da sede da Exposição. Você é chefe de família, Martha?
— Que tal sitiante?
— Não existe nenhum por aqui, lamento dizer. Seção B. Aberta a todos. Ah, isso é só para flores. Dálias? Cravos? Martha sacudiu a cabeça. Seção C. Restrita a cultivadores de jardins residindo dentro de cinco quilômetros da sede da Exposição. Não vejo como vamos nos enquadrar. Você é jardineira, Martha?
— Onde arranjamos as sementes?
Juntas elas cavaram um pedaço de terreno, puseram um pouco de esterco de cavalo e construíram duas armações cônicas. Depois ficou na dependência de Martha. Ela calculou quantas semanas antes da Exposição devia plantar suas sementes, plantou os feijões, regou-os, esperou, tirou o mato, regou, esperou, tirou o mato, removeu torrões do solo de onde eles poderiam brotar, viu os brotinhos brilhantes e fininhos saírem do solo, encorajou as gavinhas no seu crescimento espiralado, viu as flores vermelhas se formarem e se desmancharem, regou justo quando surgiram as pequeninas vagens, regou, tirou mato, regou, regou, e eis que, faltando precisamente alguns dias para a Exposição, ela possuía 79 feijões trepadores

redondos para fazer sua escolha. Quando descia do ônibus, vindo da escola, ia direto examinar seu cultivo. "Cê já fez na fossa, à vontade". Não parecia blasfêmia.

Sua mãe elogiou a esperteza de Martha, seus dedos verdes. Martha frisou que suas vagens não se pareciam muito com as do sr. A. Jones. As dele eram chatas e lisas, e de um verde homogêneo, como se tivessem sido borrifadas de tinta. As dela tinham calombos regulares, como joanetes, onde ficavam os feijões, e umas pintas amareladas aqui e ali na pele. Sua mãe disse que era assim mesmo que elas se desenvolviam. A maneira como moldavam seu caráter.

No sábado da exposição, elas acordaram cedo, e sua mãe ajudou-a a colher os feijões no alto das armações cônicas. Martha fez sua seleção. Pedira veludo preto, mas o único pedaço que existia em sua casa ainda fazia parte de um vestido, por isso, no seu lugar, foi colocado papel crepom preto que sua mãe passara a ferro, embora ele ainda parecesse um pouco amarrotado. Ela sentou-se no banco de trás do carro de alguém, com os polegares segurando o papel, a observar os feijões se mexerem e rolarem no prato, quando o carro fazia curvas.

– Não tão depressa – disse ela severamente, em determinado momento.

Avançaram aos solavancos num estacionamento esburacado, e ela teve de salvar novamente seus feijões. Na tenda de horticultura, um sujeito de jaleco branco deu-lhe um formulário com apenas um número nele, para que os juízes não soubessem quem ela era, e conduziu-a até uma longa mesa, na qual todo mundo também estava arrumando seus feijões. Velhos jardineiros com vozes alegres diziam:
– Olha só quem está aqui! – apesar de nunca a terem conhecido. – É preciso esperar seus prêmios agora, menina! – Ela não pôde deixar de reparar que as vagens de todo mundo não se pareciam com as dela, mas isso provavelmente se devia ao fato de eles estarem cultivando variedades diferentes. Em seguida, tiveram todos de sair, porque era hora do julgamento.

O sr. A. Jones ganhou. Alguém mais chegou em segundo. Alguém mais recebeu uma menção honrosa. – Mais sorte da próxima vez! – dizia todo mundo. Mãos enormes e nodosas se estendiam para baixo, para consolá-la. – Precisamos ficar de olho nos nossos prêmios no ano que vem – repetiam os velhos.

Mais tarde sua mãe falou: – Mesmo assim, eles têm um gosto

muito bom. – Martha não respondeu. Seu lábio inferior se projetava para fora, teimoso e molhado. – Vou comer os seus, então – disse sua mãe, e um garfo estendeu-se em direção ao prato dela. Martha sofria demais, até mesmo para entrar na brincadeira.

Homens de carro vinham às vezes ver sua mãe. Eles mesmos não tinham dinheiro para ter um carro, e ver sua mãe ser seqüestrada tão depressa – um aceno, um sorriso, um gesto com a cabeça, e em seguida sua mãe virando-se para o motorista, mesmo antes de o carro ter desaparecido de vista –, ver isto acontecer sempre fazia Martha pensar na sua mãe desaparecendo também. Ela não gostava dos homens que vinham fazer visitas. Alguns tentavam ser agradáveis, dando-lhe palmadinhas, como se ela fosse o gato, e outros fitavam-na à distância, pensando, olha só que encrenca. Ela preferia os homens que a tinham na conta de uma encrenca e tanto.

Não era só pelo fato de ser abandonada. Era pelo fato de sua mãe ser abandonada. Ela observava aqueles homens ocasionais, quando se agachavam para fazer-lhe as perguntas de sempre sobre dever de casa e televisão, ou quando ficavam em pé sacudindo suas chaves e murmuravam: – vamos embora – ela os via todos da mesma maneira: como homens que magoariam sua mãe. Talvez não naquela noite, ou no dia seguinte, mas em algum dia, sem dúvida nenhuma. Ela era perita em ter febres e dores e cólicas menstruais do tipo que necessitavam da assistência de sua mãe.

– Você é uma tiraninha e tanto – costumava dizer sua mãe, em tons de voz que iam do carinho ao desespero.

– Nero foi um tirano – respondia Martha.

– Tenho certeza de que até mesmo Nero deixava sua mãe sair um dia ou outro.

– Na verdade, Nero mandou matar sua mãe, nos contou o sr. Henderson. – Aquilo, ela se dava conta, era ser atrevida.

– Sou eu quem provavelmente irá botar veneno na *sua* comida, se isso continuar – disse sua mãe.

Um dia estavam dobrando lençóis secos no varal. De repente, como se falasse para si mesma, mas bastante alto para que Martha ouvisse, sua mãe disse: – Isto é a única coisa no mundo para a qual são necessárias duas pessoas.

Continuaram caladas. Abra bem (os braços ainda não são suficientemente compridos, Martha), levante, agarre em cima, abaixe a mão esquerda, pegue sem olhar, estique para o lado, puxe, por cima, de novo, pegue, em seguida puxe, puxe (com mais força, Martha), em seguida aproxime-se para se encontrarem, vá até as mãos de Mamãe, abaixando e pegando em cima, um último puxão, dobrar, entregar e esperar pelo próximo.

A única coisa para a qual eram necessárias duas pessoas. Quando puxavam, havia algo que percorria o lençol que não era apenas tirar o amarfanhado, era mais, algo entre as duas. Um puxar estranho, também: primeiro você puxava como se quisesse fugir da outra pessoa, mas o lençol a prendia, e em seguida parecia lhe dar um solavanco e puxar de volta para a aproximar. Havia sempre isso?

— Ah, não quis dizer *você* — disse sua mãe, apertando de repente Martha num abraço.

— Qual dos dois era Papai? — perguntou Martha mais tarde naquele dia.

— O que você quer dizer, qual dos dois? Papai era... Papai.

— Quero dizer, ele não prestava ou era fraco. Qual dos dois?

— Ah, não sei...

— Você disse que eles eram uma coisa ou outra. Foi isso que você disse. Qual era ele?

Sua mãe olhou para ela. Aquela teimosia era uma novidade.

— Bem, supondo que ele tivesse de ser um ou outro, era fraco.

— Como pode distinguir?

— Que ele era fraco?

— Não, quero distinguir quando são fracos de quando não prestam.

— Martha. Você não tem idade para essas coisas.

— Preciso saber.

— Por que precisa saber?

Martha fez uma pausa. Ela sabia o que queria dizer, mas temia-o.

— Para que eu não cometa o mesmo erro que você.

Ela fizera uma pausa, porque esperara que sua mãe chorasse. Aquela parte, porém, sumira em sua mãe. Em vez disso, ela deu a risada seca na qual se especializara atualmente. — Que criança sábia essa, a que dei à luz. Não envelheça antes do tempo.

Aquilo era uma novidade. Não seja atrevida. Quem andava metendo idéias na sua cabeça? Agora era: "não envelheça antes do tempo."

— Por que não quer me dizer?

— Eu lhe direi tudo que sei, Martha. Mas a resposta é, você não sabe até ser tarde demais, se é que minha vida serve de algum exemplo. E você não cometerá os mesmos erros que eu, porque todo mundo comete erros diferentes, é a regra.

Martha olhou com cuidado para sua mãe. – Isto não é muita ajuda – disse.

Mas era a longo prazo. À medida que ela foi crescendo, e à medida que modelava seu caráter. Ao se tornar mais obstinada que atrevida, e bastante inteligente para saber quando devia esconder sua inteligência. Ao descobrir amizades, a vida social e um novo tipo de solidão. Ao se mudar do campo para a cidade e começar a colecionar suas futuras lembranças. Quando esse longo processo aconteceu, ela reconheceu a regra de sua mãe: eles cometiam os erros deles, agora você cometia os seus. E havia uma conseqüência lógica nisso, que se tornou parte do credo de Martha: depois da idade de 25 anos, não se podia culpar seus pais de nada. É claro que isso não se aplicava se seus pais tivessem feito algo terrível – tivessem-na estuprado, assassinado, roubado todo seu dinheiro e a vendido para ser uma prostituta – mas na média, em uma vida normal, se você fosse razoavelmente competente e medianamente inteligente, então não lhe era permitido pôr a culpa nos seus pais. É claro que isso acabava acontecendo, havia ocasiões em que a tentação era grande demais. Se eles tivessem me comprado patins, como prometeram, se tivessem me deixado sair com David, se fossem diferentes, mais amorosos, ricos, inteligentes, simples. Se tivessem sido mais indulgentes ou mais rigorosos. Se tivessem me encorajado mais; se tivessem me elogiado pelas coisas certas... Nada disso. É claro que Martha sentia isso em certas horas, e até gostaria de cultivar esses ressentimentos, mas então ela parava e se passava um pito. Você está sozinha, garota. Danos constituem uma parte normal da infância. Não pode mais culpá-los por nada. Simplesmente isso não é mais possível.

Mas havia uma coisa, uma coisa pequena, e, não obstante, dolorosa demais para a qual ela jamais conseguiu encontrar uma cura. Ela deixara a universidade e viera para Londres. Estava sentada no seu escritório, fingindo grande animação em relação ao seu trabalho. Estava com problemas do coração, nada sério demais, só um sujeito, apenas a pequena catástrofe de sempre: estava menstruada. Lembrava-se de tudo isso. O fone tocou.

– Martha? É Phil.
– Quem? – alguém superconhecido de suspensórios vermelhos, pensou ela.
– Phil. Philip. Seu pai. – Ela não sabia o que dizer. Depois de algum tempo, como se o silêncio dela pusesse em dúvida a identidade dele, ele a confirmou de novo. – Papai.
Ele perguntou se podiam se encontrar. Talvez almoço, um dia. Ele conhecia um lugar que achava que ela gostaria, e ela suprimiu a fatal pergunta "Como, diabos, haveria você de saber?" Ele disse que eles tinham muito o que conversar, mas não achava que ambos devessem ter expectativas altas demais. Ela concordou com ele quanto a isso.

Ela pediu conselhos a seus amigos. Alguns disseram: diga o que sente; diga-lhe o que pensa. Outros disseram: descubra o que ele quer; por que agora e não antes? Alguns disseram: conte à sua mãe. Outros disseram: seja lá o que você fizer, não conte à sua mãe. Alguns disseram: assegure-se de chegar lá primeiro que ele. Outros disseram: faça o filho da puta esperar.

Era um restaurante antiquado, com lambris de carvalho, com garçons idosos que levavam seu cansaço da vida a ponto de uma sarcástica ineficiência. O tempo estava quente, e havia apenas comida pesada, tipo clube, no cardápio. Ele instou com ela para que comesse o quanto quisesse; ela fez um pedido pequeno. Ele sugeriu uma garrafa de vinho; ela bebeu água. Martha respondia-lhe como se estivesse preenchendo um formulário: "sim", "não", "suponho que sim"; "muito", "não, não". Ele lhe disse que ela se transformara em uma mulher muito atraente. Parecia um comentário impertinente. Ela não queria concordar nem discordar, por isso disse: – talvez.

– Você não me reconheceu? – perguntou ele.
– Não – respondeu ela. – Minha mãe queimou suas fotos. – Era verdade e ele merecia pelo menos aquela farpa. Ela olhou para aquele homem idoso, de cara vermelha e cabelos ralos, que estava do outro lado da mesa. Ela tentara deliberadamente não ter nenhuma expectativa; mesmo assim, ele tinha um aspecto mais surrado do que ela esperava. Ela percebeu que se baseara durante todo tempo numa falsa suposição. Ela imaginara durante aproximadamente os últimos 15 anos que, se você abandonasse sua mulher e filha, você o faria para ter uma vida melhor: mais felicidade, mais sexo, mais dinheiro,

mais qualquer coisa que estivesse faltando na sua vida anterior. Ao examinar aquele sujeito que se autodenominava Phil, ela pensou que ele parecia ter levado uma vida pior do que se tivesse ficado em casa. Mas talvez isso fosse o que ela queria acreditar.
Ele contou-lhe uma história. Ela isentou-se de ajuizar sua verdade. Ele apaixonara-se. Simplesmente acontecera. Não dizia aquilo para se justificar. Ele achara na época que uma fuga pura e simples seria melhor para todos. Martha tinha um meio-irmão, chamado Richard. Era um bom rapaz, embora não soubesse o que queria da vida. Bastante normal nessa idade, provavelmente. Stephanie – o nome foi despejado de repente na metade da mesa de Martha, como um copo virado de vinho –, Steph morrera havia três meses. Câncer era uma doença brutal. Ela recebera seu primeiro diagnóstico havia cinco anos, depois houve uma regressão que acreditamos ser a cura. Em seguida voltara. É sempre pior quando volta. Simplesmente consome a pessoa.
Tudo isso parecia – o quê? – não uma mentira irrelevante, não uma maneira de preencher o buraco preciso, singular, o buraco cortado à serra tico-tico dentro dela. Ela perguntou-lhe sobre Nottinghamshire.
– Perdão?
– Quando você partiu, estava com Nottinghamshire no bolso.
– Acho que era isso que você dizia.
– Eu estava fazendo meu quebra-cabeça dos condados da Inglaterra. – Ela sentiu-se nada à vontade ao dizê-lo; não encabulada, mas como se estivesse revelando demais seu coração. – Você costumava levar uma peça e escondê-la, encontrando-a no final. Levou Nottinghamshire quando partiu. Não lembra?
Ele sacudiu a cabeça. – Você montava quebra-cabeças? Acho que todas as crianças os amam. Richard amava. Durante algum tempo, aliás. Ele tinha um que era inacreditavelmente complicado, eu me lembro, todo com nuvens, ou algo assim. Você nunca sabia se estava direito ou ao contrário até ter completado a metade dele...
– Não lembra?
Ele olhou para ela.
– Não lembra mesmo?
Ela o culparia por aquilo. Tinha passado dos 25, e continuaria a ficar cada vez mais velha, mais velha e mais velha que 25, e seria independente. Mas haveria sempre de culpá-lo por aquilo.

2: INGLATERRA, INGLATERRA

UM

O PRÉDIO PITMAN fora fiel aos princípios arquitetônicos de sua época. Sua atmosfera era de poder secular mesclado a um humanismo: vidro e aço eram suavizados por freixo e faia. Pinceladas de azul do nilo e amarelo ocre insinuavam um ardor contido. No vestíbulo, um cilindro vermelho empoeirado subvertia a supremacia dos ângulos retos. O majestoso átrio concretizava as aspirações daquela catedral secular. Uma brisa calma circulava naquele ambiente, lembrando que pessoas ali passavam. Havia uma flexibilidade na utilização do espaço e dutos aparentes: de acordo com a equipe de arquitetos Slater, Grayson & White, o prédio combinava sofisticação e transparência. Harmonia com a natureza era outra responsabilidade-chave: atrás do prédio Pitman havia sido criada uma área de charcos. Os funcionários nos decks (madeira de lei de fontes renováveis) podiam comer seus sanduíches, enquanto observavam a vida transitória das aves nas fronteiras de Hertfordshire.

Os arquitetos estavam acostumados com a intervenção dos clientes; mas até eles perdiam um pouco sua fluência ao comentar a contribuição pessoal de sir Jack Pitman ao seu projeto: a inserção na sala da diretoria de um escritório em cubos duplos com cornijas emolduradas, tapete felpudo, lareiras a carvão, luminárias *standard*, papel de parede aveludado, pinturas a óleo, janelas *falsas* com cortinas e interruptores tradicionais. Como disse sir Jack: "Embora nós nos ufanemos, com razão, das habilidades do presente, isto não deveria ser, acho eu, à custa de um desprezo pelo passado." Slater,

Grayson & White tentaram frisar que construir o passado era hoje, infelizmente, bastante mais caro que construir o presente ou o futuro. Seu cliente se absteve de comentar isso, e eles ficaram reduzidos a refletir que aquela unidade de subnobreza seria provavelmente considerada uma loucura pessoal de sir Jack, em vez de um elemento do seu próprio projeto. Desde que ninguém lhes desse parabéns pelo irônico pós-pós-modernismo deles.

Entre o espaço arejado criado pelos arquitetos e o abrigo aconchegante exigido por sir Jack, ficava um pequeno escritório – não mais que um túnel de passagem – conhecido como Sala da Citação. Era ali que Sr. Jack gostava de fazer as visitas esperarem, até que fossem chamadas pela sua assistente particular. O próprio sir Jack já fora visto no túnel por mais de alguns instantes, enquanto fazia a travessia do escritório externo para o seu refúgio interno. Era um espaço simples, austero, pouco iluminado. Não havia revistas nem monitores de TV a mostrarem videoclipes promocionais sobre o império Pitman. Nem havia sofás exageradamente confortáveis, forrados com peles de espécies raras. Ao invés disso, havia um único banco jacobiniano de espaldar alto, de carvalho, de frente para um pedaço de pedra iluminado. O visitante era encorajado, na verdade, obrigado a examinar aquilo que estava talhado em *times roman*:

JACK PITMAN
é um grande homem em todos os sentidos da palavra.
Grande quanto à ambição, grande quanto ao
apetite, grande quanto à generosidade.
Ele é um homem que exige um salto da imaginação
para ser corretamente avaliado. Começando humildemente,
elevou-se como um meteoro às alturas, às grandes coisas.
Empreendedor, inovador, homem de idéias, patrocinador das
artes, revitalizador do centro da cidade. Não sendo
apenas um capitão de indústria, mas um verdadeiro almirante,
sir Jack é um homem que anda com presidentes e, no
entanto, jamais teme arregaçar as mangas e sujar suas mãos.
Apesar de toda sua fama e sua riqueza, adora
sua privacidade; no fundo, um homem dedicado à família.
Imperioso quando preciso, e sempre direto, sir Jack
é um homem com quem não se brinca; não tolera tolos
nem intrometidos. É profunda sua compaixão.

Sempre inquieto e ambicioso, Sir Jack faz nossas cabeças girarem, ofusca-nos com seu charme que parece maior que a vida.

Essas palavras, ou a maior parte delas, foram escritas havia alguns anos por um jornalista escritor de biografias e perfis do *Times*, a quem sir Jack empregara logo depois. Ele omitira informações sobre sua idade, aparência e fortuna, fizera tudo passar pelas mãos de um copidesque, e mandara o texto final ser entalhado num pedaço de ardósia da Cornualha. Ficou contente da citação não ser mais rastreada até sua origem: há alguns anos o crédito "The Times of London" fora apagado a cinzel e completado um novo pedaço de ardósia. Isto deu mais peso ao tributo e um caráter mais atemporal, achava ele.

Ele agora estava colocado bem no centro de seu aconchego de duplos cubos, debaixo do candelabro de Murano e eqüidistante das duas lareiras tiradas de pavilhões de caça bávaros. Ele pendurara seu casaco no Brancusi, de tal maneira que – pelo menos a seu olhar – parecia denotar uma certa familiaridade. Sir Jack mostrava sua capa ao seu anotador de idéias. Anteriormente houvera um nome institucional qualquer para essa figura, porém sir Jack o substituíra por "anotador de idéias". Alguém, certa vez, comparara-o a um gigantesco fogo de artifício, lançando idéias do mesmo modo que aquele dispositivo que espalha fagulhas, e parecia apenas justo que aqueles que arremessavam a bola tivessem alguém para apanhá-la. Ele acendeu seu charuto e puxou seus suspensórios MCC: vermelhos e amarelos, ketchup e gema de ovo. Ele não era membro do MCC, e seu fabricante de suspensórios tinha juízo e nada perguntava. Aliás, ele não freqüentara Eton, servira nos Guards, ou fora aceito pelo Garrick Club. No entanto, possuía aqueles suspensórios que insinuavam isso. No fundo, um rebelde. Eu gostava de pensar assim. Parecia um potro bravio. Um sujeito que não se ajoelha diante de ninguém. E, não obstante, um patriota no fundo do coração.

– O que me falta fazer? – começou ele. Paul Harrison, o anotador de idéias, não ativou imediatamente o microfone portátil. Isto tornara-se uma lengalenga familiar durante os últimos meses.

– A maioria das pessoas diria que já fiz tudo que um homem é capaz de fazer na vida. E que apenas alguns são capazes de fazer. Construí empresas do nada. Ganhei dinheiro, e pouca gente seria capaz de negar isso. As honrarias me bafejaram. Sou o confidente fiel de chefes de Estado. Amei, se assim posso dizê-lo, muitas mulheres bonitas. Sou um membro respeitado, mas devo frisar, não respeitado *demais* da sociedade. Tenho um título de nobreza. Minha mulher senta à direita de presidentes. Que mais me falta?

Sir Jack suspirou; suas palavras giravam na fumaça do charuto, que encobriu os pingentes mais baixos do candelabro. Os que estavam presentes sabiam que a pergunta era meramente retórica. Uma AP anterior imaginara ingenuamente que, em momentos assim, sir Jack talvez buscasse sugestões úteis e, mais ingenuamente ainda, consolo; fora transferida para um serviço menos exigente em algum outro lugar do grupo.

– O que é real? É assim que às vezes me formulo a pergunta. *Você* é real, por exemplo – você e você? – sir Jack gesticulou com uma falsa cortesia para os demais ocupantes da sala, mas não desviou a cabeça de seu pensamento. – Vocês são reais para vocês mesmos, é evidente, mas não é assim que se julgam essas coisas no mais alto nível. Minha resposta seria não. Infelizmente. E perdoem-me pela minha candura, mas eu poderia substituí-los por outros, por... simulacros, mais depressa do que poderia vender meu amado Brancusi. O dinheiro é real? É, em certo sentido, mais real que vocês. Deus é real? Esse é um problema que prefiro transferir para o dia em que tiver de encontrar meu Criador. É claro que tenho minhas teorias, já mergulhei até, como se poderia dizer, um pouquinho no futuro. Deixe-me confessá-lo – corte sua garganta e espere morrer, como acho que diz o ditado – que eu às vezes imagino um dia assim. Deixe-me compartilhar minhas suposições com vocês. Imaginem o momento em que sou convidado a encontrar meu Criador, que na Sua infinita sabedoria vem seguindo com interesse nossas vidas triviais neste vale de lágrimas. O que, pergunto a vocês, poderia ter Ele reservado a sir Jack? Se eu fosse Ele – uma suposição, confesso – seria naturalmente obrigado a punir sir Jack pelos seus muitos pecados humanos e vaidade. Não, não! – sir Jack ergueu as mãos para neutralizar o provável protesto de seus empregados. – E o que faria eu – Ele? Eu – Ele – talvez ficasse tentado a me manter – ah, não durante muito tempo, espero – numa Sala da Citação própria. O limbo muito particular de sir Jack. Sim, eu lhe daria – a mim! – o tratamento do banco duro e da iluminação dirigida. Uma poderosa tábua. E *nada de revistas*, nem mesmo as mais sagradas!

Risinhos eram apropriados, e devidamente brotaram. Sir Jack anda com as divindades, Lady Pitman janta à direita de Deus.

Sir Jack foi caminhando pesadamente até a mesa de Paul e inclinou-se em sua direção. O anotador de idéias conhecia as regras: contato visual era agora exigido. Na maior parte, preferia-se fingir trabalhar, mas sir Jack exigia ombros curvados, pálpebras abaixadas, concentração. Agora ele levantou os olhos para o rosto de seu patrão: o cabelo ondulado, preto como graxa de sapato; as orelhas carnudas, o lóbulo esquerdo alongado por um dos tiques de sir Jack na hora de negociar; a suave convexidade da papada a ocultar o pomo de Adão, as feições avermelhadas; a ligeira cratera de onde fora removido um sinal; as sobrancelhas trançadas com seus veios grisalhos; e ali, à sua espera, calculando quanto tempo você levaria para reunir sua coragem, os olhos. Você via tanta coisa naqueles olhos – um benévolo desdém, afeto frio, irritação paciente, raiva lógica – embora semelhante complexidade emotiva existisse de fato, já era outra questão. A lógica lhe dizia que a técnica de sir Jack em lidar com seus empregados consistia em jamais demonstrar a expressão ou atmosfera que seria óbvia para a ocasião. Mas também havia aquelas vezes em que você se perguntava se sir Jack não estava apenas postado diante de você com um par de pequenos espelhos no rosto, círculos nos quais você lia sua própria confusão.

Quando sir Jack estava satisfeito – e você jamais conseguia saber o que satisfazia sir Jack –, ele levava sua corpulência de volta ao meio da sala. Com o Murano sobre a cabeça, o tapete peludo a lamber seus cadarços, bochechava outro grave problema em volta de seu palato.

– Meu nome é... real? – sir Jack refletiu sobre essa questão, do mesmo modo que seus dois empregados. Alguns acreditavam que o nome de sir Jack não era verdadeiro, mas num sentido direto, e que há algumas décadas ele o podara de sua tonalidade Mitteleuropäisch. Outros afirmavam com autoridade que, apesar de nascido a leste do Reno, o pequeno Jack era de fato o produto de uma ligação, nascida na garagem, entre a mulher inglesa, criada no campo, de um fabricante de vidro húngaro e um motorista de Loughborough em visita, e que assim, a despeito de sua criação, passaporte original e vogais ocasionalmente desajeitadas, seu sangue era cem por cento inglês. Adeptos da teoria conspiratória e cínicos extremados iam além, insinuando que as vogais mancas eram elas mesmas um truque: Sir Jack Pitman era o filho dos humildes sr. e sra. Pitman, há muito tempo silenciados pelo dinheiro, e o magnata deixara que o mito da origem continental se espalhasse lentamente em torno dele; embora não chegassem à conclusão se aquilo fora por motivos de alguma mística pessoal ou vantagens profissionais. Nenhuma dessas hipóteses foi confirmada naquela ocasião, ao responder ele mesmo a suas próprias perguntas. – Quando um homem não engendrou senão filhas, seu nome é apenas uma bugiganga emprestada pela eternidade.

Um tremor cósmico, que talvez tivesse uma origem digestiva, percorreu o corpo de sir Jack. Ele girou sobre si mesmo, expeliu fumaça e iniciou de leve sua peroração.

– Serão reais as grandes idéias? Os filósofos gostariam que acreditássemos ser este o caso. É claro, eu já tive grandes idéias na minha época, mas de certo modo – não grave isto, Paul, não tenho certeza se merece ser arquivado – de certo modo, eu me pergunto até que ponto elas seriam reais. Estas podem ser digressões de um tolo senil – não ouço seus gritos a me contradizer, por isso presumo que concordem – mas talvez ainda haja uma centelha de vida no velho cachorro. Talvez o que preciso seja uma última grande idéia. Uma saideira, hein, Paul? Isto você pode registrar.

Paul acordou. – Talvez o que me falte seja uma última grande idéia – olhou para aquilo na tela, lembrou-se de que ele também era responsável pelo copidesque, que ele era, conforme sir Jack uma vez declarara, "meu Hansard pessoal",* e deletou o "talvez" meio hesitante. Sob aquela sua forma mais afirmativa, a declaração seria arquivada, com data e hora.

Sir Jack, querendo ser engraçado, colocou seu charuto no buraco da barriga de uma maquete de Henry Moore, espreguiçou-se e fez uma ligeira pirueta. – Diga a Woodie que já é hora – disse ele à sua AP, cujo nome ele nunca conseguia lembrar. Em certo sentido, é claro, conseguia: era Susie. Ele chamava todas suas APs de Susie. Elas pareciam ir e vir a uma velocidade bastante grande. Por isso ele não estava, na verdade, inseguro quanto ao nome dela, e sim quanto

---

* Coleção dos anais completos sobre os debates no Parlamento inglês que tomou o nome do seu impressor, Luke Hansard (1752-1828). (N. do T.)

à sua identidade. Assim como ele estivera dizendo havia pouco: – até que ponto ela era real? Verdade.

Sir Jack tirou seu paletó do Brancusi e sacudiu-o até que ele passasse pelos seus suspensórios do MCC. Deu uma parada na Sala da Citação para ler de novo o trecho familiar. Sabia-o de cor, é claro, mas ainda gostava de se deter diante dele. Sim, uma última grande idéia. O mundo não lhe demonstrara suficiente respeito nos últimos anos. Ora, então o mundo precisava ser surpreendido.

Paul colocou iniciais no seu memorando e guardou-o. A mais recente Susie correu até o motorista e relatou-lhe o ânimo de seu patrão. Em seguida, ela pegou o charuto e devolveu-o à gaveta da mesa de sir Jack.

– SONHE UM POUQUINHO
                                junto comigo, por favor. – Sir Jack ergueu interrogativamente a garrafa de cristal.

– O tempo é meu, o dinheiro é seu – respondeu Jerry Batson, da Cabot, Albertazzi e Batson. Sua maneira de ser era sempre agradável; contudo opaca. Por exemplo, ele não teve nenhuma reação, quer por gesto ou palavra, ao oferecimento do drinque, e, no entanto, deixou claro que aceitava um armagnac, o qual passaria, então, polida, agradável e opacamente a avaliar.

– O *cérebro* é seu, o dinheiro é meu – a correção de sir Jack representou um rosnado amigável. Não se empurrava alguém como Jerry Batson por aí, porém o instinto autoritário jamais abandonava sir Jack. O caráter imperativo de sir Jack se afirmava através de seu comportamento animado, sua aparência bem nutrida, sua preferência por ficar de pé, enquanto os outros se sentavam, e seu hábito de corrigir automaticamente a primeira afirmação de seu interlocutor. A técnica de Jerry Batson era diferente. Ele era uma figura franzina, com cabelos cacheados, começando a ficar grisalhos, e um aperto mole de mão que ele preferia não dar. Sua maneira de estabelecer, ou contestar o autoritarismo, era recusando-se a buscá-lo, praticando um pequeno instante de recolhimento zen em que ele era uma mera pedra lavada fugazmente por um ruidoso regato, sentando-se ali, de maneira neutra, apenas a sentir o *feng shui* do ambiente.

Sir Jack se dava com a *crème de la crème*. Assim sendo, dava-se com Jerry Batson da Cabot, Albertazzi e Batson. A maior parte das pessoas presumia que Cabot e Albertazzi fossem sócios transatlânticos e milaneses de Jerry, imaginando como eles deviam se ressentir do fato de que o triunvirato nada representar senão Batson. Nenhum deles, na verdade, se ressentia do primado de Jerry Batson, já que nenhum deles – a despeito de ter escritório, conta bancária e salário mensal – existia de verdade. Eram exemplos bem antigos da jeitosa habilidade com que Jerry tratava a verdade. – Se você não consegue se apresentar a si mesmo, como espera apresentar um produto? – tendia ele a murmurar em remotos tempos, cândidos, pré-globalizados. Mesmo agora, tendo se passado uns vinte anos, ele ainda tendia, quando em ânimo pós-prandial ou rememorativo, a emprestar foros de verdade a seus sócios inativos. – Bob Cabot me ensinou uma das primeiras lições neste negócio... – haveria ele de começar. Ou – É claro, Silvio e eu jamais costumávamos concordar sobre... – talvez a realidade daquelas transferências mensais que atravessavam o Canal da Mancha houvesse aquinhoado os titulares das contas com uma corporeidade perdurável.

Jerry aceitou o copo de armagnac; ficou sentado e calado, enquanto sir Jack passava por seus torvelinhos, fungadelas, bochechos e olhar extasiado. Batson usava um terno escuro, gravata de bolinhas e sapatos pretos informais. O uniforme podia ser proposital para insinuar juventude, maturidade, moda, ar grave; *cashmere* de gola rulê, meias Missoni e óculos de *designers* com lentes normais. Todo esse paramento oferecia nuanças. Com sir Jack, porém, ele não exibia nenhum acessório profissional, humano ou mecânico. Permanecia ali sentado a sorrir com uma subserviência nominal, quase como se estivesse esperando que seu cliente definisse os termos de seu emprego.

É claro que há muito já se passara o tempo em que "clientes" "empregavam" Jerry Batson. Uma mudança crucial de premissas ocorrera havia uma década, quando Batson decidira que ele trabalhava com as pessoas, ao invés de para elas. Assim, ele trabalhara em diversas ocasiões (embora às vezes não) com a CBI e a TUC, com o movimento de libertação dos animais e com a indústria de peles, com o Greenpeace e a indústria nuclear, com todos os principais partidos políticos e várias facções políticas. Mais ou menos na mesma época, começara a desencorajar rótulos grosseiros como homem de publicidade, lobista, administrador de crises, retificador de imagem e estrategista empresarial. Atualmente, Jerry, o homem misterioso que vivia freqüentando, de *black-tie*, as páginas das colunas sociais, nas quais corriam insinuações que ele receberia dentro em breve um título, preferia se posicionar de modo diferente. Dava consultoria aos eleitos. Não aos politicamente eleitos, gostava de frisar, mas aos simplesmente eleitos. Daí sua presença no apartamento da cidade de sir Jack, tomando o armagnac, com toda Londres cintilando na escuridão, atrás de uma parede inteiriça de vidro, contra a qual batiam delicadamente seus pés informalmente calçados. Ele estava ali para moer algumas idéias. Sua simples presença provocava uma sinergia.

— Você está de conta nova — anunciou sir Jack.

— Estou? — Houve apenas o mais ligeiro, o mais opaco espanto na sua voz. — Silvio e Bob se encarregam de todas as novas contas.

— Todo mundo sabia isso. Ele, Jerry, estava acima da "ralação". Costumava considerar-se como uma espécie de advogado superior, que defendia seus casos nos tribunais mais amplos e importantes da opinião e emoção públicas. Ultimamente, promovera-se ao judiciário. Por isso, falar em contas na sua presença tinha um toque de vulgaridade. Mas também não se esperava delicadeza da parte de sir Jack. Todo mundo concordava que lhe faltava um pouquinho — seja lá por que motivo — de *finesse* e *savoir*.

— Não, meu amigo Jerry, esta é tanto uma nova conta quanto uma conta muito antiga. Tudo que peço, como disse, é que você sonhe um pouco junto comigo.

— Será que gostarei desse sonho? — Jerry demonstrou um ligeiro nervosismo.

— Seu novo cliente é a Inglaterra.

— A Inglaterra?

— Exatamente.

— Está comprando, Jack?

— Vamos sonhar que estou. De certa maneira.

— Você quer que eu sonhe?

Sir Jack assentiu com a cabeça. Jerry Batson tirou uma caixa de rapé de prata, abriu a tampa, aspirou seu conteúdo por cada narina.

Em seguida, espirrou de maneira não muito convincente num lenço de estampado vivo. O rapé era cocaína escurecida, conforme sir Jack provavelmente sabia. Sentaram-se em poltronas Louis Farouk iguais. Londres estava a seus pés, como se à espera de ser debatida.

– Este é o problema – começou Jerry. – No meu entender. Sempre foi. As pessoas simplesmente não aceitam, nem mesmo na sua vida cotidiana. "Você só tem a idade que sente que tem", dizem. *Correção*. Você tem a idade, exatamente a idade que tem. Verdade em relação aos indivíduos, relacionamentos, sociedades, nações. Agora, não me entenda mal. Sou um patriota. Adoro tremendamente este lugar. Porém, o problema pode ser colocado em termos simples: há uma recusa em enfrentar o espelho. Concordo que não somos os únicos a ter esta atitude, mas no meio da família das nações que se maquiam toda manhã assobiando *Você tem apenas a idade que sente que tem*, somos um caso notório.

– Notório? – perguntou sir Jack. – Eu também sou patriota, você se esquece.

– Então a Inglaterra se chega a mim, e o que digo a ela? Digo, "Escute, minha querida, enfrente a realidade. Estamos no terceiro milênio e seus seios estão caídos. A solução não é um sutiã corretivo."

Algumas pessoas achavam Jerry Batson cínico; outras apenas um salafrário. Mas não era hipócrita. Considerava-se patriota. E tinha mais: era sócio, enquanto sir Jack tinha apenas os suspensórios. Não obstante, não acreditava no culto simplório aos ancestrais; para ele, o patriotismo tinha de ser ativo. Ainda havia velhos que sentiam saudades do Império Britânico; do mesmo modo que havia outros amedrontadíssimos diante da idéia da possível desintegração do Reino Unido. Não consta que Jerry tivesse externado em público opiniões – e venceria a cautela, até o momento em que já se sentisse seguro como sir Jerry – que ele podia externar com a maior facilidade quando na companhia de livres pensadores. Ele não via nada de mais, senão uma inevitabilidade histórica, na idéia de que toda a Irlanda deveria ser governada por Dublin. Se os escoceses quisessem declarar a independência e ingressar na União Européia como um Estado livre, então Jerry – que havia trabalhado na sua época tanto na campanha da Escócia, para os escoceses, quanto com os rapazes da União para

Sempre, e estava bem situado para enxergar todos os argumentos – não haveria de atrapalhá-los. Idem para o País de Gales, por sinal. No seu modo de ver, você poderia – e deveria – ser capaz de aceitar a passagem do tempo, a mudança e a idade, sem tornar-se um depressivo histórico. Soubera-se que ele, em determinadas situações, já comparara o belo país da Inglaterra à nobre disciplina da Filosofia. Quando começara o estudo e elaboração da filosofia, lá na Grécia, ou onde quer que tenha sido, ela abarcava todo tipo de áreas de saber: medicina, astronomia, direito, física, estética, e assim por diante. Não havia muita coisa produzida pelo cérebro humano que não fizesse parte da filosofia. Mas gradualmente, com o passar dos séculos, cada uma dessas várias áreas de saber se desligara do corpo principal e se estabelecera independentemente. Do mesmo modo, gostava de argumentar Jerry – como agora o fazia – a Grã-Bretanha já detivera o domínio de grandes extensões da superfície do globo, pintando-a de cor-de-rosa, de pólo a pólo. À medida que o tempo passava, essas possessões imperiais haviam se desligado e se estabelecido como nações soberanas. Com toda razão, aliás. Então, com que nos deixara isso agora? Com algo chamado Reino Unido que, para ser sincero e respeitar a realidade, não fazia jus a este adjetivo. Seus membros eram unidos do mesmo modo que são unidos os inquilinos que pagam aluguel ao mesmo senhorio. E todo mundo sabia que a servidão podia ser transformada em liberdade. Mas será que a filosofia deixou de questionar os problemas centrais da vida só porque a astronomia e seus camaradas se estabeleceram alhures? De modo algum. Podia-se até argumentar que assim ela pode se concentrar melhor nas questões vitais. E será que a Inglaterra perderia algum dia sua forte e singular individualidade, cristalizada no decorrer de tantos séculos, se, apenas a título de argumento, o País de Gales, a Escócia e a Irlanda do Norte resolvessem dar o fora? Não, de acordo com a cabeça de Jerry.

– Os seios – disse sir Jack, lembrando.

– É o meu argumento. Exatamente. Você precisa encarar a realidade. Este é o terceiro milênio e seus seios estão caídos, doçura. Já se passou há muito, muito tempo, a época de mandar uma canhoneira, sem falar nos soldadinhos de vermelho. Temos o melhor Exército do mundo, é desnecessário dizer, mas hoje nós o alugamos para pequenas guerras aprovadas por terceiros. Não somos mais "mega". Por que tem gente que acha tão difícil admitir isso? As primeiras máquinas de tecelagem se encontram em um museu, o petróleo está secando. Existem outras pessoas fabricando coisas mais baratas. Nossos amigos da Fazenda ainda cunham a moeda, cultivamos nossa própria comida: somos capitalistas modestos e entediados. Às vezes estamos adiantados no jogo, às vezes atrasados. Mas o que temos *de fato*, o que sempre teremos, é aquilo que os outros não têm: um acúmulo de tempo. Tempo. Minha palavra-chave, sabe?

— Sei.

— Se você for um cara idoso, lá na sua cadeira de balanço na varanda, não vai jogar basquete com a garotada. Caras idosos não pulam. Você fica sentado e valoriza aquilo que tem. E também faz o seguinte: faz a garotada pensar que qualquer um pode pular, mas que é preciso um velhinho sábio para saber ficar ali se balançando.

— Existe gente por aí — depressivos históricos clássicos, no meu entender — que acha que nossa tarefa, nossa função geopolítica específica, é atuar como emblema do declínio, espantalho moral e econômico. Por exemplo, nós ensinamos o mundo a jogar críquete e agora temos o dever, é uma expressão da nossa culpa imperial que ainda perdura, de relaxar e deixar que todo mundo nos derrote nele. Uma besteirada. Quero mudar completamente essa maneira de pensar. Não sinto que fico atrás de ninguém no meu amor por este país. É só uma questão de colocar corretamente o produto, só isso.

— Coloque-o para mim, Jerry — os olhos de sir Jack se mostravam sonhadores; sua voz estava cheia de desejo.

O consultor dos eleitos se serviu de mais uma pitada de rapé. — Você — nós — a Inglaterra — o meu cliente — é — somos — uma nação muito idosa, com uma bela história, com uma bela sabedoria acumulada. História social e cultural — pilhas de histórias, resmas delas -- eminentemente aptas a serem postas no mercado, agora, neste exato momento. Shakespeare, a rainha Vitória, a Revolução Industrial, jardinagem, esse tipo de coisa. Se é que posso cunhar, ou melhor, frisar o *copyright*, da seguinte frase: *Nós já somos aquilo que os outros, talvez, ainda esperam ser*. Não se trata de autopiedade, mas a força de nossa posição, nossa glória, nosso ângulo de inserção do

produto. Somos os novos pioneiros. Precisamos vender nosso passado às outras nações na qualidade de futuro delas!
— Extraordinário — murmurou sir Jack. — Extraordinário.

PA-PA-PA-PA PUM PUM PUM
                              fez sir Jack, enquanto Woodie, com o boné sob o braço, abria a porta da limusine — *Pa-pa-pa-pa pum pum pum*. Você reconhece isso, Woodie?
— Será que poderia ser a magnífica Pastoral? — o motorista ainda fingiu uma certa incerteza, fazendo por merecer um balanço de cabeça por parte de seu patrão, além de uma demonstração de seus conhecimentos.
— O brotar de impressões serenas ao chegar ao campo. Alguns tradutores dizem "felizes"; eu prefiro "serenas". Encontre-me no The Dog and Badger, em duas horas.

Woodie seguiu lentamente com o carro em direção ao ponto de encontro na outra extremidade do vale, onde pagaria ao dono do *pub* para que oferecesse drinques por conta da casa a seu patrão. Sir Jack endireitou as linguetas de suas botas de caminhar, sopesou seu cajado de abrunheiro com uma das mãos e com a outra, em seguida, ficou ali a soltar um longo e lento peido, como um radiador sendo sangrado. Satisfeito, bateu com seu cajado contra um muro de pedra tão regular quanto um tabuleiro de mexe-mexe, e partiu pelo campo do final de outono. Sir Jack gostava de se pronunciar a favor dos prazeres simples — e assim o fazia anualmente como presidente de honra da Associação dos Caminhantes — mas sabia também que não havia mais prazeres simples. A campeirinha e seu namorado caipira não giravam mais o poste enfeitado de 1º de maio, ansiando por uma fatia de torta de carneiro. A industrialização e o mercado livre haviam há muito se livrado deles. Comer não era simples, e a recriação histórica da dieta da campeirinha era realmente difícil. Beber era mais complicado agora. Sexo? Ninguém, exceto cabeças ocas, jamais pensou que o sexo fosse um prazer simples. Exercício? A dança debaixo do poste de 1º de maio tornara-se uma prova. Arte? A arte transformara-se em indústria de entretenimento.

E estava tudo muito bem, na opinião de sir Jack. *Pa-pa-pa-pa pum pum pum*. Como estaria Beethoven se vivesse atualmente? Rico, famoso, e sob os cuidados de um bom médico. Que desgraça deve ter sido aquela noite de dezembro em Viena. 1808, se a memória estiver correta. Patrocinadores incapazes, músicos que não haviam ensaiado o suficiente, uma platéia tiritante e obtusa. E quem foi a inteligência rara que achou boa idéia fazer a *première* da quinta *e* da majestosa Pastoral na mesma noite? *Mais* a fantasia coral. Durante horas, num saguão sem aquecimento. Não admira que tenha sido um desastre. Hoje, com um agente decente, um empresário diligente – ou, melhor ainda, com um mecenas esclarecido que poderia dispensar a necessidade daqueles picaretas do dez por cento... Uma figura que insistisse em ensaios de duração adequada. Sir Jack tinha pena do magnífico Ludwig, tinha pena de verdade. *Pa-pa-pa-pa-pa-pum-diddy-um.*

E até mesmo um prazer supostamente simples como caminhar tinha suas complicações: legais, logísticas, cartoriais, filosóficas. Ninguém mais apenas "caminhava", andava por andar, para encher os pulmões, para fazer o corpo exultar. Talvez ninguém jamais de fato o fizera, exceto alguns raros espíritos. Do mesmo modo que ele duvidava que nos velhos tempos alguém de fato "viajasse". Sir Jack possuía interesses em muitas organizações de lazer, e ficava enojado até a alma com a alegação de que as "viagens" refinadas haviam sido superadas pelo turismo "vulgar". Essa gente que reclamava era um bando de esnobes e ignorantes. Será que imaginavam que todos aqueles viajantes ao velho estilo, que eles gostavam de adular, eram tão idealistas assim? Que os mesmos não haviam "viajado" por praticamente os mesmos motivos que os "turistas" de hoje? Para sair da Inglaterra, ir para algum outro canto, sentir o sol, ver imagens e gente estranha, comprar coisas, buscar aventuras amorosas, voltar para casa com *souvenirs*, lembranças, podendo contar vantagens? Exatamente a mesma coisa do esquema de Jack. Tudo que acontecera desde o Grand Tour fora a democratização do viajar, e com toda razão, aliás, conforme ele dizia freqüentemente a seus acionistas.

Sir Jack gostava de sair por aí, atravessando terras que pertencessem a terceiros. Ele erguia o cajado com prazer diante das vacas recortadas nas faldas da colina, dos cavalos de tração com suas patas de elefante, dos montes de feno parecidos com o cereal para o café da manhã "Shredded Wheat". Porém, jamais cometia o erro de julgar que qualquer daquelas coisas fosse simples, ou natural.

Ele entrou numa mata, fazendo uma mesura para um casal de caminhantes que vinham da direçao oposta. Será que ouviu um risinho entre eles? Talvez tivessem ficado espantados com seus calções de caça de *tweed*, paletó de caça, sarja da cavalaria, polainas, botas de couro de veado feitas à mão e cajado de caminhar nas montanhas. Tudo fabricado na Inglaterra, é claro: sir Jack era patriota nos seus momentos íntimos também. Os caminhantes que se afastavam vestiam *trainers* de cor industrial, tênis de borracha, bonés de beisebol e estavam de mochilas de náilon. Um estava com fones e, com toda certeza, não estaria ouvindo a magnífica Pastoral. Mas, de novo, sir Jack não era esnobe. Uma proposta, alguns anos atrás, na Associação dos Caminhantes, determinava que os caminhantes fossem obrigados a usar cores que se integrassem com a paisagem. Sir Jack combatera a proposta com unhas e dentes, com garra e determinação. Descrevera essa proposta como fantasiosa, elitista, não-prática e antidemocrática. Além do mais, ele não deixava de ter seus interesses no mercado de roupas esportivas.

A trilha pela mata, com várias gerações de folhas elásticas de faia, tinha o piso acolchoado. Fungos em camadas sobre uma tora apodrecida formavam uma maquete de Le Corbusier para casas operárias. O gênio era a capacidade de transformar: o rouxinol, a codorna e o cuco tornaram-se a flauta, o oboé e o clarinete. E, no entanto, não constituía também gênio ser capaz de olhar as coisas com o olhar de uma criança inocente?

Ele saiu da mata e subiu um pequeno morro. Abaixo, um prado ondulante ultrapassava um arvoredo, chegando a um rio estreito. Ele apoiou-se no seu cajado e ficou remoendo seu encontro com Jerry Batson. Ele não era exatamente um patriota, de acordo com o ponto de vista de sir Jack. Havia algo evasivo nele. Não se relacionava de homem para homem com a gente, não olhava no olho, ficava sentado ali num transe como um hippie de butique. Ainda assim, se você molhasse sua mão com prata, Jerry costumava dar a todos um bom diagnóstico. Tempo. Você tem a idade, exatamente a idade que tem. Afirmação aparentemente tão óbvia que era quase mística. Então, qual a idade de sir Jack? Mais velho do que constava no seu passaporte, isso era certo. Quanto tempo ainda teria ele? Havia instantes em que sentia estranhas premonições. No seu banheiro particular no prédio Pitman, sentado na sua privada de pórfiro, uma sensação de fragilidade vinha dominá-lo às vezes. Fim ignóbil, ser pego sem calças...

Não, não! Isto não era um bom pensamento. Não o pequenino Jacky Pitman, não o alegre Jack, não sir Jack, não o futuro lorde Pitman de qualquer-lugar-que-ele-quisesse. Não, precisava de se manter em movimento, tinha de agir, não devia ficar esperando pelo tempo, precisava agarrar o tempo pelo pescoço. Avante, avante! Ele deu um golpe numa moita com seu cajado e assustou um faisão, que se alçou pesado no ar, com seu manto de *shetland*, a bater asas, zumbindo como um avião de aeromodelismo com a hélice defeituosa.

A brisa de outubro tornara-se mais cortante, enquanto ele seguia a beira de uma escarpa. Um catavento enferrujado surgiu como um atrevido galo de Picasso. Ele já podia enxergar algumas luzes prematuras à distância: uma aldeia-dormitório, um *pub* que voltou à sua autenticidade graças aos fabricantes de cerveja. Sua viagem estava acabando rápido demais. Ainda não, pensou sir Jack, ainda não! Ele às vezes sentia um enorme parentesco com o velho Ludwig. Era verdade que os perfis de sir Jack nas revistas usavam com freqüência a palavra gênio. Nem sempre engastada em contextos lisonjeadores, mas também, como dizia ele, havia apenas dois tipos de jornalista: aqueles que ele empregava, e os que eram empregados por seus invejosos rivais. Poderiam ter escolhido outra palavra, afinal de contas. Mas onde estava a sua Nona Sinfonia? Seria aquilo a mexer dentro dele naquele instante? Certamente, se Beethoven tivesse morrido depois de ter feito oito anos, o mundo ainda o teria na conta de uma magnífica figura. Mas a Nona, a Nona!

Um gaio passou voando, anunciando as cores dos carros da estação. Uma cerca de faias flamejava como zarcão. Se nós pudéssemos apenas mergulhar naquilo... *Muss es sein?* Todo Beethoven – e sir Jack se incluía entre eles – sabia a resposta daquilo ali. *Es muss sein*. Mas só depois da Nona.

Ele fechou bem a gola de seu casaco de caça contra o vento que se levantava, e resolveu rumar para uma brecha numa cerca longínqua. Um conhaque duplo no The Dog and Badger, cujo dono de suíças sempre o oferecia patrioticamene por conta da casa – "Um prazer e uma honra, como sempre, sir Jack" – e, em seguida, a limusine de volta a Londres. Normalmente ele enchia o carro com a Pastoral, mas talvez não naquele dia. A Terceira? A Quinta? Ousaria arriscar a Nona? Quando ele atingiu a cerca, um corvo voou e planou.

– OUTRAS PESSOAS talvez gostem de se cercar de puxa-sacos – disse sir Jack, enquanto entrevistava Martha Cochrane para o cargo de consultora especial. – Porém sou conhecido por dar valor a quem gosto de descrever como gente que sabe dizer não. O tipo que desafina o coro, os que sabem negar. Não é verdade, Mark? – ele chamou seu gerente de projetos, um rapaz louro, com cara de travesso, cujo olhar seguia tão depressa o seu patrão que, às vezes, parecia se antecipar a ele.
– Não – disse Mark.
– Ha, ha, Marco. *Touché*. Ou, por outro lado, obrigado por provar meu argumento. – Ele inclinou-se por cima de sua mesa de dois lados, proporcionando à Martha um pouco do benévolo *Führerkontakt*. Martha esperou. Ela previa tentativas de desequilibrá-la, e o refúgio confortável dos duplos cubos de sir Jack, com sua chocante mudança de estilo em relação ao restante do prédio Pitman, já o fizera. Ao atravessar a sala, ela quase torcera o tornozelo no tapete peludo cheio de tufos.
– Irá notar, srta. Cochrane, que friso a palavra gente. Emprego mais mulheres que a maioria das pessoas na minha situação. Sou um grande admirador de mulheres. E acredito que as mulheres, quando não são mais idealistas que os homens, são mais cínicas. Por isso estou à procura daquilo que poder-se-ia chamar um cínico profissional. Não um bobo da corte, como o jovem Mark aqui, mas alguém que não tenha medo de dizer o que pensa, que não tenha medo de se opor a mim, mesmo sem esperar que seus conselhos e sabedoria sejam necessariamente acatados. O mundo é minha ostra, mas não busco neste instante uma pérola, porém aquele pedacinho vital de areia. Diga-me, concorda que as mulheres sejam mais cínicas que os homens?

Martha pensou alguns segundos.

— Bem, as mulheres vêm se acomodando tradicionalmente às necessidades dos homens. As necessidades dos homens sendo, é claro, duplas. Põem-nos num pedestal para olhar por baixo de nossa saia. Quando vocês queriam modelos de pureza e valor espiritual, algo a se idealizar enquanto estavam longe, lavrando a terra ou matando o inimigo, nós nos acomodamos. Se querem agora que sejamos cínicas e desiludidas, sou da opinião que podemos também nos acomodar a isso. Embora, é claro, talvez não sejamos sinceras, não mais do que éramos anteriormente. Talvez estejamos apenas sendo cínicas a respeito de sermos cínicas.

Sir Jack, que fazia suas entrevistas em democráticas mangas de camisa, puxou seus suspensórios do Garrick num borrachudo *pizzicato*.

— Olha só, isto é *muito* cínico.

Ele consultou de novo a ficha de solicitação de emprego dela. Quarenta, divorciada, sem filhos; diploma de história, em seguida pesquisa de pós-graduação sobre o legado dos sofistas; cinco anos na área financeira, dois no Departamento de Herança Cultural e de Artes, oito como consultora *free-lance*. Quando ele passou da sua ficha para seu rosto, ela já o estava encarando com firmeza. Cabelos castanhos escuros aparados curtos de modo severo, um terninho azul de negócios, uma única pedra verde no seu dedo mínimo da esquerda. A mesa escondia suas pernas.

— Preciso lhe fazer algumas perguntas, em nenhuma ordem em especial. Vamos ver... — a atenção fixa dela era estranhamente desconcertante. — Vejamos. Você tem quarenta anos. Correto?

— Trinta e nove — ela esperou que os lábios dele se separassem antes de interrompê-lo. — Mas, se eu dissesse que tinha 39, o senhor provavelmente pensaria que eu tinha 42 ou 43, enquanto se dissesse que tinha quarenta, seria mais provável que acreditasse.

Sir Jack tentou um risinho.

— O resto de sua solicitação é tão cheia de aproximações quanto isso?

— É tão verdadeira quanto se deseje que ela seja. Se convém, é verdade. Se não, eu a mudarei.

— Por que acha que esta nossa grande nação ama a família real?

– É o costume imposto. Se não o tivéssemos, o senhor estaria fazendo a pergunta oposta.
– Seu casamento acabou em divórcio?
– Não consegui agüentar o ritmo da felicidade.
– Somos uma raça orgulhosa, que não foi derrotada pelas armas desde 1066?
– Com notáveis vitórias na Guerra de Independência Americana e nas Guerras do Afeganistão.
– Ainda assim derrotamos Napoleão, o Kaiser, Hitler.
– Com uma ajudinha dos nossos amigos.
– O que acha da vista da janela do meu escritório? – ele fez um gesto com o braço. O olhar de Martha foi conduzido a um par de cortinas até o chão, seguras por uma corda dourada; entre elas havia uma janela evidentemente falsa, em cuja vidraça se via pintada uma perspectiva de trigais dourados.
– É bonita – disse ela sem se comprometer.
– Ah! – respondeu sir Jack. Ele marchou até a janela, pegou suas alças em *trompe-l'oeil* e, para surpresa de Martha, empurrou-as com força para cima. Os trigais desapareceram para dar lugar ao pátio do prédio Pitman. – Ah!
Ele sentou-se de novo, com a condescendência de quem levou a melhor. – Dormiria comigo para arranjar este emprego?
– Não, acho que não. Isto me daria muito poder sobre o senhor.
Sir Jack deu um ronco. Cuidado com a língua, disse Martha consigo mesma. Não comece a tentar agradar a platéia – Pitman já está fazendo isso para ambos. Não se trata de uma grande platéia, aliás o bobo da corte louro; um "elaborador de conceitos" grandão; um pequeno sujeito de óculos de função indefinida debruçado sobre um *laptop*; e uma AP muda.
– E o que acha de meu magnífico projeto, tal como foi esboçado? Martha fez uma pausa.
– Acho que vai funcionar – respondeu ela, mergulhando no silêncio. Sir Jack, desconfiando de uma vantagem, saiu de trás de sua mesa e ficou postado a olhar o perfil de Martha. Ele puxou o lóbulo de sua orelha esquerda, examinando as pernas dela. – Por quê?
Ao fazer a pergunta, ele se perguntou se a candidata encararia um de seus subordinados, ou até mesmo a sua cadeira vaga. Ou viraria ela a cabeça pela metade, franzindo os olhos desajeitadamente para ele?

Para surpresa de sir Jack, ela não fez nada disso. Levantou-se, encarou-o, cruzou os braços com naturalidade sobre o peito e disse:

— Porque ninguém jamais perdeu dinheiro encorajando os demais a serem preguiçosos. Ou melhor, ninguém jamais perdeu dinheiro encorajando os demais a gastarem bastante em serem preguiçosos.

— O lazer de primeira é cheio de atividades.

— Exatamente.

Sir Jack se mexeu ligeiramente entre cada uma de suas próximas perguntas, tentando desconcertar Martha. Mas ela permaneceu em pé, simplesmente se virando para encará-lo. O resto do comitê da entrevista foi ignorado. Às vezes, sir Jack sentia que era ele quem precisava dar pulos para se manter emparelhado com ela.

— Diga-me, você cortou seu cabelo exatamente dessa maneira para a entrevista?

— Não, para a próxima.

— Sir Francis Drake?

— Um pirata — (Obrigado, Cristina.)

— Ora, ora. E quanto a São Jorge, nosso padroeiro?

— Padroeiro também de Aragão e Portugal, acredito. E protetor de Gênova e Veneza. Um sujeito de cinco dragões, ao que parece.

— O que diria se eu lhe insinuasse que a função mundial da Inglaterra é agir como emblema do declínio, de um espantalho moral e econômico? Por exemplo, ensinamos o mundo a jogar o engenhoso jogo de críquete, e agora é nossa tarefa, nosso dever histórico, uma expressão de nossa culpa imperial que perdura, nos recostarmos na cadeira e deixarmos que todo o mundo nos derrote nele, o que diria você disso?

— Eu diria que não se parece muito com o seu discurso. Naturalmente, já li a maioria deles.

Sir Jack sorriu para si mesmo, embora gestos íntimos como aquele sempre estivessem generosamente disponíveis para um consumo mais amplo. A essa altura, ele acabara suas pequenas caminhadas em círculos e sentara novamente na sua cadeira de presidente. Martha também sentou-se.

— E por que deseja este emprego?

— Porque o senhor me pagará mais do que mereço.

Sir Jack riu abertamente. – Mais alguma pergunta? – perguntou ele à sua equipe.
– Não – disse Mark petulantemente, porém seu gesto se perdeu para o patrão.
Conduziram Martha em direção à saída. Ela parou na Sala da Citação e fingiu lançar seu olhar sobre a pedra iluminada; talvez houvesse alguma câmera furtiva a que precisasse agradar. Na verdade, ela estava tentando recordar o que o escritório de sir Jack lhe fazia lembrar. Meio clube de cavalheiros, meio casa de leilões, produto de um gosto imperioso, porém disperso. Dava a impressão do saguão de um hotel campestre, no qual as pessoas se encontravam para cometer um adultério meio desanimado, no qual o toque de nervosismo no comportamento de todos os demais disfarçava o seu próprio.
Enquanto isso, sir Jack Pitman empurrou para trás sua cadeira, espreguiçou-se ruidosamente e deu um sorriso radiante para seus colegas.
– Um grão de areia *e* uma pérola. Senhores – falo metaforicamente, é claro, já que na minha gramática o masculino sempre abarca o feminino – senhores, acho que estou apaixonado.

UMA BREVE HISTÓRIA DA SEXUALIDADE,
                                              tendo em vista
Martha Cochrane:
1. Descoberta Inocente. Um travesseiro apertado entre as coxas, com a cabeça a latejar e a réstia de luz ainda quente sob a porta de seu quarto. Ela chamava isso "ter uma sensação".
2. Progresso Técnico. O uso de um dedo, em seguida dois; primeiro secos, depois molhados.
3. Socialização do Impulso. O primeiro garoto que disse que gostava dela. Simon. O primeiro beijo, a dúvida onde os narizes se encaixam? A primeira vez, depois de um baile, contra um muro, em que ela sentiu algo pressionando a curva de seu quadril; a noção fugaz que talvez fosse alguma deformidade, por assim dizer, um

motivo para deixar de ver o garoto. Mais tarde, vendo mais o garoto: a exibição visual causando pânico moderado. Jamais entrará, pensou.

4. Paradoxo do Impulso. Nos versos da velha canção: Ela jamais teve aquele que queria. Jamais quis aquele que ela tinha. Desejo intenso e oculto por Nick Dearden, cujo braço ela jamais sequer roçara. Submissão complacente a Gareth Dyce, que transou com ela três vezes seguidas num tapete cheio de grãos de areia, enquanto ela sorria e o encorajava, pensando se aquilo era tão bom quanto podia ser e meio constrangida pela esquisitice da distribuição do peso masculino: como ele podia ser leve e flutuante lá em baixo, enquanto tirava o ar de seus pulmões, esmagando-os com sua pesada ossatura aqui em cima? E ela sequer gostara do nome Gareth quando o pronunciara antes e durante.

5. O Parque de Diversões. Tantas diversões oferecidas enquanto fieiras de luzes piscavam, e a música rodopiante berrava. Você voava lá em cima, ficava grudada nas paredes de um cilindro rotativo, desafiava a gravidade, experimentava os limites e as possibilidades da carne. E havia prêmios, ou parecia haver, mesmo se o arco atirado resvalasse mais do que você esperava, errando o cilindro de madeira, a vara de pesca de brincadeira não fisgasse nada, e o coco estivesse colado à sua taça.

6. Busca do Ideal. Em várias camas, e às vezes renunciando ou evitando a cama. A pressuposição de que a completude fosse possível, desejável, essencial – e somente alcançável na presença e com a ajuda do Outro. A esperança daquela possibilidade em:

a) Thomas, que a levou a Veneza, onde ela descobriu que os olhos dele brilhavam mais diante de um Giorgione, do que quando ela apareceu de calcinhas e sutiã azul-escuro, comprados para a ocasião, enquanto o pequeno canal fazia um barulhinho agradável, no lado de fora da janela deles;

b) Matthew, que gostava de fazer compras de verdade, que podia dizer quando as roupas iriam cair bem nela, mesmo quando ainda estavam no cabide, que conseguia fazer um risoto no ponto certo de umidade grudenta, não podendo se afirmar em relação a ela;

c) Ted, que lhe mostrou as vantagens do dinheiro e as hipocrisias desfibrantes a que ele encorajava, que dizia que a amava e que queria casar com ela e ter filhos com ela, mas que nunca lhe contara que, toda manhã, no intervalo entre a sua partida do apartamento dela e sua chegada ao escritório, passava uma hora de intimidade com seu psiquiatra;

d) Russel, com quem ela fugiu de cabeça virada para transar e amar, em uma meia encosta de uma montanha no País de Gales, para tirar água fria com uma bomba manual e tomar leite de cabra ainda quente do úbere. Russel era idealista, organizado, com uma mentalidade comunitária, capaz de um auto-sacrifício, a quem ela começou a admirar muito até começar a desconfiar que ela não conseguiria sobreviver sem a complacência, os estímulos caóticos, a preguiça e a corrupção da vida urbana moderna. Sua experiência com Russel também fê-la duvidar se o amor seria alcançável pelo esforço ou por alguma decisão; se o valor individual contava. Além do mais, onde estava escrito ser possível algo além de um doce e porcino companheirismo? (Nos livros, mas ela não acreditava nos livros.) Um ligeiro desespero acompanhou a sua vida durante vários anos, depois dessas descobertas.

6. a) Apêndice. Sem se esquecer de vários homens casados. A escolha é sua, Martha, entre o seguinte: celulares, telefonemas dados em carros, secretárias eletrônicas; sentimentos que não são postos no papel, aviso de crédito do cartão; sexo repentino, e a porta de seu apartamento a se fechar cedo demais depois do sexo repentino; e-mails íntimos, Páscoas vazias; o brio de um ligeiro não envolvimento, os pedidos de não usar perfume nenhum; a alegria da apropriação indébita, os ciúmes incauterizáveis. E também: amigos com quem você achou que podia transar. E também: gente com quem transou e achou que podiam ser amigos. E também: (quase) Jane (só que estava cansada demais e dormiu).

7. A Busca da Existência Separada. A necessidade de sonhar. A realidade daquele sonho. Um outro poderia estar lá presente e prestativo, sua própria presença contingente a somar-se a uma suposta realidade compartilhada. Mas você se desligava de sua realidade, do mesmo modo que fazia com o ego dele, e nessa separação residia sua esperança. "É isso o que você quer dizer, Martha", perguntava-se ela às vezes, ou você está apenas embelezando a decisão de transar como *free-lance*?

7. a) Sem esquecer: celibato de dez meses e meio. Melhor, pior, ou apenas diferente.

8. Situação Atual. Este aqui, por exemplo. Um bom provedor, como se costumava dizer. Tal como fora antes. Belo pau chicoteante, sem problemas; bom tórax, com mamilos um tanto femininos, meio carnudos; pernas curtas, mas ele não estaria em pé naquele instante. E ele se concentrava, como se concentrava, seguro de saber exatamente o que estava fazendo, fazendo-a se encaixar em algum padrão do eterno feminino que ele criara antes. Como se você fosse uma caixa eletrônica – só teclar o código certo e jorrava dinheiro. A confiança fluente, o conhecimento presunçoso que aquilo que já funcionara antes funcionaria de novo.
De onde vinha tamanha segurança? De não pensar em demasia. E também, de suas antecessoras, que haviam aprovado seus feitos. E ela também aprovava, a seu modo. E a presunção significava que ele não notaria quando ela se separasse da realidade dele. Se notasse qualquer ausência da parte dela, presumiria, convencido, que era obra dele, que ele a trasladava para outro plano de prazer, até o sétimo, oitavo, nono céu.
Ela enfiou um dedo na boca, levando-o em seguida à parte de cima de sua boceta. Ele fez uma pausa, como se tivesse sido criticado, re-adaptou-se, grunhiu para mostrar que tamanho atrevimento o excitava, e reiniciou suas atividades, mais uma vez suas atividades. Ela o abandonou lá embaixo, sozinho, embaixo com seus fluidos e sua hidráulica, sua cronometragem e o lugar de vencedor no pódio. Ela fingiria aplaudir, quando chegasse a hora.
Parênteses. (O mistério do orgasmo feminino, que já fora caçado como uma espécie rara qualquer, narval, licorne-do-mar. Será que estaria lá, nos mares impenetráveis, na tundra gelada? As mulheres o caçavam, em seguida os homens se juntavam à caçada. A briga para saber a quem ele pertencia. Os homens, por algum motivo, pareciam crer que ele pertencia a eles, e que jamais teria sido encontrado sem a sua ajuda. Gostariam que ele fosse bradado pelas ruas, em triunfo. Porém, eles o haviam perdido primeiro, por isso era justo tirá-lo deles agora. Era necessário um novo mistério, um novo protecionismo.)
Ela reconheceu os sinais. Sentiu a tensão crescente do corpo dele, ouviu os sons estertorantes: profundos como o esforço de defecar; os mais leves, como tentar desentupir os ouvidos num avião. Ela ofereceu sua própria contribuição, os doces protestos e estri-

dente aprovação de alguém que estivesse sendo docemente apunhalado; e então, no mesmo lugar e na mesma locação, mas em diferentes setores do universo, ele gozou e ela gozou.
Depois de algum tempo, ele murmurou:
— Gostou?
Era provavelmente uma piada, mas ainda assim aquilo o fazia soar como um garçom. Segura, atrás da ambigüidade das palavras, ela respondeu: — Eu me diverti.
Ele deu um risinho.
— Não diga a mim, conte para suas amigas.
Onde estavam os palavrões quando você realmente precisava deles? O problema é que a maioria deles se referia àquilo que ela acabara de fazer. Ou isso, ou, então, não tinham força suficiente. Ela até já ouvira essa expressão convencida dele, em algum momento de sua vida. Na verdade, provavelmente o faria: contaria, mas seguramente não da maneira como ele imaginava. Um pouquinho sobre esta noite e sobre aquele parceiro: porém mais sobre a porra do doce poder, cadenciado, enlevante, arrebatante, flutuante, do logro.

OS MELHORES CÉREBROS
                    dedutíveis do imposto de renda foram trazidos para se dirigirem ao Comitê de Coordenação do Projeto.
O intelectual francês era uma figura esguia, bem arrumada num paletó inglês de *tweed*, meia medida acima de seu tamanho; combinando com ele. Trajava uma camisa azul de botões no colarinho, de algodão americano, uma gravata italiana de berrante comedimento, calças de lã cor de grafite, e um par de sapatos esportivos franceses com pingentes. Rosto redondo bronzeado por gerações de luminárias de mesa; óculos sem aros; cabelo que dava mostras de calvície na frente, cortado rente. Não carregava pasta e não escondia anotações na mão em concha. Porém, com alguns gestos elegantes, tirava pombas da manga e uma fieira de bandeiras de sua boca. Pascal levava a Saussure, via Laurence Sterne. Rousseau a Baudrillard, via Edgar Allan Poe. O Marquês de Sade. Jerry Lewis, Dexter Gordon, Bernard Hinault e a obra inicial de Anne Sylvestre. Lévi-Strauss levava a Lévi-Strauss.

— O fundamental — anunciou ele, depois que os lenços coloridos haviam flutuado até o chão e as pombas se empoleirado. — O fundamental é compreender que seu grande Projeto — e nós na França ficamos contentes em saudar os *grands projets* dos outros — é profundamente moderno. Nós no nosso país temos uma certa noção de *le patrimoine*, e vocês no seu país têm uma certa noção da *'Eritage*. Não estamos aqui para conversar sobre estes conceitos, o que significa que não estamos fazendo referência direta, embora, é claro, que em nosso mundo intertextual tal referência, não importa quão irônica, seja evidentemente implícita e inevitável. Espero que todos compreendamos que não existe algo como uma zona livre de referências. Mas isso são poréns, como diriam vocês.

— Não, estamos falando de algo profundamente moderno. Já está bem firmado — e de fato provado de maneira incontestável por muitos daqueles que citei antes — que atualmente nós preferimos a réplica ao original. Preferimos a reprodução da obra de arte ao original, o som perfeito e a solidão do CD ao concerto sinfônico na companhia de milhares de pessoas com problemas na garganta. Preferimos o livro gravado em fita ao livro no colo. Se vocês forem visitar a Tapeçaria de Bayeux no meu país, verão que, para alcançar a obra original do século XI, terão primeiro de passar por uma réplica de tamanho natural, produzida pela técnica moderna; ali existe uma exposição documentada que situa a obra de arte para o visitante, como se fosse para o peregrino. Agora, possuo dados sérios que mostram que a quantidade de minutos por visitante passados na frente da réplica supera, por qualquer que seja o cálculo, a quantidade de minutos por visitante passados na frente do original.

— Quando primeiro se descobriu isso, houve certas pessoas antiquadas que externaram seu desapontamento, até mesmo sua vergonha. Era como se descobrissem que a masturbação com material pornográfico fosse mais divertido que o sexo. *Quelle horreur!* Aqueles bárbaros estão novamente dentro das portas, o tecido de nossa sociedade está sendo minado. Mas não é este o caso. É importante compreender que no mundo moderno preferimos a réplica ao original, porque ela nos dá maior *frisson*. Deixo a palavra em francês porque acho que vocês a compreendem bem dessa maneira.

— Agora, a pergunta a ser feita é: por que preferimos a réplica ao original? Por que nos dá mais *frisson*? Para compreender isso, precisamos compreender e enfrentar nossa insegurança, nossa indecisão existencial, o profundo temor atávico que experimentamos quando nos defrontamos cara a cara com o original. Não temos lugar nenhum para nos esconder, quando somos apresentados a uma realidade alternativa à nossa, uma realidade que parece mais poderosa e, portanto, nos ameaça. Vocês devem estar familiarizados, tenho certeza, com a obra de Viollet-Le-Duc, encarregado no início do século XIX de salvar muitos dos *chateaux* e *forteresses* que estavam caindo no meu país. Há tradicionalmente duas maneiras de encarar a sua obra: Primeiro, ele buscava, até onde fosse possível, salvar as velhas pedras da destruição total e do desaparecimento, conservando-as o melhor possível. Segundo, tentava algo muito mais difícil – recriar o prédio tal como fora construído – uma tarefa para a imaginação, que alguns julgam bem-sucedida, outros, ao contrário. Existe uma terceira maneira de se aproximar do assunto, e é esta: Viollet-Le-Duc buscava *abolir a realidade* daqueles velhos prédios. Defrontando-se com a *rivalidade* da realidade, com uma realidade mais forte e profunda que a da sua própria época, ele não tinha opção, por terror existencial e o instinto humano de autopreservação, se não destruir o original!

– Permitam-me citar um dos meus compatriotas, um daqueles velhos *soixante-huitards* do século passado, cujos equívocos tantos de nós achamos tão instrutivos, tão frutíferos. "Tudo aquilo que já foi vivido de modo direto", escreveu ele, "tornou-se mera representação." Verdade profunda, mesmo se concebida no meio de um profundo equívoco. Porque ele pretendera, espantosamente, que isso fosse uma crítica, e não um elogio. Para citá-lo mais uma vez: "Fora o legado de velhos livros e velhos prédios, ainda com alguma importância mas destinados a uma contínua redução, não sobrou nada, na natureza ou na cultura, que não foi transformado e poluído de acordo com os meios e os interesses da indústria moderna."

– Vocês vêem como a mente pode viajar tão longe e depois perder a coragem? E como podemos situar essa perda de coragem no deslocamento, na degeneração, de um verbo descritivo neutro para um de censura ética, "poluir". Ele compreendeu, este velho pensador, que vivemos no mundo do espetáculo, porém o sentimentalismo e uma tendência a uma determinada recidiva política fizeram-no temer sua própria visão. Eu gostaria, preferivelmente, de propor seu pensamento da maneira seguinte: antigamente só havia o mundo vivido de modo direto. Agora existe a representação – deixe-me desmembrar essa palavra, a re-presentação – do mundo. Não é um substituto para aquele mundo simples e primitivo, porém um realçar e um enriquecimento, um ironizar e uma súmula desse mundo. É nisso em que vivemos atualmente. Um mundo monocromático transformou-se em tecnicolor, um único falante roufenho tornou-se o som estereofônico ambiente. Será isso uma perda para nós? Não, é uma conquista, é uma vitória nossa.

– Concluindo, deixem-me afirmar que o mundo do terceiro milênio é inevitável, inevitavelmente moderno, e que se trata do nosso dever intelectual submeter-nos a essa modernidade, dispensando como sentimentais e fraudulentos todos os anseios por aquilo que é dubiamente denominado "original". Precisamos exigir a réplica, já que a realidade, a verdade, a autenticidade da réplica é aquilo que podemos possuir, colonizar, reordenar, onde podemos encontrar a *jouissance*, e, finalmente, se e quando decidirmos assim, é a realidade que, já que se trata do nosso destino, podemos encontrar, confrontar e destruir.

– Senhores e senhoras, eu me congratulo com todos, pois o seu empreendimento é profundamente moderno. Quero lhes desejar a coragem dessa modernidade. Críticos ignorantes irão, certamente, afirmar que os senhores procuram apenas recriar a Velha Inglaterra, expressão que, pelas suas terminações femininas, me é de um interesse todo especial, mas essa já é outra questão. Na verdade, se assim me for permitido dizer, trata-se de uma piada. Digo-lhes, como conclusão, que seu projeto precisa ser muito velho, porque, então, há de ser genuinamente inovador e há de ser moderno! Senhores e senhoras, eu os saúdo!

Uma limusine da Pitco levou o intelectual francês ao centro de Londres, onde ele gastou parte de seus honorários em botas impermeáveis de cano longo da Farlow, iscas artificiais da Casa Hardy, e "Caerphilly" curado da Paxton and Whitfield. Em seguida partiu, ainda sem anotações, via Frankfurt, para sua próxima conferência.

HAVIA MUITAS OPINIÕES DIFERENTES sobre sir Jack Pitman, poucas compatíveis entre si. Era ele vilão e tirano, ou líder nato e força da natureza? Conseqüência inevitável e gritante do sistema de livre mercado, ou um indivíduo de grande iniciativa, que mesmo assim não perdia contato com seu lado humano essencial? Alguns lhe emprestavam uma profunda e instintiva inteligência, o que lhe dava a mesma sensibilidade para as flutuações intempestivas do mercado e para as suscetibilidades das pessoas com quem lidava; outros achavam-no uma combinação brutal e irrefletida de dinheiro, ego e inescrupulosidade. Alguns já o haviam visto mandar a telefonista pôr ligações na espera, enquanto ele exibia orgulhosamente sua coleção de peças de Pratt; outros já haviam recebido ligações dele de uma de suas posições prediletas para negociar, em sua privada de pórfiro, e ouviram suas impertinências receberem respostas saídas de um cólon enfurecido. Por que juízes conflitantes? Naturalmente, havia explicações divergentes. Alguns achavam sir Jack simplesmente uma figura grande demais, um ser por demais multifacetado para que os mortais de menor estatura, amiúde de natureza invejosa, o pudessem compreender totalmente; outros desconfiavam que uma posição tática contida, que privava o perscrutador de evidências-chave ou consistentes, jazia atrás de sua técnica de domínio.

Da mesma dualidade sofriam aqueles que examinavam suas transações de negócios. Ou: ele era um sujeito que arriscava, um jogador, um ilusionista financeiro, que durante aquele breve e necessário instante convencia você de que o dinheiro era verdadeiro e estava diante de seus olhos. Ele explorava qualquer brecha no sistema; roubava Pedro para pagar Paulo. Era um cão danado, cavando cada buraco novo para usar o solo cavado no enchimento do buraco que ele acabara de deixar para trás. Era, nas palavras ainda ecoantes de um fiscal do Departamento de Comércio e Indústria, "inapto a explorar um carrinho de pipocas". Ou: era um dinâmico aventureiro mercantil cujo sucesso e energia despertavam naturalmente os boatos e a malevolência entre aqueles que achavam melhor que os negócios fossem feitos entre pequenas e dinásticas firmas presas às veneráveis regras do críquete. Era um arquetípico empresário transnacional operando no mercado global moderno, que minimizava suas obrigações fiscais – de que outro modo se poder esperar ser competitivo? Ou: olhe só como ele usou sir Charles Enright para conseguir entrar nos círculos financeiros de Londres, puxando seu saco, lisonjeando-o e, em seguida, dando uma reviravolta e fritando-o, tirando-o da diretoria na hora em que sir Charles teve seu primeiro ataque de coração. Ou: Charlie era da velha escola, bastante decente, mas francamente já meio superado, a empresa precisava de uma boa sacudidela, a oferta da pensão foi mais que generosa, e sabiam que sir Jack pagou do próprio bolso todas as despesas de colégio do caçula de sir Charles? Ou: ninguém que trabalhou com ele jamais teve algo de ruim para dizer a seu respeito. Ou: é preciso admitir que Pitman sempre foi um mestre da lei da mordaça e da cláusula secreta.

Mesmo algo aparentemente tão inambíguo como o fenômeno arquitetônico de vinte andares, aço e vidro, faia e freixo, do prédio Pitman, merecia leituras divergentes. Seria sua localização – numa zona empresarial implantada no cinturão verde a noroeste de Londres – uma esperta manobra de redução de custos, ou uma indicação de que sir Jack estava apavorado de medo de misturá-lo aos pesos pesados do mundo financeiro? A contratação de Slater, Grayson & White fora uma mera mesura à moda na arquitetura, ou um inteligente investimento? Uma pergunta mais básica era: será que o prédio Pitman pertencia mesmo a Jack Pitman? Ele pode ter pago pela sua construção, mas havia boatos que o último surto da recessão o pegara de muito mau jeito e ele tivera de ir de boné na mão a um banco francês para vendê-lo e pegá-lo de volta sob forma de leasing. Mesmo se isso fosse verdade, podia-se encará-lo de duas maneiras: ou a Pitco estava subcapitalizada, ou então sir Jack estava um passo adiante no jogo, como de costume, e ciente de que imobilizar capital num ativo que ia se desvalorizar, como um prédio de escritórios tipo nau capitânia, era o que faziam os trouxas.

Mesmo aqueles que odiavam o dono (ou arrendatário) do prédio Pitman, concordavam que ele era bom em realizar as coisas. Ou, pelo menos, bom em fazer os outros realizarem as coisas. Ali estava ele, debaixo de seu candelabro, virando-se ligeiramente para vários membros de seu Comitê de Coordenação, distribuindo ordens. Os jornalistas especializados em escrever perfis, especialmente aqueles dos seus próprios jornais, mencionavam amiúde como ele tinha os pés ligeiros para um homem tão corpulento, e era sabido que sir

Jack tinha um desejo não realizado de aprender a dançar o tango. Ele se comparava também, nesses momentos, a um pistoleiro virando-se para sacar mais rápido que o próximo rapazinho metido a besta do quarteirão. Ou seria ele, antes de tudo, um domador de leões, estalando o chicote diante de um semicírculo de filhotes irritados?

Martha, ceticamente impressionada, observava-o agora a instruir seu elaborador de conceitos. – Jeffrey, pesquisa por favor. As cinqüenta características mais impressionantes associadas à palavra Inglaterra entre os possíveis consumidores do lazer de primeira. Seriedade na delimitação do alvo. Não quero ouvir nada sobre garotos e suas bandas prediletas.

– Doméstica? Europa? Mundial, sir Jack?

– Jeffrey, você me conhece. Mundial. Dólar de primeira. Yen reforçado. Pesquise os marcianos, desde que possam pagar o preço do bilhete de entrada – ele esperou para que as risadas de apreciação serenassem. – Dr. Max, quero que descubra até que ponto as pessoas sabem das coisas.

Ele estava novamente se virando, o dedo médio a tocar imaginariamente no coldre, quando dr. Max pigarreou. O historiador oficial fora uma nomeação recente, e aquela fora a primeira vez que Martha o vira: alinhado, fidelíssimo ao *tweed*, gravata-borboleta, languidamente petulante. – Será que pode ser um pouquinho mais específico, sir Jack?

Houve uma pausa pesada, antes de sir Jack reformular sua ordem. – Aquilo que elas sabem – descubra-o.

– Isto seria, bem, no âmbito do-méstico, europeu ou mundial?

– Doméstico. Aquilo que o âmbito doméstico ignora, o resto do mundo não se dará ao trabalho de descobrir.

– Se não se importa com o fato de eu dizê-lo, sir Jack – embora Martha pudesse observar pela testa pateticamente franzida do seu patrão que sim, que ele se importava muito. – Parece um re-latório bastante am-plo.

– É por isso que o senhor recebe um cheque de pagamento bastante amplo. Jeff, segure a mão do dr. Max, está bem? Agora Marco, você terá de fazer jus a seu nome – o gerente do projeto sabia o bastante para esperar que aquilo que sir Jack quis dizer se esclarecesse. Sir Jack deu um risinho antes de disparar em direção ao alvo – Marco Polo.

Novamente, o gerente do projeto reagiu, como se estivesse instruindo o dr. Max, com aquilo que não passou de um olhar atrevido-porém-subserviente de seus olhos azuis. Sir Jack moveu-se então para aquilo que chamava A Mesa de Batalha, anunciando uma nova fase da reunião. Com um simples dobrar para dentro de sua mão gorducha, ele reuniu suas tropas à sua volta. Martha era a mais próxima, e ele descansou seus dedos no ombro dela.

– Não estamos falando aqui de um parque temático – começou ele. – Não estamos falando de um centro de herança histórica. Não estamos falando de Disneylândia, Feira Mundial, Festival da Inglaterra, Legoland ou Parque Asterix. Williamsburg Colonial? Me desculpem. Uma dupla de perus da velha guarda empoleirados numa cerca de pau, enquanto atores desempregados servem uma gororoba em pratos de estanho e deixam você pagar no cartão de crédito. Não, senhores. Falo metaforicamente, sabem, já que na minha gramática o masculino abraça o feminino, como pareço estar fazendo com a srta. Cochrane – estamos falando de um salto quântico. Não estamos atrás dos turistas de dois centavos. É hora de deixar o mundo perplexo. Ofereceremos muito mais do que aquilo que palavras como entretenimento podem possivelmente denotar; mesmo a expressão "lazer de primeira", ainda que eu tenha orgulho como tenho dela, não corresponde, no final de contas. Estamos oferecendo a *própria coisa*. Você tem cara de quem duvida, Mark?

– Só no sentido, sir Jack, que de acordo com aquilo que aprendi de nosso *amigo* francês no outro dia... não seria o caso... quero dizer, daquele seu negócio de preferir a réplica ao original. Não é com isso que estamos lidando?

– Meu Deus, Mark, existem momentos em que você me faz sentir tudo menos inglês, embora a Inglaterra seja o próprio ar em que vivo e respiro.

– O senhor quer dizer... – Mark lutava com algumas reminescências da sala de aula – algo assim como se só pudéssemos nos aproximar da coisa de verdade através da réplica. Algo deste tipo, como Platão? – acrescentou ele, tanto para si mesmo quanto na qualidade de um apelo aos outros.

– Mais quente, Marky-Mark, está torrando. Será que posso lhe ajudar nos últimos metros da pista? Deixe-me tentar. Você gosta do campo, Mark?

— Certamente. Sim. Gosto. Gosto bastante. Isto é, gosto de passar de carro por ele.
— Estive no campo bem recentemente. *No* campo, quero frisar isso. Não quero impor minha autoridade, mas o que importa sobre o campo não é *passar* por ele, e sim *estar* nele. Friso isto todo ano quando me dirijo à Associação de Caminhantes. Mesmo assim, Mark, quando você *passa* por ele, supostamente a seu modo modesto e desatento, gosta do seu aspecto?
— Sim — disse o gerente do projeto. — Gosto da aparência dele.
— E gosta, suponho, porque acha que se trata de uma amostra da Natureza?
— Poder-se-ia colocar a coisa assim. — Mark não teria ele mesmo feito a coisa, mas sabia agora que fora inscrito na versão mais brutal do diálogo socrático de que dispunha seu patrão.
— E a Natureza fez o campo do mesmo modo que o homem fez as cidades?
— Mais ou menos, sim.
— Mais ou menos, não, Mark. Fiquei em pé em cima de um morro, no outro dia, e olhei para um prado ondulado embaixo, passando por um arvoredo, até um rio, e, ao fazê-lo, um faisão se mexeu sob meus pés. Você, como um sujeito *de passagem*, teria presumido que lá estava a Senhora Natureza perseguindo seus eternos afazeres. Eu sabia mais que isso, Mark. O morro era um cemitério da Idade do Ferro, o prado ondulante um vestígio da agricultura saxã, o arvoredo apenas um arvoredo, porque milhares de outras árvores haviam sido cortadas, o rio era um canal e o faisão fora criado com ração por um guarda-florestal. Nós mudamos tudo, Mark, as árvores, as plantações, os animais. E, agora, siga-me um pouco mais. Aquele lago que você distingue no horizonte é um reservatório, mas depois de assentado por alguns anos, quando houver peixes nadando nele, quando aves de arribação fizerem dele um porto seguro, quando a linha de árvores se adaptar a ele e quando barquinhos navegarem pitorescamente para cima e para baixo nele, quando essas coisas acontecerem, ele se tornará, triunfantemente, um lago, você vê? Torna-se a *própria coisa*.
— Era isso que nosso *amigo* francês estava tentando chegar?
— Ele foi decepcionante, achei. Disse ao tesoureiro para pagar-lhe em dólares, ao invés de libras, e sustar o cheque se ele reclamasse.

— Libras sendo a coisa de verdade, e dólares a réplica, mas depois de algum tempo a coisa de verdade se torna a réplica?
— Muito bem, Mark. *Muito* bem. Digno de Martha, para fazer um elogio — ele apertou o ombro de sua consultora especial. — Mas basta deste alegre duelo de espadachim. A pergunta que temos de fazer é: *onde*?

Um mapa da Grã-Bretanha fora aberto em cima da Mesa de Batalha, e o comitê de coordenação de sir Jack olhava para o quebra-cabeça dos condados, pensando se era melhor estar completamente certo ou completamente errado. Provavelmente nenhum dos dois. Sir Jack, agora a perambular atrás das costas de sua equipe, deu-lhe uma pista.

— A Inglaterra, como o magnífico Guilherme e muitos outros já notaram, é uma ilha. Portanto, se formos sérios, se buscamos oferecer a *própria coisa*, devemos, portanto, ir em busca de uma preciosa sei-lá-o-quê situada num além-onde prateado.

Eles olharam para o mapa como se a cartografia fosse alguma nova e dúbia invenção. Parecia haver excesso de escolha ou escolha de menos. Talvez fosse preciso algum audacioso salto conceitual. — O senhor não está, por acaso, pensando... na Escócia está? — um pesado sinal dos brônquios indicava que, não, cabeça oca, sir Jack não estava pensando na Escócia.

— As Scillies?
— Distantes demais.
— As Ilhas da Mancha?
— Francesas demais.
— Ilha de Lundy?
— Refresque minha memória.
— Famosa pelos seus papagaios-do-mar.
— Ah, fodam-se os papagaios-do-mar, pelo amor de Deus, Paul. E nada de mangues chatos cheios de lama no estuário do Tâmisa, também.

O que poderia ele estar pensando? Anglesey estava descartada. A Ilha de Man? Talvez a idéia de sir Jack fosse construir sua própria ilha sob medida no litoral. Isto não deixaria de ser típico. Mas reparem só, o negócio com sir Jack era que, de certo modo, nada deixava de ser típico, exceto aquilo que ele não queria fazer.

— Aqui – disse ele, e seu punho fechado bateu como se para carimbar um passaporte. – *Aqui*.
— A ilha de Wight – responderam num coro desajeitado.
— *Exatamente*. Olhe só para ela, aconchegando-se à barriga macia da Inglaterra. O amoreco. A belezinha. Olhe só o formato dela. Diamante puro. Joiazinha. Amoreco.
— Como é ela, sir Jack? – perguntou Mark.
— Como é ela? É perfeita no mapa, assim é que ela é. Já esteve lá?
— Não.
— Alguém?
Não, não, não, não e não. Sir Jack deu a volta e veio até o outro lado do mapa, estacionando as palmas das mãos nas Highlands da Escócia, e encarou seu círculo íntimo. – E o que sabem dela? – eles se estreolharam. Sir Jack insistiu. – Deixe-me ajudar a clarificar essa ignorância, neste caso. Digam cinco célebres ocorrências históricas ligadas à Ilha de Wight? – silêncio. – Diga uma, dr. Max? – silêncio.
— Não é seu período, com certeza, ah, ah. Ótimo. Diga o nome de cinco prédios tombados na Ilha cuja restauração poderá causar problemas com o Patrimônio Histórico.
— Osborne House – respondeu o dr. Max à moda dos espetáculos de perguntas e respostas.
— Muito bem. O dr. Max ganha o secador de cabelos. Diga o nome de outros quatro – silêncio. – Ótimo. Dê o nome de cinco espécies de plantas, pássaros ou animais em perigo cujo hábitat poderia ser perturbado por nossos santos tratores de esteira? – silêncio. – Ótimo.
— A Regata de Cowes – sugeriu uma súbita voz.
— Ah! os fagócitos estão se movendo. Muito bem, Jeff. Mas não há, acho, uma única planta, prédio tombado ou fato histórico. Mais tentativas? – um silêncio mais longo. – Ótimo. Na verdade, perfeito.
— Mas sir Jack... ela não está, bem, supostamente cheia de *habitantes*?
— Não, Mark, não está cheia de habitantes. Está cheia é de futuros e gratos empregados. Mas obrigado a vocês por se oferecerem a pôr sua curiosidade a teste. Marco Polo, como disse. No seu cavalo. Me dêem um retorno em duas semanas. Estou sabendo que existem acomodações com comida notoriamente barata na ilha.

– ENTÃO, O QUE VOCÊ ACHA? –
perguntou Paul, enquanto permaneciam sentados num bar especializado em vinhos, a oitocentos metros do prédio Pitman. Martha estava com uma jarra de água mineral, Paul com um copo de vinho branco muito amarelo. Atrás dele, dos lambris folheados de carvalho, pendia uma gravura de dois cães se comportando como homens; em volta deles, homens de terno preto ganiam e latiam.

O que achava ela? De início, achou espantoso que fosse ele a convidá-la a tomar um drinque. Martha tornara-se perita em prever as jogadas em escritórios de maioria masculina. Jogadas e antijogadas. As almofadas gordas dos dedos de sir Jack haviam pousado significantemente nela em momentos de elucidação profissional, porém o toque foi registrado por ela como de mando, de preferência ao de lascívia – embora a lascívia não fosse descartada. O jovem Mark, gerente do projeto, mandou-lhe um lampejo de seus olhos azuis, de uma maneira em grande parte auto-referente; dele se podia esperar um flerte sem seqüelas. O dr. Max – bem, mais de uma vez compartilharam sanduíches no *deck* que dava para o charco artificial, porém o dr. Max estava encantadoramente interessado no dr. Max, e, quando não estava, Martha Cochrane duvidava que ela fosse seu prato preferido. Ela esperara, portanto, um avanço da parte de Jeff, o sólido, compacto e casado Jeff, com cadeirinhas de bebê presas no seu jipe; com certeza ele seria o primeiro a vir com o murmúrio comprido de "gostariadetomarumdrinque-depoisdotrabalho?" Na jaula de zoológico cheia de egos do prédio Pitman, ela se esquecera de Paul, ou tomara-o por um pedaço tranqüilo de capim, que vez por outra tremulava. Paul atrás de seu *laptop*, o escriba mudo, o anotador de idéias, caçando as banalidades niqueladas de sir Jack e entesourando-as para a posteridade, ou para uma Fundação Pitman qualquer.

– O que acho? – ela também achava que parecia uma armação: Paul no papel de emissário sondando-a para sir Jack, ou talvez para mais alguém. – Ah, na verdade não importa. Sou apenas a cínica de plantão. Apenas reajo às idéias alheias. O que *você* acha?

– Sou apenas o anotador de idéias. Anoto idéias. Não tenho nenhuma própria.
– Não acredito nisso.
– O que acha de sir Jack?
– O que acha você de sir Jack?
Peão a rei quatro, peão a rei quatro, as pretas seguem as brancas até que as brancas variam. A variação de Paul veio como uma surpresa.
– Penso nele como um homem dedicado à família.
– Gozado. Sempre considerei essa frase um oximoro.
– Ele é no fundo um sujeito dedicado à família – repetiu Paul. – Sabe, tem uma tia velha na roça por aí. Visita-a com a regularidade de um relógio.
– Pai orgulhoso, marido dedicado?
Paul olhou para ela como se ela estivesse mantendo perversamente seu modo de ser profissional fora do horário de trabalho. – Por que não?
– Por quê?
Empate provisório; por isso Martha esperou.
O anotador de idéias era poucos centímetros mais baixo que o metro e setenta e cinco dela, e alguns anos mais moço; um rosto claro, redondo, olhos cinza-azulados sinceros atrás de óculos que não o faziam parecer estudioso nem bobo, apenas vítima de uma visão deficiente. Caía-lhe meio desajeitadamente o uniforme do mundo dos negócios, como se outra pessoa tivesse escolhido aquele traje para ele, e ele girava o copo em cima de um descanso com personagens de Dickens. Sua percepção periférica lhe dizia que, quando ela desviava o olhar, ele a focalizava intensamente. Seria aquilo timidez ou cálculo – haveria talvez uma intenção de que ela percebesse? Martha suspirou para si mesma: atualmente até mesmo as coisas simples eram raramente simples.

De qualquer maneira, ela ficou à espera. Martha aprendera a sair-se bem com o silêncio. Há muito tempo lhe ensinaram – mais por osmose social do que através de qualquer pessoa em particular – que fazia parte do papel da mulher puxar pelos homens, deixá-los à vontade: então eles haveriam de entretê-la, contar-lhe a respeito do mundo, informar-lhe sobre seus pensamentos mais íntimos, e finalmente casar com você. Ao chegar aos trinta, Martha percebeu que isso era um profundo mau conselho. Na maioria dos casos, significava dar licença ao homem para te entediar; enquanto a noção de que eles haveriam de contar-lhe seus pensamentos internos era ingênua. Muitos deles só tinham pensamentos externos, para início de conversa.

Então, em vez de aprovar a priori a conversa masculina, ela se continha, a saborear o poder do silêncio. Isto enervava alguns homens. Alegavam que semelhante silêncio era, na verdade, hostil. Diziam-lhe que ela era uma agressora-passiva. Perguntavam se ela era feminista, não uma expressão descritiva dita como algo neutro, muito menos como elogio. "Mas eu não disse nada", responderia ela. "Não, mas posso *sentir* sua censura", responderia um deles. Outro, bêbado após o jantar, virou-se para ela, com o charuto ainda na boca, olhar de raiva, e disse: – Você acha que só existem dois tipos de homens, não acha, aqueles que já disseram alguma merda e aqueles que ainda vão dizer alguma merda no futuro. Pois bem, *foda-se*.

Martha, portanto, não iria ser vencida numa guerra de silêncio por um garoto que vivia olhando para o lado, com um copo de vinho amarelo diante dele.

– Meu pai tocava oboé – disse ele finalmente –, isto é, não era profissional, mas era bastante bom, tocava em pequenos grupos de amadores. Eu costumava ser arrastado até igrejas frias e auditórios locais nas tardes de sábado. *Serenata de Sopro*, de Mozart, lá vamos nós de novo. Esse tipo de coisa.

"Desculpe, isso realmente não vem ao caso. Ele me contou uma história certa vez. Sobre um compositor soviético, não me lembro qual. Foi durante a guerra, que eles chamam a Grande Guerra Patriótica. Contra os alemães. Todo mundo tinha que dar uma contribuição, por isso o Kremlin disse aos compositores soviéticos que precisavam compor música que inspirasse o povo e o fizesse expulsar o agressor. Nada de sua música artística, disse o Kremlin, precisamos de música para o povo, do povo."

"Assim todos os compositores mais importantes foram enviados para as mais diversas regiões e mandaram-nos voltar com alegres suítes de música folclórica. E aquele ali foi mandado para o Cáucaso – pelo menos, acho que foi o Cáucaso, ou algumas daquelas regiões que Stalin tentara arrasar havia alguns anos, você sabe, a coletivização, expurgos, limpeza étnica, fome. Pois então, ele viaja por ali em busca de canções camponesas, o velho violinista que toca nos casamentos, esse tipo de coisa. E adivinhe o que ele descobriu? Não sobrara nenhuma música folclórica autêntica! Sabe, Stalin arrasara as aldeias, e dispersara todos os camponeses, de modo que se acabou a música local."

Paul tomou um gole de seu vinho. Estava fazendo uma pausa, ou parara? Eis outra habilidade social que as mulheres deviam supostamente aprender: saber quando o homem terminara sua história. Na maior parte, não constituía problema, já que o final era berrantemente óbvio; ou então o narrador já começara a relinchar de antemão, de tanto rir, o que era sempre uma pista bastante boa. Martha resolvera havia muito tempo só rir de coisas que ela achava engraçadas. Parecia um tipo normal de resolução, mas alguns homens achavam isso um gesto de rejeição.

– Então ele tinha esse problema, o compositor. Não podia voltar para Moscou e dizer apenas "lamento, mas o Grande Líder infelizmente arrasou por engano toda a música que existia por lá". Isto não teria sido sábio. Então ele fez o seguinte: inventou algumas novas canções folclóricas. Em seguida, compôs uma suíte baseada nelas e levou-a de volta a Moscou. Missão cumprida.

Outro gole, seguido de um olhar enviesado para Martha. Ela interpretou-o como sinal que o caso já estava provavelmente terminado. Isto foi confirmado quando ele disse: – Tenho um pouco de vergonha de você, sinto muito.

Bem, isso, supunha ela, era melhor que ter um sujeito metido, de cara vermelha, terno riscadinho, e dentes suspeitamente perfeitos a se encostar com força contra você e dizer, de uma maneira alegre e brincalhona: – É claro que o que eu *realmente* queria fazer era trepar até deixar você toda raladinha – sim, era melhor que isso. Mas ela também já ouvira aquilo antes. Talvez já passara da idade em que era possível haver cantadas originais; só esperava as bem conhecidas.

O tom de Martha foi deliberadamente áspero. – Então o que você está dizendo é que sir Jack é um pouco como Stalin?

Paul olhou para ela espantado, como se ela o tivesse esbofeteado.

– O quê? – em seguida, deu uma olhada desconfiada em volta do bar, como se à procura de algum habilidoso espião da KGB.

– Achei que essa era a moral da história.

– Meu Deus, não, o que terá...

— Não posso imaginar — disse Martha a sorrir.
— Simplesmente surgiu na minha cabeça.
— Esqueça.
— Aliás, não há como comparar...
— Esqueça.
— Quero dizer, só para afirmar um simples argumento, a Inglaterra de hoje em dia não se parece com a União Soviética daquela época...
— Eu nunca disse nada.

O abrandamento gradativo do tom dela encorajou-o a levantar os olhos, embora não para encontrar o olhar dela. Ele olhava para além dela, em pequenos giros e pinceladas, primeiro de um lado, em seguida de outro. Lentamente, tão esquivo como uma borboleta, o olhar dele pousou na orelha direita dela. Martha ficou confusa. Ela se acostumara tanto a jogos e manobras, a mãos seguras e um comportamento manifestamente direto, que uma simples timidez rompia suas defesas.

— E qual foi a reação? — viu-se ela a perguntar, quase em pânico, com ternura.

— Que reação?

— Quando ele levou sua suíte de canções camponesas de volta a Moscou e a tocaram. Quero dizer, essa é a verdadeira moral da história, não é? Eles lhe haviam pedido música patriótica para servir de inspiração aos trabalhadores e aos poucos camponeses que restaram depois de todos os expurgos, escassez de alimentos e todo o resto. Então aquela música, aquela música que era uma invenção completa sua se mostrara tão útil e inspiradora quanto a música que ele teria encontrado se houvesse alguma? Suponho que esta seja a verdadeira questão.

Ela estava complicando demais as coisas, sabia. Não, ela estava balbuciando. Não era assim que falava normalmente. Mas ela o fizera recuar de onde quer que ele intentara ir. Ele abaixou o olhar da orelha dela, parecendo bater em retirada atrás da armação dos seus óculos. Franzia a testa, embora mais para si mesmo do que para ela, ela sentiu.

— A história não diz — respondeu ele finalmente.

Ufa. Parabéns, Martha. Conseguiu sair dessa viva.

A história não diz.

Ela gostou da maneira como ele não conseguia se lembrar do nome do compositor. E se fora ou não fora no Cáucaso.

DR. MAX

foi, de todos os teóricos reunidos, consultores e implementadores, o que levou mais tempo para compreender os princípios e exigências do projeto. Isto foi de início creditado ao isolacionismo do erudito – e não obstante o dr. Max fora nomeado justamente porque não parecia ter cheiro de claustro. Ele sempre transitara facilmente entre sua cátedra e os estúdios de rádio; era adepto dos shows mais chiques e chamava pelo primeiro nome meia dúzia de âncoras da TV, enquanto eles esperavam serenamente que ele expusesse suas esmeradas controvérsias. Embora de aparência bastante urbana, ele contribuía com a coluna Notas Naturais para o periódico *The Times*, sob o pseudônimo bem conhecido de Camundongo do Campo.

As preferências do dr. Max ao vestir eram por ternos de *tweed* com uma série de coletes de camurça em tons harmonizáveis, encimados por uma gravata borboleta, sua marca registrada. Foi um dos primeiros a serem escolhidos para colunas sobre estilo. Não importa quanto a perna de sua calça subisse, enquanto ele relaxava entre as traiçoeiras subversões do mobiliário de um estúdio de TV, jamais se vislumbrou qualquer panturrilha nua. Ele era a escolha óbvia.

A primeira expressão de ingenuidade tática do dr. Max fora perguntar onde ficaria a biblioteca do projeto. Sua segunda fora fazer circular separatas de seu artigo em *Leather Trash* intitulado "O Príncipe Albert usava sobrecasaca? – Um estudo hermenêutico de arqueologia peniana". Mais sério era sua tendência de se dirigir a sir Jack, no comitê executivo, com um tom de galhofa que nem mesmo um cínico oficial arriscaria. Então houvera sua interpretação – que alguns acharam – por demais pessoal e homoerótica do beijo entre Nelson e Hardy durante uma sessão intensiva sobre os grandes heróis britânicos. Sir Jack arrolara sonoramente os jornais da família sob seu controle pastoral, antes de mandar o dr. Max se foder e enfiar sua gravata-borboleta no cu, conselho não registrado nos anais.

Jeff não gostou de seu novo papel de zelador do historiador oficial, principalmente porque não gostava dele. Por que haveria o dr. Max de ficar sob elaboração de conceitos, a não ser porque isso divertia sir Jack? Jeff não achava que sua relutância era oriunda de um preconceito homofóbico. Era mais um preconceito contra dândis,ególatras e malas. Era uma atitude contra as pessoas que olhavam para Jeff como se ele fosse algum grande e lento paquiderme, com alguma lesão cerebral. Elas perguntavam, de uma maneira que achavam engraçada, quantos conceitos ele elaborara durante o fim de semana. Jeff sempre respondia a essas perguntas de uma maneira direta e literal, o que reforçava as pressuposições do dr. Max. Mas era isso ou então estrangular o sujeito.

— Max, se for possível — eles estavam no Oásis, uma zona do prédio Pitman cheia de palmeirinhas, samambaias, cachoeiras, que provavelmente encerrava alguma teorização arquitetônica. Sem dúvida, faltava-lhe sensibilidade metafórica, porém o som de água corrente sempre despertava em Jeff uma vontade de mijar. Ele agora permanecia ali a baixar os olhos para o historiador oficial, para seu tolo bigode, sua corrente de relógio afrescalhada, seu desprezível colete televisivo, seus punhos presunçosos. O historiador oficial levantou os olhos para Jeff, para seus ombros bovinos, sua cara comprida de cavalo, seus cabelos de jumento, seus olhos úmidos de carneiro. Eles haviam se postado como se algum coreógrafo tivesse mandado Jeff colocar o braço em volta dos ombros do dr. Max num espírito de camaradagem, mas nenhum deles conseguisse obrigar-se a fazer, ou aceitar o gesto.

— Max, olhe. — Jeff tinha uma sensação de cansaço. Ele nunca sabia por onde começar. Ou melhor, descobria sempre que precisava começar, de cada vez, num nível ainda mais básico de pressupostos do que antes. — Certamente deve ter sido uma mudança de ritmo a sua vinda para cá.

— Ah, eu não diria que sim — dr. Max sentia-se generoso. — Há um ou dois de vocês que eu talvez estivesse disposto a aceitar nas minhas aulas como estudantes maduros, como no supletivo.

— Não, eu não quis dizer neste sentido, Max. Mudança de ritmo para mais, e não para menos.

— Ah. Sim. Hora de corrigir os errinhos, estou vendo. Especifique.

O elaborador de conceitos fez uma pausa. O dr. Max, como ele gostava de ser chamado na televisão, já que assim combinava formalidade e informalidade, estava postado diante dele, pronto para brilhar ao menor polegar-para-cima de algum diretor de cena.
— Deixe-me colocar a coisa desta maneira. Você é agora nosso historiador oficial. É responsável, como posso dizê-lo, pela nossa história. Compreende?
— Claro como neve, até agora, caro Jeff.
— Certo. Bem, o que interessa na *nossa* história — e friso a nossa — é fazer nossos convidados, aqueles que estão consumindo aquilo que por enquanto rotulamos lazer de primeira, *se sentirem melhores*.
— Melhor. Ah, os velhos pro-blemas éticos, que covil de serpentes são eles. Melhor. Querendo significar?
— Menos ignorantes.
— Exatamente. Foi por isso que foi no-meado, eu presumo.
— Max, você deixou de fora o verbo.
— Qual?
— Sentir. Queremos que *se sintam* menos ignorantes. Quer *sejam* ou não sejam, já é outra questão, na verdade fora da nossa jurisdição.
O dr. Max tinha enfiado agora os dedos nos bolsos de seu colete cinza-amarelado, um gesto para a platéia a indicar um divertido ceticismo. Jeff teria tido a maior satisfação em pegar o sujeito e pendurar no varal para secar, mas insistiu: — A questão é que a maioria das pessoas não deseja aquilo que você e seus colegas consideram como história — o tipo que obtém em livros — porque não sabem como lidar com ela. Pessoalmente, simpatizo demais. Com elas, devo frisar. Já tentei ler eu mesmo alguns livros de história, e, apesar de talvez não ser bastante inteligente para poder freqüentar suas aulas, parece-me que o problema principal com eles é o seguinte: todos presumem que você já leu a maioria dos outros livros de história. É um sistema fechado. Não existe um lugar onde se possa começar. É como procurar a fita para desembrulhar um CD. Conhece a situação? Tem uma faixa colorida toda em volta, dá para ver o que está dentro e você quer chegar até lá, porém a fita não parece começar em lugar nenhum, não importa quantas vezes você passe a unha em volta dela. Entendeu?
O dr. Max tirara um livrinho de anotações e sua lapiseira de

prata estava em posição. – Você se importa se eu roubar isso? É extremamente bom. O pedaço sobre o invólucro do CD, sendo preciso – ele rabiscou uma anotação. – Sim? Então?

– Então nós não ameaçamos as pessoas. Não insultamos sua ignorância. Tratamos daquilo que elas já compreendem. Talvez acrescentemos mais um pouquinho. Mas nada de grande vulto, que não seja bem-vindo.

– E depois de ter minha gravata-borboleta reposicionada por nosso i-lustre líder, qual seria, poderia eu indagar, a função daquela instituição maior, especificamente o historiador oficial, onde a gravata-borboleta foi instruída a se alojar?

O suspiro de Jeff parecia um ruído vindo de um curral de abate. Um sujeito simplório cheio de frases enroladas – o pior de ambos os mundos. – O historiador está aqui para nos aconselhar sobre o quinhão de História que as pessoas já sabem.

– Certo – disse o dr. Max com languidez profissional.

– Ah, pelo amor de Deus, Max, as pessoas não vão desembolsar para *aprender* coisas. Se quiserem isso, podem ir a uma porra de uma biblioteca, se encontrarem alguma aberta. Virão fruir aquilo que já sabem.

– E a minha tarefa é dizer a vocês o que é isso.

– Bem-vindo a bordo, dr. Max. Bem-vindo a bordo. – Atrás deles um jato de vento invisível mexia com as folhas das palmeiras. – E mais um pouquinho de conselhos, se me for permitido.

– Com o mai-or prazer. – O dr. Max imitou um calouro.

– Perfume demais. Não é nada pessoal, compreende? Estou pensando no presidente.

– Que bom que você re-parou. *Eau de toilette*, é claro. Petersburg. Talvez tenha adivinhado? Não? Achei que era de certo modo adequada.

– Você quer dizer que é um russo disfarçado?

– Ah, ah, Jeff, eu gosto muito quando você finge não entender. Precisa que eu explique, obviamente. – Jeff ergueu os olhos tarde demais para o pátio do prédio Pitman. O dr. Max já fizera a troca, de estudante para professor. – Os segredos dos grandes *p-arfumiers* sempre foram, como talvez saiba, guardados com muito cuidado. Diretamente das mãos de um homem para as mãos de um rapaz em cerimônias secretas, registrados em código quando alguma vez confiados ao papel. Em seguida – imagine – uma mudança na moda,

uma solução de continuidade, uma morte prematura, e eles somem, dissolvidos no ar. Trata-se de uma catástofre que ninguém nota. Lemos sobre o passado, ouvimos sua música, vemos suas imagens gráficas, e, não obstante, nossas narinas jamais são ativadas. Pense só que ângulo de entrada isso daria a um estudante, se ele pudesse tirar a rolha de um frasco e dizer: "Versailles cheirava assim, Vauxhall Gardens assado."
— Lembra-se das reportagens dos jornais sobre a descoberta em Grasse, há dois anos? — Jeff evidentemente não lembrava. — O livro de fórmulas na chaminé tapada? Tão romântico que a gente quase não acredita. Os ingredientes e proporções de vários perfumes esquecidos anotados de forma decifrável. Cada um identificado por uma letra grega que combinava com um livro de encomendas que já estava no museu local. Indiscutivelmente a mesma caligrafia. Então isso, *isso* — o dr. Max entortou o pescoço na direção de Jeff — é Petersburg, usado pela última vez por algum aristocrata da corte do czar há dois séculos. Emocionante, não é? — dr. Max pôde perceber que Jeff não ficara nada emocionado, por isso fez uma comparação útil. — É como se cientistas clonassem animais há muito desaparecidos do planeta.
— Dr. Max — disse Jeff —, isso faz você *cheirar* como um animal clonado.

— OS FATOS PRINCIPAIS,
                          sr. Polo, é tudo que precisamos. Você sabe como pontas de flechas feitas de rochas sedimentares e sílex me entediam.
— Tudo bem, sir Jack — Mark gostava daquelas ocasiões, a exibição e o torneio, um espírito de domínio misturado à subserviência. Nada de anotações, documentos, somente um conjunto de fatos louros e cacheados numa cabeça loura cacheada. Exibia-se para os outros, enquanto media-se a reação movediça de sir Jack. Embora medir implicasse precisão; na realidade penetrava-se nos túneis escuros de seu ânimo como um explorador de caverna com uma lanterna de feixe curto.

– A ilha – começou ele –, tal como frisou sir Jack há duas semanas, é um diamante. De outro modo, um losango. Alguns compararam-na a um rodovalho. Com 37 quilômetros de comprimento, 21 de largura no seu ponto mais largo, 250 quilômetros quadrados. Cada canto mais ou menos num ponto cardeal. Já foi antigamente ligada à massa de terra principal, na época das pontas de flecha de rochas sedimentares e sílex. Eu poderia descobrir, mas foi na era pré-televisiva. Topografia: uma mistura de terrenos calcários ondulantes de considerável beleza e uma certa distopia bangalóide.

– Mark, olhe lá, novamente essa falsa distinção entre o Homem e a Natureza. Já lhe avisei. E também as palavras complicadas. Qual foi mesmo essa última expressão?

– Distopia bangalóide. Antiutopia em forma de bangalôs.

– Tão antidemocrático. Tão elitista. Talvez eu precise pegá-la emprestada.

Mark sabia que ele a pegaria. Era uma das maneiras de sir Jack elogiá-lo. Cavara maliciosamente o elogio. Até agora, ótimo. Ele retomou seu relato.

– O lugar é bastante plano de modo geral. Penhascos bonitos. Achei que o comitê apreciaria uma lembrancinha – e tirou do bolso um pequenino farol de vidro cheio de faixas de areia de cores diferentes. – Uma especialidade local. Da baía Alum. Doze cores mais ou menos. Fácil de reproduzir, eu diria. A areia, isto é.

Ele colocou o farol em cima da mesa de sir Jack, querendo provocar um comentário. Não surgiu nenhum.

– Além disso, umas coisas chamadas "chines", um pouco parecidas com ravinas, onde os regatos escavaram os penhascos calcários no seu caminho para o mar. Muito usados por contrabandistas, *vide infra*, ou melhor, *audi infra*. Flora e fauna: nada especialmente raro e em perigo. Um detalhe sobre esquilos: lá só existe a variedade vermelha, porque é uma ilha e os filhos da puta cinzentos jamais conseguiram pegar o barco. Mas não vi ninguém fazendo nenhum alarde sobre eles. Ah sim, e *ligeiras* más notícias, sir Jack. Ele esperou que uma sobrancelha cheia de tufos, preta, trançada de grisalho se erguesse. – Eles têm papagaios-do-mar, sim.

– Todos juntos agora – gritou alegremente sir Jack – *Fodam-se os papagaios-do-mar!*

– Certo – continuou Mark. – O que mais tem ela? Ah, sim, o

cappuccino mais nojento do país inteiro. Encontrei-o num pequeno café à beira-mar em Shanklin. Vale a pena conservar a máquina, se estiver nos nossos planos um Museu da Tortura.

Mark fez uma pausa e sentiu o silêncio. Idiota. Fizera a coisa de novo. Já sabia na hora mesmo em que o fizera. Você nunca contava uma piada depois da piada de sir Jack. Podia antecipar a coisa, de modo que ele pudesse culminá-la, porém segui-la com outra implicava mais competir que bajular. Quando aprenderia?

– O que tem ela que podemos utilizar? Um pouquinho de tudo, eu diria, mas ao mesmo tempo nada em megaescala. Nada que não possamos dispensar em caso de necessidade. Um castelo bastante agradável: baluartes, casa no portão, torre de menagem, capela. Sem fossa, mas podíamos criar uma, com bastante facilidade. Em seguida, um palácio real: Osborne House, conforme notara o dr. Max, estilo meio italiano. As opiniões divergem. Dois monarcas moraram lá: Carlos I, preso no citado castelo antes de sua execução; a rainha Vitória, residindo no citado lugar, onde morreu. Os dois casos encerram possibilidades, eu diria. Um célebre poeta: Tennyson. Umas duas vilas romanas, célebres mosaicos, que me pareceram e a autoridades mais importantes grosseiros em comparação com seus congêneres europeus. Grande quantidade de mansões senhoriais de vários períodos. Várias igrejas paroquiais; pedaços de murais, algumas peças monumentais de bronze, muitos e belos túmulos. Muitos chalés de telhado de palha, perfeitos para casas de chá. Corrigindo: a maioria dos quais já *são* casas de chá, porém adequadas a um *upgrade*. Nenhum prédio moderno de nota, exceto a Abadia de Quarr, de cerca de 1910, uma obra-prima do expressionismo do século XX, tijolos belgas tirados de Gaudi, Catalunha, Córdoba, Cluny, projetada por um monge beneditino, opiniões que tirei de Pevsner, sabem. Mas uma mudança de usuário tipo especialista, recomendaria eu.

– Que mais? A Regata de Cowes, é verdade, conforme frisou Jeff. O gramado para jogo de bolas do rei Carlos. A quadra de tênis de Tennyson. Um vinhedo ou dois. As agulhas. Vários obeliscos e monumentos. Duas grandes prisões, completas com prisioneiros. Além da construção de barcos, a principal atividade econômica parecia ser o contrabando e o salvamento de restos de naufrágios. Hoje em dia é o turismo. Não é um roteiro do dólar de primeira, como podem ter concluído. Existe um velho provérbio que diz que não existiam monges, advogados nem raposas na ilha. Tennyson dizia que o ar dos Baixios valia seis centavos o litro – eu gostaria de receber seis centavos toda vez que lesse ou ouvisse isso. O poeta Swinburne está enterrado lá. Keats visitou-a, e também Macaulay. George Morland, se estiverem interessados em saber. H. de Vere Stacpoole, alguém aí? Ofertas na mesa? *A lagoa azul?* Não, achei que não. Romancista e residente em Bonchurch. Aliás, vocês gostarão de saber que H. de Vere Stacpoole doou o laguinho para a aldeia em memória de sua finada mulher. Mark relatou este fato final num tom neutro, tentando levantar alguma lebre para sir Jack. Não ficou desapontado.

– Vamos tapá-lo! – casquinou sir Jack. – Concretá-lo todo!

Mark teve um instante de calada satisfação. Ao mesmo tempo, sentiu que havia algo ritualístico e inautêntico a respeito do grito de sir Jack. Era sir Jack sendo "sir Jack". Não que ele não fosse, em certo sentido, sempre "sir Jack".

– Vamos parar um pouco. Quem somos nós, eu me pergunto, para troçarmos da devoção que um homem tinha por sua mulher? Nós vivemos numa época cínica, e isso, cavalheiros, não é meu ramo de negócios. Diga-me, Mark, a mulher de Stacpoole morreu de modo trágico? Despedaçada nos trilhos do trem? Estuprada e assassinada por um grupo de vândalos, talvez?

– Descobrirei, sir Jack.

– Talvez se torne um item a explorar. Meu Deus, talvez desse um filme!

– Sir Jack, eu diria que algumas fontes do meu material de pesquisa eram bem antigas. Não vi de fato o laguinho. Até onde sei, ele já pode ter sido tapado há séculos.

– Então, Marco, vamos escavá-lo de novo e recriar esta emocionante história. Talvez os célebres esquilos vermelhos devam ter roído um poste telegráfico, derrubando-o e provocando a decapitação dela? – sir Jack estava mesmo Alegre Jack naquela manhã. – Resuma, sr. Polo. Resuma suas viagens exóticas para nós.

– Resumindo. Incluí todo esse negócio histórico no meu relatório. Espero que mereça a aprovação do dr. Max. Mas citando um escritor de nome Vesey-Fitzgerald – (ele fez uma minúscula pausa no caso de sir Jack querer se divertir à custa da pomposidade dos nomes antiquados) – "Antes, a Ilha Jardim, é agora meramente um ponto de turismo." Isto, é claro, foi há algum tempo. E agora... – Ele olhou para sir Jack do outro lado a suplicar um elogio. Sir Jack não o decepcionou.

– E agora, se me for permitida a audácia de uma frase, ela é uma distopia bangalóide, onde não se consegue sequer tomar um *cappuccino* decente.

– Obrigado, sir Jack – o gerente do projeto fez uma mesura, que os presentes poderiam, se quisessem, interpretar como uma ironia.

– Em resumo, perfeita para nossos objetivos. Um local que pede urgentemente uma reforma, um *upgrade*.

– Excelente – sir Jack apertou uma campainha com o pé e surgiu um funcionário do bar. – Potter! H. de Vere Potter, sabe a magnum Krug que pedi para você gelar? Bem, devolva-a à adega. Tomaremos todos *cappuccinos*, com a melhor espuma que sua máquina pode produzir.

OUTRO DRINQUE, UM CONVITE PARA JANTAR BASEADO EM PREMISSAS OBVIAMENTE FRAUDULENTAS, UM FILME, OUTRO DRINQUE, E, MUITO DEPOIS DO COMUM EM COMPARAÇÃO COM A MAIORIA DO HOMENS,

eles estavam na hora da decisão. Ou, então, no ponto em que era preciso tomar uma decisão, se era preciso tomar uma decisão maior. Para sua surpresa, Martha não sentiu nenhuma impaciência, nenhum acanhamento nervoso demonstrado em algumas visitas anteriores a esse local. Há duas noites ele a beijara na face, só que a parte da face escolhida por ele, ou com a qual ele acabara ficando, era o canto da sua boca. No entanto, ela não sentiu, como talvez tivesse sentido antes, "é melhor você se decidir, saia de cima do muro, beije-me ou não me beije". Em vez disso, ela apenas pensou: "isso foi bom, mesmo você tendo quase de ficar na ponta dos pés. Bem, saltos mais baixos da próxima vez."

Eles estavam no sofá dela, com os dedos meio se tocando, ainda há tempo de fugir, de refletir ajuizadamente. — Olha — disse ela —, é melhor eu deixar isso claro. Não me envolvo com homens com quem trabalho, e não saio com homens mais jovens.

— A não ser que sejam mais baixos e usem óculos — respondeu ele.

— Nem com homens que ganhem menos que eu.

— A não ser que sejam mais baixos que você.

— Nem com homens que sejam mais baixos que eu.

— A não ser que usem óculos.

— Na verdade, não tenho nada contra óculos — disse ela, mas ele já a estava beijando antes que ela chegasse ao final da frase.

Na cama, quando a conversa recomeçou, Paul percebeu que seu cérebro absorvia a felicidade como uma esponja, sua língua era algo destacável. — Você não *me* perguntou sobre *meus* princípios — disse ele.

— Quais?

— Ah, eu também tenho meus princípios. Sobre mulheres com as quais trabalho, mulheres que são mais velhas que eu, mulheres que ganham mais que eu.

— Sim, suponho que sim — ela sentiu-se mais humilde, como se tivesse sido mais grosseira que predadora.

— Certamente que sim. Tenho princípios favoráveis a todas elas.

— Desde que não sejam mais altas que você.

— Ah, isso não tolero.

— E tenham, ah, cabelos castanhos meio escuros, cortados curtos.

— Não, precisam ser louras.

— E gostar de sexo.

— Não, prefiro muito mais uma mulher que apenas cumpra os conformes.

Eles balbuciavam besteiras, mas ela sentiu que, de qualquer forma, não havia regras sobre aquilo que não poderia ser dito. Ela sentiu que ele não ficaria chocado, ou ciumento, simplesmente compreenderia. O que ela disse em seguida não foi para testá-lo.

— Alguém já esteve com a mão onde a sua está agora.

— Filho da puta! — murmurou Paul. — Bem, filho da puta de bom gosto.

— E sabe o que ele disse?

— Qualquer pessoa com cinco por cento de um coração huma-

no não teria como expressá-lo em palavras. Não seria capaz de dizer coisa alguma.
— Lisonjas exatas — disse ela. — Espantoso como isso nos faz sentir bem. Todo país devia possuí-las. Não haveria mais guerras.
— Então, o que foi que ele disse? — Era quase como se sua mão fizesse a pergunta.
— Ah, eu esperava que ele fosse dizer algo agradável.
— Uma lisonja exata.
— Exatamente. E quase pude ouvi-lo pensar. E então ele disse: "Você deve ser tamanho 34C."
— Idiota. Imbecil. Alguém que eu conheça?
Ela sacudiu a cabeça. Ninguém que você conheça.
— Imbecil total — repetiu ele. — Você é obviamente tamanho 34B.
— Ela golpeou-o com um travesseiro.
Mais tarde, saindo de um meio cochilo, ele disse:
— Posso te fazer uma pergunta?
— Todas as perguntas merecerão respostas. É uma promessa — era uma promessa que ela também fazia a si mesma.
— Conte-me sobre seu casamento.
— Meu casamento?
— Sim, seu casamento. Eu estava lá quando você veio fazer a entrevista. Eu era aquele que você não notou, pois estava mais preocupada, fazendo seu bailado com sir Jack.
— Bem, se você não contar a ninguém...
— Prometo.
— Eu sempre me permito contar uma mentira tática por entrevista. Essa foi a dessa vez.
— Então não precisará se divorciar para poder casar comigo.
— Acho que existem impedimentos maiores que este.
— Tais como?
— Não gostar muito de sexo.
Quando ele voltou do banheiro, ela disse:
— Paul, como você sabia que meu tamanho era 34B?
— Apenas minha incrível sabedoria instintiva e meu conhecimento das mulheres.
— Continue.
— Continue?
— Perdão, na verdade é além disso.

— Bem, você talvez tenha notado que eu estava tremendamente desajeitado desabotoando seu sutiã. Sinto muito, mas não pude deixar de ler a etiqueta. Isto é, não era minha intenção.

Antes de irem dormir, ele disse:

— Então, resumindo as minutas da reunião, se eu trocar de emprego e conseguir um aumento de salário, falsificar minha certidão de nascimento e subir num banco para ficar mais alto, arranjar lentes de contato, você talvez pense em sair comigo.

— Vou pensar no assunto.

— E, em troca, você vai dar um jeito nos seus empecilhos.

— Quais?

— Por exemplo, ser casada e não gostar de sexo.

— Sim — disse ela, sentindo uma súbita e injustificável melancolia a dominá-la. Não, justificável, já que pensava, você não merece isso, seja lá o que for. Só aconteceu para troçar de você.

— A não ser... quero dizer, eu não sei, talvez você já esteja saindo com alguém.

— Sim, acho que estou — respondeu ela e, sentindo que o braço dele se contraía, acrescentou depressa — agora.

Na manhã seguinte, ela o acordara cedo para que ele pudesse atravessar Londres e chegar ao prédio Pitman, vindo da direção de sempre, com as roupas de sempre, pensou ela: bem, sim, talvez.

A COBAIA

do teste do dr. Max era um homem de 49 anos. Branco, classe média, de sangue inglês, embora incapaz de rastrear seus antecessores por mais de três gerações. Origem da mãe: fronteira do País de Gales; a do pai: Midlands do Norte. Educação primária em colégio público, bolsa para o secundário, bolsa para a universidade. Trabalhara em ciências humanas e a mídia profissional. Falava uma língua estrangeira. Casado, sem filhos. Considerava-se instruído, vivo, inteligente, bem informado. Nenhuma ligação educacional ou profissional com a História, conforme fora exigido.

O propósito da entrevista não foi explicado. Houve uma menção a uma pesquisa de mercado de uma companhia de refrigerantes, obviamente a menção era falsa. A presença do dr. Max não foi aludida. As perguntas foram feitas por uma entrevistadora em trajes neutros.

Ao pesquisado foi perguntado o que acontecera na Batalha de Hastings.

Pesquisado respondeu: – 1066.

A pergunta foi repetida.

O pesquisado riu. – Batalha de Hastings. 1066 – pausa. – O rei Haroldo. Levou uma flechada no olho.

O pesquisado se comportava como se estivesse respondendo às expectativas. Foi perguntado ao pesquisado se ele podia identificar os outros participantes da batalha, comentar a estratégia militar, sugerir possíveis causas do conflito ou suas conseqüências.

O pesquisado ficou calado durante 25 segundos. – O duque – acho que duque – Guilherme da Normandia, veio com seu exército, pelo mar, da França, embora talvez não fosse França naquela época o pedaço de onde ele veio. Ele venceu a batalha, e tornou-se Guilherme o Conquistador. Ou já era Guilherme o Conquistador e tornou-se Guilherme I. Não, eu estava certo antes. O primeiro rei direito da Inglaterra. Quero dizer, Eduardo o Confessor e o rei que queimou os bolos, Alfredo, mas eles, na verdade, não importam, não é? Acho que ele era meio parente de Haroldo. Talvez primos. A maioria deles era aparentada naquela época, não era? Eram todos mais ou menos normandos. Isto é, ao menos que Haroldo fosse saxão.

Pediu-se ao pesquisado que refletisse sobre a questão, se ele considerava que Haroldo era saxão.

O pesquisado ficou calado vinte segundos. – Talvez fosse. Acho que era. Não, pensando melhor, aposto que não. Acho que ele era outro tipo de normando. Pelo fato de ser primo de Guilherme. Caso o fosse.

Ao pesquisado perguntou-se onde exatamente ocorrera a batalha.

Pesquisado: – Isto é uma pergunta capciosa?

Ao pesquisado foi relembrado que não existiam perguntas capciosas.

Pesquisado: – Hastings. Bem, não na cidade, eu acho. Embora presumo que não houvesse grande coisa em matéria de cidade naquela época. Na praia?

Ao pesquisado perguntou-se o que acontecera entre a Batalha de Hastings e a Coroação de Guilherme o Conquistador.

Pesquisado: – Não tenho certeza. Imagino que houve algum tipo de marcha sobre Londres, como a marcha de Mussolini sobre Roma, com algumas escaramuças e talvez outra batalha, os habitantes locais aderindo todos ao estandarte do vencedor, como tendem a fazer nessas ocasiões.

Perguntou-se ao pesquisado o que acontecera a Haroldo.

Pesquisado: – Será essa uma... não, você disse que não havia nenhuma. Ele levou uma flechada no olho – *agressivamente*: – Todo mundo sabe disso!

Perguntou-se ao pesquisado o que acontecera depois daquele incidente.

Pesquisado: – Ele morreu. É claro – *num ânimo mais conciliador.* – Tenho quase certeza de que ele morreu devido àquela flecha, mas não sei quanto tempo depois de ser ferido. Suponho que não houvesse muita coisa a fazer naquela época em relação a uma flechada no olho. É muito azar, você pensa, uma flechada no olho... Presumo que o rumo da história inglesa talvez fosse diferente, se ele não tivesse levantado a cabeça para olhar, justo naquela hora. Como o nariz de Cleópatra – pausa. – Mas veja bem, na verdade eu não sei quem estava ganhando a batalha na hora em que Haroldo levou a flechada no olho, por isso talvez o rumo da história inglesa permanecesse exatamente igual.

Perguntou-se ao pesquisado se havia algo que ele pudesse acrescentar a seu relato.

O pesquisado ficou calado durante trinta segundos. – Eles usavam armaduras de malha e capacetes pontudos com protetores para o nariz e tinham espadas – ao ser indagado a que lado se referia ele, o pesquisado respondeu: – Ambos os lados. Acho. Sim, porque isso se encaixaria com o fato de serem todos normandos, não é? A não ser que Haroldo fosse saxão. Mas os soldados de Haroldo certamente não corriam para lá e para cá em armaduras de couro, ou seja lá o que fossem. Espere. Talvez fossem. Os mais pobres, a bucha para canhão – *cautelosamente*. – Não que eu esteja dizendo que eles tivessem canhões. Os que não eram cavaleiros. Não imagino que todos tivessem meios de comprar cotas de malha.

Ao pesquisado perguntou-se se aquilo era tudo.

Pesquisado (*excitado*) – Não! A Tapeçaria de Bayeux, acabo de

lembrar. É toda ela sobre a Batalha de Hastings. Ou uma parte dela é. E também é a primeira vez que se vê o cometa Halley. Acho. Não, a primeira vez que ele é registrado, é isso que quero dizer. Isto tem alguma utilidade?
O pesquisado concordou que ele agora esgotara todos os limites do seu conhecimento.
Acreditamos que isso seja um registro justo e preciso da entrevista, e que o pesquisado seja representativo do grupo-alvo.
Dr. Max tirara a tampa de sua caneta e deixara a tinta grafar suas relutantes iniciais no relatório. Houvera muitos outros como aquele, e estavam começando a deprimi-lo. A maioria das pessoas se lembrava da história do mesmo modo fugaz e narcisista, como se lembrava de sua própria infância. Parecia ao dr. Max uma completa falta de patriotismo saber tão pouco sobre as origens e o modo como fora forjado seu país. E, no entanto, lá estava o paradoxo imediato: o mais entusiástico companheiro de cama do patriotismo era a ignorância, e não o conhecimento.
Dr. Max deu um suspiro. Não era apenas algo profissional, era também pessoal. Estariam elas fingindo – fingiam sempre? – aquelas pessoas que iam às suas conferências, que ligavam para seu telefone, riam de suas piadas, compravam seus livros? Quando ele aterrissava nas suas mentes, seria aquilo tão absurdo quanto um flamingo pousar numa banheira de passarinho? Será que não sabiam porra nenhuma de nada? Como esse filho da puta ignorante de 49 anos diante dele, que se achava culto, antenado, inteligente e bem informado?
– Filho da puta! – disse o dr. Max.

A PESQUISA DE JEFF
foi aberta diante de sir Jack na mesa de batalha. Aos potenciais consumidores do lazer de primeira em 25 países havia sido pedido que arrolassem seis características, virtudes ou quintessências que lhes fosse sugerida pela palavra Inglaterra. Não se lhes pedia que fizessem associações livres; não havia nenhuma exigência quanto a um tempo específico feita aos que respon-

diam, nenhuma bateria escolhida de múltipla escolha. – Se estamos dando às pessoas aquilo que elas querem – insistira sir Jack –, então deveríamos ao menos ter a humildade de descobrir o que seria isso. – Portanto, os cidadãos do mundo disseram sem nenhum preconceito a sir Jack quais eram, no seu ponto de vista, as cinqüenta quintessências da anglicidade:

1. FAMÍLIA REAL
2. BIG BEN/SEDES DO PARLAMENTO
3. MANCHESTER UNITED FOOTBALL CLUB
4. SISTEMA DE CLASSES SOCIAIS
5. *PUBS*
6. UM TORDO NA NEVE
7. ROBIN HOOD E SEUS ALEGRES COMPANHEIROS
8. *CRICKET*
9. OS PENHASCOS BRANCOS DE DOVER
10. IMPERIALISMO
11. UNION JACK
12. ESNOBISMO
13. GOD SAVE THE KING/QUEEN
14. BBC
15. WEST END
16. O *TIMES*
17. SHAKESPEARE
18. CHALÉS DE TELHADO DE PALHA
19. CHÍCARA DE CHÁ/CHÁ COM CREME DE DEVONSHIRE
20. *STONEHENGE*
21. FLEUMA/CONTROLE DAS EMOÇÕES
22. COMPRAS
23. GELÉIA DE LARANJA
24. *BEEFEATERS*/TORRE DE LONDRES
25. TÁXIS LONDRINOS
26. CHAPÉUS-COCO
27. SERIADOS DOS CLÁSSICOS NA TV
28. OXFORD/CAMBRIDGE
29. HARRODS
30. ÔNIBUS DE DOIS ANDARES/ÔNIBUS VERMELHOS
31. HIPOCRISIA

32. JARDINAGEM
33. PERFÍDIA/NÃO CONFIABILIDADE
34. ESTRUTURA DE MADEIRA DAS CONSTRUÇÕES
35. HOMOSSEXUALIDADE
36. ALICE NO PAÍS DAS MARAVILHAS
37. WINSTON CHURCHILL
38. MARKS & SPENCER
39. BATALHA DA INGLATERRA
40. FRANCIS DRAKE
41. "TROOPING THE COLOUR" - CELEBRAÇÃO DO ANIVERSÁRIO REAL
42. VIVER QUEIXANDO-SE
43. A RAINHA VITÓRIA
44. *BREAKFAST*
45. CERVEJA/CERVEJA QUENTE
46. FRIGIDEZ EMOCIONAL
47. ESTÁDIO DE WEMBLEY
48. CASTIGO CORPORAL/"PUBLIC SCHOOLS"
49. NÃO GOSTAR DE TOMAR BANHO/ROUPAS DE BAIXO EM MAU ESTADO
50. MAGNA CARTA

Jeff observou a expressão de sir Jack mudar de uma autocongratulação para um desagradável desalento à medida que ele avançava pela lista. Em seguida, uma mão gorducha o dispensou, e Jeff conheceu a amargura dos mensageiros.

Sozinho, sir Jack pensou de novo na lista impressa. Francamente, piorava lá pelo fim. Ele riscou itens que julgou fruto de má técnica de pesquisa e pensou sobre o resto. Muitos haviam sido corretamente previstos; não haveria falta de compras e chalés de telhado de palha a servir chás com creme de Devonshire na Ilha. Jardinagem, *breakfast*, táxis, ônibus de dois andares: essas eram comprovações úteis. Um tordo na neve: de onde tiraram aquilo? De todos aqueles cartões de Natal, talvez. A Magna Carta estava sendo atualmente traduzida em inglês decente. O jornal *The Times* poderia ser facilmente adquirido: os *beefeater* poderiam ser cevados, e os penhascos brancos de Dover trocados de lugar, sem muitas brigas semânticas, para onde fora previamente a baía de Whitecliff. Big Ben, a Batalha da Inglaterra, Robin Hood, *stonehenge*: não podia ser mais simples. Mas havia problemas no início da lista. Os números 1, 2 e 3, para ser exato. Sir Jack mandara balões de ensaio prévios para o Parlamento, porém sua oferta inicial para os legisladores do país, feita durante um café da manhã de negócios com o presidente da Câmara dos Comuns, não fora bem recebida; até a palavra desprezo poderia ter sido empregada naquela ocasião. O clube de futebol seria mais fácil: ele mandaria Mark a Manchester com uma equipe de negociadores de elite. O pequenino Mark de olhos azuis, que parecia bastante persuasivo até você assinar um contrato vendendo a sua vida. Haveria problemas de orgulho local, tradição cívica e assim por diante – sempre havia. Sir Jack sabia que nesses casos raramente se tratava de uma questão de preço. Era mais uma questão de preço do que de princípios. Aliás, os princípios pareciam ser bem maleáveis. Que princípios poderiam se aplicar aqui? Bem, Mark acharia um para mover. E se eles enterrassem suas travinhas no chão, sempre era possível comprar-se o nome do clube por trás de suas costas. Ou simplesmente copiá-lo e mandá-lo se foder.

Buckingham precisaria de um tratamento diferente: menos cenoura e chicote, e muito mais cenoura. O rei e a rainha vinham apanhando muito ultimamente da costumeira mistura de cínicos, descontentes e espíritos de porco. Os jornais de sir Jack receberam ordens patrióticas de refutar todas essas calúnias traiçoeiras, e, ao mesmo tempo, ordens para reproduzi-las em todos seus lamentáveis detalhes. Idem a respeito daquele negócio deplorável com o príncipe Rick. Primo do rei em bacanais regados a droga e sapatões – fora essa a manchete? Ele despedira o jornalista, é claro, porém infelizmente a sujeira tinha tendência a grudar. Cenoura e mais cenoura; poderia ter uma porção de cenouras, se fosse preciso. Ele lhes oferecia melhores honorários e condições de vida, menos trabalho e mais privacidade; faria um contraste entre a ingratidão crítica de seus atuais súditos e a adoração garantida de seus súditos futuros; frisaria a decadência de seu antigo reino e as belas perspectivas de um outro, muito melhor, engastado num mar de prata, Mark II.

E como haveria de brilhar esse diamante? Sir Jack espetou de novo o indicador, a descer a lista de Jeff, e seu rosnado de lealdade se intensificava com cada item que ele riscava. Aquilo não era uma pesquisa, era um assassinato deslavado do perfil moral do país. Quem, *porra*, achavam eles que eram, andando por aí a dizer coisas assim sobre a Inglaterra? A sua Inglaterra. O que sabiam *eles*? Turistas de merda, pensou sir Jack.

COM CUIDADO, DESAJEITADAMENTE,
Paul expôs sua vida a Martha. Criação suburbana em um condomínio pseudo-Tudor: *prunus* e forsítia, grama cortada e vigilância comunitária. Lavagem de carros nas manhãs de domingo; concertos amadores nas igrejas da aldeia. Não, é claro que não em todos os domingos, mas ficava essa impressão. Sua infância fora tranqüila; ou chata, se preferirem. Vizinho delatava vizinho por usar um aspersor durante uma proibição de se molhar plantas. Num canto do condomínio havia um posto policial pseudo-Tudor; no seu jardim da frente havia uma casinha de passarinho pseudo-Tudor, na extremidade de um longo poste.

— Eu gostaria de ter feito algo ruim — disse Paul.
— Por quê?
— Ah, para que o pudesse confessar para você, e você compreender ou perdoar, qualquer coisa que fosse.
— Não é preciso. Aliás, poderia me fazer gostar menos de você.
Paul ficou calado durante alguns instantes.
— Eu costumava tocar muita punheta — disse ele com um ar esperançoso.
— Não é um crime — comentou Martha. — Eu também.
— Merda.
Ele mostrou-lhe fotos: Paul de fraldas, de calças curtas, de uniforme de críquete, de *black-tie*, seu cabelo escurecendo gradativamente, de cor de palha a cor de turfa, seus óculos a patrulhar os parâmetros da moda, sua gordura adolescente a sumir à medida que as ansiedades da vida adulta se estabeleciam. Ele era o filho do meio, de três, entre um irmão que fazia troça dele e um caçula muito festejado. Ele fora bom aluno no colégio, e bom em fugir do centro das atenções. De-

pois da faculdade, ingressara na Pitco como estagiário de administração; em seguida conseguira promoções constantes, que não haviam incomodado ninguém, até um dia quando estava no banheiro dos homens e percebeu que a figura a seu lado, tão larga que parecia abalar as abas do mictório, era o próprio sir Jack Pitman, que deve ter resolvido esquecer o esplendor e a privacidade de sua latrina de pórfiro, em prol de um exercício de micção democrática. Sir Jack cantoralava o segundo movimento da sonata "Kreutzer", que fez Paul ficar tão nervoso que seu mijo secou. Por algum motivo que nunca compreendeu, ele começou a contar a sir Jack uma história sobre Beethoven e o policial da aldeia. Não ousava olhar para o presidente, é claro, apenas contou o caso. No final, ouviu sir Jack fechar a braguilha e ir embora, assobiando o terceiro movimento, o *presto*, com muita exatidão, não pôde deixar de notar Paul. No dia seguinte ele fora convocado ao escritório particular de sir Jack, e um ano depois se tornara seu anotador de idéias. No final de cada mês ele apresentava ao presidente seus Anais Hansard particulares. Às vezes ele conseguia até surpreender sir Jack com trechos de uma sabedoria que fora esquecida. O aceno da queixada era, em primeiro lugar, autocongratulatória, mas também servia para congratular o anotador de idéias pela sua agilidade em apanhar o aforismo de cristal antes que ele caísse no solo.

— Garotas — disse Martha. Ela se fartara de sir Jack Pitman.

— Sim — foi tudo que ele respondeu. Mas quis dizer: de vez em quando, com cuidado, desajeitadamente. Mas jamais como agora.

Ela respondeu com uma versão preliminar de sua própria vida. Ele escutou atentamente quando ela contou sobre a traição de seu pai e os condados da Inglaterra. Ele relaxou com a Exposição Agropecuária, e o sr. A. Jones, riu meio inseguro com a história de Jessica James, ficou solene diante da proibição de culpar seus pais depois da idade de 25 anos. Em seguida, Martha contou a opinião de sua mãe sobre os homens serem maus ou fracos.

— Que sou eu?

— O júri ainda não voltou com o veredicto — ela brincava, mas ele pareceu meio desconsolado. — Não faz mal, não se deve concordar com seus pais depois da idade de 25 anos, também.

Paul concordou com a cabeça. — Você acha que existe uma ligação?

— Entre quê?
— Entre seu pai dando no pé, como você colocou, e você vir trabalhar para sir Jack?
— Paul, olhe bem nos meus olhos — ele o fez relutantemente, a essa altura progredira além das orelhas dela, mas havia momentos em que ele preferia as suas faces e boca. — Nosso patrão não é um substituto de um pai perdido, está bem?
— É só que ele às vezes te trata como filha. Uma filha rebelde que o questiona o tempo todo.
— Isto é problema dele. E isso é psicologia barata.
— Não tive a intenção...
— Não... — Mas deve ter tido alguma intenção. Martha, tendo construído sua vida, enrijecido seu caráter, resistia a interpretações contrárias.
Houve um silêncio. Finalmente Paul disse:
— Você conhece a história de Beethoven e o policial da aldeia?
— Você não está fazendo entrevista para conseguir emprego agora.
— Ah, cuidado com sua língua Martha, foi dito com intenção de ser uma piada, mas ele está corando. Você já assassinou relacionamentos antes com essa sua língua. Ela adoçou a voz. — Conte-me outra vez. Tenho uma idéia melhor.
Ele manteve seu olhar afastado dela.
— Serei bem mazinha e você pode ser um doente bem mauzinho também. Ou ao contrário, se preferir.
Era a quarta vez deles na cama. O primeiro constrangimento cauteloso estava desaparecendo. Já tinham parado de trombar os joelhos. Mas nessa ocasião, quando ela sentiu que ambos estavam prestes a iniciar suas viagens em separado, ele se levantou pela metade num cotovelo e disse baixinho: — Martha.
Ela virou a cabeça. Os óculos dele estavam na mesinha-de-cabeceira e seu olhar estava nu. Ela imaginou se estaria desfocada para ele, e se isto tornava mais fácil para ele olhá-la nos olhos.
— Martha — repetiu ele. De certo modo, ele não precisava dizer mais nada, mas disse assim mesmo. — Ainda estou aqui.
— Posso ver que sim — disse ela. — Posso senti-lo. — Ela apertou o pau dele, mas sabia que estava sendo defensiva e petulante.
— Sim. Mas você sabe o que quero dizer.

Ela concordou com a cabeça. Perdera o hábito de se manter presente. Sorriu para ele. Talvez as coisas pudessem se tornar simples de novo. De qualquer maneira, ela lhe era grata por correr esse risco. Ficou junto dele, observando, prestativa, seguindo, conduzindo, aprovando. Ela era cautelosa, honesta; ele também.

E, no entanto, não foi o melhor sexo que ela já experimentara na vida. Aliás, quem disse que havia alguma ligação entre decência humana e uma boa foda? E quem guardava um *ranking* de amantes? Somente os inseguros e competitivos. A maioria das pessoas não conseguia lembrar o melhor sexo da vida delas. As que conseguiam eram exceções. Como Emil. O bom e velho Emil, um amigo gay dela. Ele se lembrava. Ela certa vez mandara-lhe um cartão-postal de Carcassonne. Quando ela voltou para casa, sua resposta rápida e exultante jazia no tapete da porta dela. Sua carta começava: "Eu tive a melhor foda da minha vida em Carcassonne. Há muito tempo. Um quarto de hotel na cidade velha com um balcão dando para telhados cozidos. Levantava-se uma tremenda tempestade, como em um El Greco, e à medida que os céus cuidavam de seus negócios, nós também, até que o intervalo entre o trovão e o raio se aboliu, e a tempestade estava em cima da gente, tudo o que parecíamos fazer era seguir a liderança dos céus. Depois ficamos na cama a ouvir a tempestade se dirigir para os morros e, ao pararmos, ouvimos cair uma chuva que tudo limpava. O bastante para fazer a gente acreditar em Deus, hein, Martha?"

Bem, o bastante para que Martha acreditasse que Deus, se Ele existisse, não tinha qualquer preconceito contra gays. Porém Deus – e o homem, aliás – jamais lhe arranjara contraponto tão grandioso. A melhor foda da vida dela? Passo. Ela enfiou o rosto na axila de Paul. Sossegaria agora.

O ROAST BEEF DA VELHA INGLATERRA foi naturalmente aprovado por um gesto de cabeça do subcomitê gastronômico, tal como "Yorkshire pudding", "Lancashire hotpot", "Sussex pond pudding",

"Coventry godcakes", "Aylesbury duckling", "Brown Windsor soup", "Devonshire splits", "Melton Mowbray pie", "Bedfordshire clangers", "Liverpool Christmas loaf", sonhos de Chelsea, salsichas de Cumberland e empadão de galinha de Kent. Um rápido "sim" foi dado a "fish and chips", "bacon and eggs", molho de hortelã, torta de carne e de rim, "ploughman's lunch", torta de pastor, "cottage pie", "plum duff", custard com pele, pudim de pão, fígado com bacon, iscas de faisão e assado da coroa. Aprovados pelos seus nomes pitorescos (os ingredientes poderiam ser mais tarde adaptados, se necessário) foram "London Particular", "Queen of puddings", "Poor Knights of Windsor", "Hindle Wakes", "stargazey pie", molho wow-wow, damas de honra, "muffins", "collops", "crumpets", "fat rascals", "Bosworth jumbles", "moggy" e "parkin". O subcomitê vetou "porridge" por suas associações escocesas, "faggots" e "fairy cakes" no caso de ofenderem o dólar cor-de-rosa, "spotted dick", mesmo quando rebatizado de "spotted dog". "Devils" e "angels-on-horseback" entraram; "toad-in-the-hole" e "cock-a-leekie" ficaram de fora. "Welsh rarebit", "Scotch eggs" e ensopado irlandês não foram sequer discutidos.

Haveria um belo leque de cervejas fortes da planejada minicervejaria em Ventnor; vinhos da Ilha seriam servidos em jarra, desde que os vinhedos de Adgestone sobrevivessem ao plano estratégico final. Os superdólares e os fortes yens deveriam também ser atraídos pelo *tastevin* de qualificados *sommeliers*. Enófilos seriam lisonjeados com visitas guiadas a adegas profundamente colocadas nos penhascos de calcário ("antes esconderijo para artigos dos contrabandistas, agora lugar de descanso de vinhos clássicos") antes de serem rotulados com uma etiqueta de quatro estrelas. Quanto a drinques para depois do jantar, talvez haja uma recomendação de "Great Aunt Maud's Original Shropshire Plum Brandy", mas uma variedade de maltes puros, nenhum com uma denominação agressivamente escocesa, também estaria à disposição. Sir Jack cuidaria pessoalmente de supervisionar a lista de armagnac.

– E isso nos deixa o sexo – disse o gerente do projeto, depois que os cardápios patrióticos haviam sido aprovados pelo comitê de coordenação.

– Perdão, Marco.

— Sexo, sir Jack.
— Eu sempre tive jornais familiares.
— Jornais familiares — disse Martha — são tradicionalmente obcecados por relacionamentos transgressores e extraconjugais.
— Esta é a *razão* pela qual eles são jornais familiares — respondeu exasperado seu patrão. Ele puxou seus suspensórios do Garrick Club e deu um suspiro. — Muito bem, considerando as regras democráticas dessas reuniões, continue.
— Presumo que nós tenhamos de arranjar um ângulo sexual qualquer — disse Mark. — As pessoas saem de férias para terem sexo, é um fato bem conhecido. Ou melhor, quando pensam em férias, uma parte de seus cérebros pensa em sexo. Se forem solteiros, esperam encontrar alguém; se são casados, esperam sexo melhor do que aquele feito em suas casas. Ou até mesmo *algum* sexo.
— Se você afirma... Ah, vocês jovens...
— Então, vejo a coisa assim: se aquele turista de dois tostões está atrás de sexo de três tostões, então aqueles que estão adquirindo lazer de primeira estarão atrás de sexo de primeira.
— Isto tem uma lógica histórica — disse Martha. — Os ingleses sempre costumavam viajar para ter sexo. O Império foi construído baseado na incapacidade do macho britânico em encontrar satisfação sexual fora do casamento. Ou dentro dele, aliás. O Ocidente sempre tratou o Oriente como um bordel, mercadoria cara ou barata. Agora a posição foi invertida. Nós estamos caçando dólares do Extremo Pacífico, por isso precisamos oferecer um *quid pro quo* histórico.
— E o que diz o historiador oficial diante dessa escandalosa análise do glorioso passado de nosso país?
Sir Jack apontou o charuto para o dr. Max.
— Estou fa-miliarizado com ela — respondeu ele. — Embora nem sempre colocada de modo tão picante. É discutível. — A languidez do dr. Max queria dizer que ele não poderia ser convocado a argumentar o assunto, de uma ou de outra maneira.
— Ah — respondeu seu patrão. — É discutível. Falou como um historiador, se é que me permite um pouquinho de *lèse-majesté*. Então o que se discute é... o quê, exatamente? A oferta de virgens inglesas na praça do mercado, acorrentadas nuas numa carreta, vendidas a toda hora para serem escravas sexuais em bordéis-hotéis caríssimos

equipados com camas d'água, espelhos que se inclinam e vídeos pornográficos? Como pode ver, é um modo figurado de falar.

Houve um silêncio constrangido que Mark procurou combater se mexendo depressa. – Acho que estamos fugindo um pouco da moral da questão. Eu apenas disse que imaginava se caberia um lado sexual. Não sei qual poderia ser ele. Não sou um homem de idéias, sou apenas o gerente do projeto. Eu apenas apresentei a proposta para vocês: lazer de primeira, superdólar, yen forte, expectativa do mercado, Inglaterra e sexo. Posso oferecer esse coquetel à reunião?

– Muito bem, Marco. Vamos colocar isso na cama vibratória para bolar uma frase. E vamos começar de modo simples. O sexo e a Inglaterra, alguém quer pegar daqui?

– Marinha suíça – disse Martha.

– Meus pêsames, srta. Cochrane – sir Jack deu um risinho pesado. – Embora não seja isso o que diz o passarinho – ele estava olhando brandamente em outra direção, quando Martha deu-lhe um súbito olhar. Ela não ousava olhar para Paul. – Algo para fazer avançar esse assunto?

– OK, OK. – Martha aceitou irritada o desafio. – Falo primeiro. Os ingleses e o sexo. O que vem à cabeça? Oscar Wilde. A Rainha Virgem. Lloyd George Conheceu meu Pai. Lady Godiva.

– Um irlandês e um galês até agora – comentou o dr. Max num murmúrio público.

– Mais uma virgem e uma *stripper* – acrescentou Mark.

– O vício inglês – continuou Martha, olhando com firmeza para o dr. Max. – Sodomia ou flagelação, escolha à vontade. Prostituição infantil na época vitoriana. Uma quantidade de múltiplos assassinatos sexuais. Será que ouvimos as borboletas a girarem? Que tal um Casanova inglês? Lord Byron, presumo. Um paspalho pé-de-mesa com um gosto por incesto. É um terreno muito traiçoeiro, não? Ah, inventamos o preservativo, se isso é de algum auxílio. Supostamente.

– Nada disso é auxílio – disse sir Jack. – Aliás, atrapalha mais que o normal. Aquilo que estamos procurando, se é que me seja permitido fazer uma afirmação tão óbvia, é uma mulher que deu boa fama ao sexo, uma garota simpática, de que todo mundo ouviu falar, poxa, um xuxuzinho de seios grandes, falando de modo mais ou menos figurado – o comitê encontrou um interesse sem prece-

dentes na textura da mesa, no desenho do papel de parede, no brilho do candelabro. Sir Jack retirou de repente as palmas da mão de sua testa. – Achei-a. Achei-a. A própria. Nell Gwynn. É claro. Os humildes também têm direito à existência. Garota encantadora, tenho certeza. Conquistou o coração do país. E uma história muito democrática, uma história adequada à nossa época. Talvez um *pouquinho* de massagem para alinhá-la a valores familiares do terceiro milênio. E tem também a franquia da laranja, é claro. E então? Estou ouvindo "que bom"? Estou ouvindo "ótimo"?
– Ótimo – disse Mark.
– Bom – disse Martha.
– Dúbio – disse dr. Max.
– Como? – perguntou meio irritadiço o patrão deles. Será que cabia a ele ficar com todo o peso do esforço criativo, só para se ver criticado por um bando de negativistas?
– Não é bem o meu pe-ríodo – começou o historiador oficial, negativa que raramente levava a uma palestra mais breve –, mas conforme me lembro, o passado da pequena Nell não foi exatamente cheio de valores familiares. Ela se referia a si mesma abertamente como uma "puta protestante" – o rei era católico, sabem. Dois filhos bastardos com ele, compartilhava os prazeres da cama com outra favorita, cujo nome me escapa temporariamente...
– Você quer dizer, três na mesma cama, esse tipo de coisa – murmurou sir Jack, já vendo as manchetes.
– ... e evidentemente eu teria de confirmar, porém sua carreira de amante do rei começou numa idade relativamente tenra, de modo que talvez tenhamos de levar em consideração o ângulo do sexo-infantil.
– Bom – disse Martha. – Muito bom. Os pedófilos ocidentais iam tradicionalmente ao Oriente em busca de satisfação. Agora os pedófilos orientais podem vir para o Ocidente.
– É uma calamidade – disse sir Jack. – Eu sempre tive jornais familiares.
– Podíamos envelhecê-la – sugeriu animadamente Martha –, eliminar os filhos, eliminar as outras amantes, eliminar o fundo religioso e social. Aí ela poderia ser uma simpática garota de classe média que acaba casando com o rei.
– As coisas eram muito mais simples na minha época – suspirou sir Jack.

– VOCÊ ACHA que sir Jack está sabendo de nós? – estavam na cama; as luzes apagadas; seus corpos cansados, suas cabeças ainda preocupadas, cheias de cafeína.
– Não – disse Paul. – Ele estava apenas sondando.
– Não parecia uma sondagem. Dava a impressão de ser mais como... uma ducha de água fria. Eu disse a você que os homens dedicados à família são sempre os piores.
– Ele gosta de você, não dá para ver?
– Ele que guarde seu amor pela invisível lady Pitman. Por que você sempre o defende?
– Por que você sempre o ataca? De qualquer maneira, você o provocou.
– Eu *o quê*? Você quer dizer no meu terninho grafite abotoado até o pescoço?
– Com seus pontos de vista impatrióticos a respeito de sexo.
– Provocadora *e* impatriótica. Está melhorando, está melhorando. Sou paga para fazer isso.
– Você sabe o que quero dizer.
Estavam numa linha tensa de conversa, escorregando rumo à agressão. Por que era assim? especulou Martha. Por que será que o amor parecia vir junto com um toque subversivo de chatice, a ternura junto com a irritação? Ou era apenas ela? – Eu só disse que os ingleses não eram célebres pelo sexo, só isso. Como a corrida de remo, um dois, um dois, em seguida todo mundo desmaiando em cima dos remos.
– Obrigado.
– Não quis dizer que é *você*.
– Não, eu sei reconhecer um elogio exato quando o ouço. É o que todo mundo precisa, se me recordo bem. Evita guerras, dizíamos. – Paul pensou: o que fiz de errado? Por que estamos aqui e agora, assim, rosnando um para o outro no escuro? Um instante atrás estava ótimo. Um instante atrás eu a amava e gostava de você; agora apenas a amo. Isto mete medo.

— Ah, me conte outra história, Paul — ela não queria brigar.
Ele também não queria. — Outra história — ele deixou que um pouco de ressentimento se consumisse no silêncio. — Bem, eu ia lhe contar sobre Beethoven e o policial da aldeia. Aquela que contei a sir Jack.
Martha enrijeceu. Ela gostava de deixar sir Jack no escritório. Paul não parava de trazê-lo para casa. Agora ele estava na cama com eles. Bem, talvez só essa vez.
— Certo. Imagino a cena. Lado a lado no banheiro dos homens. O que cantarolava ele?
— A Kreutzer. Segundo movimento. *Adagio expressivo*. Não que isso seja relevante. Isto é, para o que aconteceu. Uma manhã, lá na época qualquer em que foi, mil oitocentos e alguma coisa, presumo, a questão é que ele já era um compositor famoso. Beethoven se levantou cedo e foi dar um passeio. Ele era meio desleixado, como deve saber. Botou seu casaco puído, e não tinha chapéu, algo que todas as pessoas de respeito, que não fossem compositoras, tinham. Ele partiu pelo caminho ao lado do canal, de onde se rebocavam as barcaças, perto de onde ele morava. Devia estar pensando na sua música, ouvindo-a na sua cabeça, sem prestar atenção a mais nada, porque caminhava e caminhava, e viu-se de repente no fim do canal, na bacia do canal. Não sabia onde estava, de modo que começou a olhar para dentro das janelas das pessoas. Bem, aquilo era uma parte respeitável da Alemanha, ou seja lá como era chamada então, e naturalmente, ao invés de perguntar o que ele queria ou oferecer-lhe uma xícara de café, chamaram o policial local e fizeram que ele fosse preso como vagabundo. Ele ficou surpreso com essa novidade, e protestou junto ao policial. Disse: — mas, Guarda, sou Beethoven. — E o policial respondeu: — Claro que sim, por que não?

Ele parou, porém a sensibilidade de Martha em relação à narrativa masculina não falhou. Ficou à espera.

— E aí — está certo —, aí o policial explicou por que o estava prendendo. Disse: "você é um vagabundo. *Beethoven não é assim.*"

Martha sorriu no escuro, percebeu que ele não podia enxergá-la e estendeu um braço até ele. — Boa história, Paul.

Eles haviam recuado do que quer que fosse para onde se dirigiam, porque ambos quiseram. E se um deles não tivesse querido? E se ambos? Ao cair no sono, ela ficou pensando em duas coisas.

Por que, mesmo na cama, eles ainda se referiam a sir Jack pelo título. E por que Beethoven achara que ele se perdera. Bastava dar meia-volta e seguir de volta ao canal até onde ele morava. Ou seria isso uma lógica de mortais menores? Mais tarde, naquela noite, ela acordou pensando em sexo. Ouviu um eco da própria voz. Vou sossegar de vez, dissera ela. Sossegando já, Martha, não é meio cedo para isso? Ah, não sei, afinal de contas todo mundo sossega. Não você, Martha, você sempre viveu sua vida sem sossegar, é por isso que você não é... acomodada.

– Olha, eu só disse que o sexo era muito agradável, mas que não era Carcassonne. Por que isso a está mantendo acordada? Não é como se fosse o posto de Carcassonne, seja lá o que isso possa ser. Chernobil. Alasca. O desvio em Guildford. E, aliás, os relacionamentos não dizem apenas respeito ao sexo.

– Dizem sim, Martha, é exatamente a isso que eles dizem respeito, mesmo no começo assim. Não é como se os seus relacionamentos anteriores tivessem começado em aulas de cerâmica ou de tocar sinos, não é? Aí talvez não importasse.

– Olha, este relacionamento está apenas no começo.

– Deslanchou apenas e, ao invés de toda aquela velha esperança e um belo auto-engano e... ambição que você costumava demonstrar, você está fazendo adaptações ajuizadas e dando desculpas ajuizadas.

– Não, não estou.

– Sim, está sim. Está usando palavras como *muito agradável*.

– Bem, talvez. Estou chegando à meia-idade.

– Você o disse.

– Então vou desdizê-lo. Talvez eu esteja ficando madura. Sem me enganar tanto. É diferente agora. Tenho uma impressão diferente. Respeito Paul.

– Ah, meu Deus. Não parece que vou sossegar para ouvir as vidas dos grandes compositores.

– Não, parece assim: nada de joguinhos, nada de ilusões, nada de fingimento, nada de traição.

– Quatro negativos se transformam num positivo?

– Cale a boca, cale a boca. Sim, aliás talvez se transformem. Por isso cale a boca.

– Não disse uma palavra, Martha. Durma bem. Só por curiosidade, por que você achou que acordou?

UMA BREVE HISTÓRIA
                    da sexualidade no caso de Paul Harrison
seria mais breve que no caso de Martha Cochrane.
   – anseios incipientes por garotas de modo geral, e já que as
garotas de modo geral, ou ao menos em massa na sua vizinhança
particular, usavam meias soquetes brancas, vestidos de lã estampados até o meio das canelas, porque suas mães sabiam que eles poderiam servir até elas crescerem, e blusas brancas com gravatas verdes, este foi seu paradigma inicial.
   – anseio específico por Kim, uma amiga de sua irmã que aprendia a tocar viola, que veio uma manhã de domingo até a casa e o fez perceber (o que ele ainda não fizera devido a mera evidência fornecida por sua irmã) que as garotas que não estavam vestidas com o uniforme do colégio podiam fazer seus lábios ficarem secos, a cabeça nublada, e as cuecas se avolumarem de uma maneira que as garotas do colégio jamais faziam. Kim, que era dois anos mais velha que ele, não lhe deu a menor atenção, ou pareceu não fazê-lo, o que dava na mesma. Certa vez ele disse displicentemente a sua irmã – Como está Kim?
– ela o examinou com cuidado e desandou a rir até quase vomitar.
   – a descoberta das garotas nas revistas. Só que não eram claramente garotas e sim mulheres. Mulheres com seios enormes e perfeitos, seios médios perfeitos e seios pequenos perfeitos. A visão delas fazia seu cérebro pressionar sua caixa craniana. Eram todas de impecável beleza, até mesmo as que eram mais humildes e grosseiras; talvez especialmente elas. E as partes que não eram seus seios, e que de início o faziam ficar mudo de espanto, eram também surpreendentemente variadas em aspecto e fisiologia, mas nunca menos que perfeitas. Aquelas mulheres lhe pareciam tão inacessíveis quanto penhascos de cabritos monteses pareciam a uma toupeira. Elas eram a aristocracia desodorizada, depilada; ele era um camponês fedorento, molambento.
   – ele ainda amava Kim assim mesmo.
   – mas percebeu que também podia amar as mulheres das revis-

tas ao mesmo tempo. E entre elas tinha suas favoritas e suas lealdades. Aquelas que ele achava que seriam boas e compreensivas, e que lhe mostrariam como fazer; e depois as outras, que depois que ele aprendesse como fazer lhe mostrariam de *verdade* como fazer; e em seguida uma terceira categoria, de ninfas, inocentes e desamparadas, a quem, no seu devido tempo, ele mostraria como fazer. Ele rasgava e tirava páginas duplas das mulheres que destroçavam seu coração e guardava-as sob o colchão. Para evitar esmagá-las (coisa pouco prática, além de sacrilégio), ele as armazenava dentro de um envelope pardo rígido. Depois de algum tempo, teve de comprar outro.

– à medida que as garotas no colégio ficavam mais velhas, os vestidos subiam do meio das canelas para o nível dos joelhos. Ele não achava que um dia seria capaz de saber o que fazer sozinho com uma garota (que não fosse sua irmã). Era muito mais fácil ficar sozinho com as mulheres das revistas. Elas sempre pareciam compreendê-lo quando ele fazia sexo com elas. E outra coisa: parece que se devia sentir triste depois do sexo, mas ele nunca sentia. Apenas desapontamento porque precisava esperar alguns minutos antes de poder dar partida no sistema de novo. Comprou um terceiro envelope pardo.

– um dia no pátio de recreio, Geoff Glass contou-lhe um caso confidencial, complicado, sobre um caixeiro-viajante que passava longos períodos longe de casa e sobre aquilo que ele fazia quando não conseguia encontrar mulher. Havia isso, em seguida aquilo, e às vezes para variar, porque ele não queria que a senhoria o espionasse, fazia no banho. Bem, você sabe qual o aspecto que tem no banho – quando Paul, não querendo que o caso se interrompesse, dissera, "sim" ao invés de "não", ocasião em que Geoff Glass começara a gritar para o pátio do recreio inteiro: – Harrison sabe qual o aspecto daquilo no banho – ele percebeu que sexo significava ciladas.

– percebeu ainda mais isso quando voltou para casa do colégio e descobriu que sua mãe, no decorrer de uma limpeza periódica, resolvera virar o colchão dele.

– durante algum tempo ele guardou, sob forma criptográfica, na capa de trás de um livro didático de matemática, onde sua mãe jamais veria, um gráfico de suas erupções dérmicas projetado contra outro do sexo que tivera com as mulheres das revistas perdidas. Viu que se lembrava de Cheryl e Wanda e Sam e Tiffany e April e Trish e Lindie e Jilly e Billie e Kelly e Kimberley, em espantosos detalhes. Às vezes ele levava as recordações delas junto com ele para o banho. Na cama, não precisava se preocupar em deixar a luz acesa. Preocupava-se, em vez disso, se encontraria uma garota ou uma mulher de verdade, que lhe despertasse a mesma feroz concupiscência. Compreendeu como os homens podiam morrer de amor.

– alguém lhe contou que, se você fizesse aquilo com a mão esquerda, dava impressão de que era outra pessoa fazendo para você. Talvez, só que parecia a mão esquerda de outra pessoa, e você se perguntou por que ela não usava a direita.

– então, de modo bem inesperado, houve Christine, que não se importava com o fato de ele usar óculos e que, com 17 anos e um mês, era três meses mais velha que ele, o que ela achava uma boa diferença. Ele concordou, tal como fazia com tudo que ela dizia. Ele descobriu que, no universo paralelo da vida real, podia fazer coisas com as quais sonhara antes. Com Christine ele entrou num mundo de desenrolar camisinhas e da menstruação, no qual lhe era permitido botar as mãos em qualquer lugar (em qualquer lugar razoável, e em nenhum lugar que fosse sujo) enquanto ajudava a tomar conta do seu irmão caçula ainda bebê; de uma alegria estonteante e de responsabilidade social. Quando ela apontou para uma buginganga qualquer numa vitrine iluminada de uma loja, dando um gritinho de estranho anseio que ele achou singularmente feminino, ele se sentiu como Alexandre o Grande.

– Christine queria saber onde eles iam. Ele disse: – pensei no cinema – ela se debulhou em lágrimas. Ele percebeu que a concordância e o mal-entendido podiam facilmente coexistir.

Quando ele mencionou camisinhas para Lynn, ela disse "eu as detesto", e transou com ele assim sem mais nem menos, lá para o final do baile, com ambos bêbados. Ele descobriu que estar bêbado significava que podia continuar muito tempo sem gozar. Numa ocasião posterior, descobriu que seus pais achavam Lynn uma má influência, que ela com certeza era, e o motivo por que ele gostava dela. Ele faria qualquer coisa por ela, motivo pelo qual ela se cansou rapidamente dele.

– depois de terminar com Christine, houve quase encontros, coisas que deram errado por pouco, anseios que foram engolidos pelo autodesprezo, ligações das quais queria sair antes mesmo de começá-las. Mulheres que olhavam para ele como se dissessem: "você serve por enquanto." Outras que o pegavam firmemente pelo braço desde o momento do primeiro beijo, e que o faziam sentir, à medida que os dedos delas se remexiam na dobra de seu braço, estar sendo arrastado primeiro para o altar e depois para a sepultura. Ele começou a olhar para outros homens com inveja e incompreensão. Somente os bravos mereciam as mulheres belas, de acordo com um velho poeta burro qualquer. A vida real não era assim. Quem ganhava aquilo que merecia? Merdas, sacanas e uns filhos da puta terrivelmente entrões ganhavam as belas enquanto os bravos estavam longe na guerra. Depois os bravos voltavam para a casa e ganhavam a segunda escolha. Gente como Paul precisava se conformar com os restos. Era destino deles se conformar com isso, assentar na vida e procriar soldados de infantaria para os destemidos, ou filhas inocentes para serem estragadas pelos merdas e sacanas.

– ele voltou para Christine durante várias horas, o que foi claramente um erro.

– Paul resistiu ao seu destino tácito, tanto no sentido geral, quanto na pessoa de Christine. Ele não acreditava em justiça em se tratando de sexo e do coração: não existia nenhum sistema através do qual seus méritos de ser humano, companheiro, amante, marido e seja lá o que fosse pudessem ser avaliados com justiça. As pessoas – especialmente as mulheres – te davam uma olhada rápida e continuavam. Não dava muito bem para protestar, para entregar uma lista de seus pontos fortes ocultos. Porém, se não havia um sistema, isso significava logicamente a existência da sorte, e Paul acreditava tenazmente na sorte. Num instante você é um funcionário do escalão intermediário da Pitco, e logo lá está você ao lado de sir Jack no mictório, sendo que ele, por acaso, está assobiando a melodia certa.

– quando ele pôs os olhos em Martha, com seu cabelo curtinho que parecia ser esculpido, terninho azul, e seus silêncios tranqüilos ainda que desconcertantes, quando se viu a pensar "você tem uma voz castanho escura para combinar com seus cabelos castanhos escuros e não pode, de jeito nenhum, ter quarenta anos", quando ele observou-a a se virar com elegância e desfraldar sua capa diante do nariz roncante de sir Jack, a escavar o chão com os pés, ele pensou: "ela parece muito bonita." Paul percebeu que aquilo fora uma reação um tanto inadequada, e provavelmente uma que ele jamais deveria lhe confidenciar. Ou se fizesse, sem os seguintes comentários: depois que ele saíra de casa e voltara a comprar revistas durante algum tempo, ele percebeu cada vez mais, enquanto olhava para uma mulher em página dupla estendida ali para ele como a própria disponibilidade em pessoa, que um pensamento entrava deslizando na sua cabeça: – *Ela* parece muito legal – talvez ele não fosse mesmo feito para sexo em revistas. Foda-me, deviam as mulheres insistir, e ele não parava de responder. – Bem, eu na verdade gostaria de as conhecer melhor antes.

– no passado ele notara como estar com uma mulher alterava a noção do tempo da gente: como o presente podia ficar equilibrado com leveza, o passado com passos arrastados, o futuro tão elástico, tão metamórfico. Ele sabia ainda melhor como não estar junto com uma mulher alterava a noção do tempo da gente.

– por esse motivo, quando Martha perguntou o que ele pensara dela da primeira vez que se conheceram, ele quis dizer: senti que você podia mudar minha noção de tempo irremediavelmente, que o futuro e o passado iriam se comprimir no presente, que uma nova sacra trindade do tempo estava prestes a ser formada, como jamais foi na história do universo criado. Mas não era totalmente verdade. Em vez disso ele citou a clara sensação que ele tivera no escritório dos cubos duplos de sir Jack, e mais tarde quando ele estava sentado diante dela no bar de vinhos, percebendo que ela conduzia ligeiramente a conversa. – Achei que você era muito agradável – disse ele, cônscio demais de que não se tratava do tipo de hipérbole empregada por merdas, sacanas e todo o variado bando de filhos da puta entrões. E, no entanto, pareceu a coisa certa a dizer, ou a pensar, ou ambos.

– Martha o fazia se sentir mais inteligente, mais adulto, mais engraçado. Christine rira obedientemente das piadas dele, o que no final fê-lo desconfiar que ela não tinha senso de humor. Mais tarde, ele conheceu a humilhação da sobrancelha erguida e o implícito "Não tente se não souber contá-las". Durante algum tempo, ele desistiu de contar piadas a não ser muito baixinho. Com Martha, recomeçou, e ela ria quando achava alguma coisa engraçada, e não ria quando não achava. Isto parecia extraordinário e maravilhoso a Paul. E também simbólico: ele andara anteriormente vivendo sua vida a meia voz, sem ousar levantá-la. Graças a sir Jack, ele tinha um bom trabalho; graças a Martha, tinha uma vida direita, uma vida plenamente expressa.

– foi inacreditável como se apaixonar por Martha tornou as coisas mais simples. Não, aquilo não era a expressão adequada, a não ser que "mais simples" também incluísse um sentido de mais ricas, mais complexas, com um foco e um eco. Metade de seu cérebro pulsava de boquiaberta incredulidade diante de sua sorte; a outra metade era preenchida pela sensação de uma realidade há muito buscada. Aquela era a expressão certa: a paixão por Martha tornava as coisas reais.

DOIS

A ESCOLHA DA ILHA POR SIR JACK não fora uma questão de algum ato de sorte inesperado. Até mesmo seus caprichos tinham uma análise de custos por trás deles. Neste caso atual, os fatores relevantes foram: tamanho, localização e facilidade de acesso à Ilha, além da extrema improbabilidade de ela receber uma bola preta da Unesco, na qualidade de herança cultural da humanidade. Acesso à mão-de-obra, elasticidade do código de urbanização, maleabilidade dos habitantes locais. Sir Jack não esperava muitos problemas em fazer com que os Wightenses pulassem a bordo: sua experiência nos países em desenvolvimento o havia ensinado a explorar o ressentimento histórico, até mesmo como engendrá-lo. Ele também estava com o deputado da Ilha no bolso. Uma série de investimentos locais bem propagados na sua base eleitoral, além das confissões assinadas de três garotos de programa londrinos dentro de um cofre de advogado perto de Lincoln Inn Fields haveriam de assegurar que o parlamentar sir Percy Nutting QC continuasse a demonstrar o devido entusiasmo. Cenoura e chicote – sempre funcionava; embora chicote e cenoura funcionassem ainda melhor.

De início ele simplesmente planejara comprar a Ilha. Vários milhares de hectares de área cultivável haviam sido adquiridos de fundos de pensão e da Igreja em troca de títulos de seu novo empreendimento. O próximo passo seria convencer Westminster a lhe vender a soberania. Não parecia uma idéia inviável. Os últimos pedaços do Império vinham sendo hoje dispostos dessa maneira – inteiramente racional para sir Jack. As colônias mais antigas haviam partido devido à emergência de súbitos princípios, apressada pela guerrilha. Em relação aos últimos postos avançados, critérios foram os econômicos: Gibraltar fora vendido à Espanha, as ilhas Falkland à Argentina. É claro que não era assim que se apresentavam essas trocas, tanto pelo vendedor quanto pelo comprador. Sir Jack, porém, tinha suas fontes.

Estas fontes também diziam que Westminster endurecera sua posição quanto à venda da ilha de Wight a uma pessoa física. Haviam sido levantadas objeções sobre a integridade nacional. A despeito da pressão do lobby de deputados menos importantes fiéis a sir Jack, o Governo simplesmente se recusou a etiquetar a soberania com um preço. Não está à venda, disseram. Isto fez sir Jack ficar meio amuado de início, mas logo recuperou seu ânimo. Havia algo insatisfatório em um negócio direto, afinal de contas. Você queria comprar alguma coisa, o dono fixava um preço, e você finalmente o comprava por menos. Afinal, que graça havia nisso?

Havia, na verdade, algo antiquado nisso tudo. A noção de se ser proprietário, ou melhor, a aquisição desse status através de um contrato formal, no qual o título é outorgado em troca de uma posição social, não parece, afinal de contas, bastante estranho? Sir Jack preferia repensar toda essa noção. Por certo era verdade que ser proprietário era algo irrelevante desde que se detivesse o controle. E de fato, no momento ele detinha todas as opções de compra de terra e de concessões de projetos dos quais precisava. Tinha os bancos, os fundos de pensão e as companhias de seguro ao lado dele. Não havia dúvidas de que seu passivo estava bem coberto pelo seu capital líquido. Naturalmente, nada de seu capital próprio fora arriscado, fora uma ninharia. Sir Jack acreditava em financiar seus empreendimentos com dinheiro dos outros. E, no entanto, além de e sob toda essa pirataria legal, jazia um impulso mais primevo, um anseio atávico de eliminar a burocracia da vida contemporânea. Seria injusto chamar sir Jack de bárbaro, embora alguns o fizessem; contudo borbulhava dento dele um anseio de retomar contato com métodos pré-clássicos, pré-burocráticos de adquirir propriedade. Métodos tais como roubo, conquista e saque, por exemplo.

— Camponeses — disse Martha Cochrane. — Vai precisar de camponeses.
— Mão-de-obra barata, é como os chamamos hoje em dia, Martha. Não tem problema.
— Não, quero dizer camponeses. Tipo caipiras mascando talos de palha. Sujeitos em blusões compridos, bobos da aldeia. Caras com alfanjes nas costas separando o joio do trigo, se é isso que se separa. Batendo e sovando.
— A agricultura — respondeu sir Jack — certamente será cultivada, tanto como fundo, quanto como opção secundária de visitação. Suas roceirinhas não serão esquecidas — o sorriso era uma mescla de impaciência e falsidade.
— Não estou falando de agricultura. Estou falando de *gente*. Passamos tempo discutindo colocação do produto, perfil dos visitantes, estruturas de espetáculo, teoria do lazer e de processamento quantitativo, mas parecemos estar esquecendo que um dos encantos mais antigos deste negócio é fazer propaganda do povo. O povo simpático, natural, caloroso. Os olhos irlandeses sorriem, os votos de boas-vindas esperam por vocês nas colinas e todo esse negócio.
— Ótimo — disse sir Jack, um pouco desconfiado. — Podemos focalizar isso. Uma sugestão muito positiva. Porém, o seu modo de falar implica que você prevê um problema.
— Dois, na realidade. Primeiro, você não tem matéria-prima bruta. O que significa que nenhuma de sua mão-de-obra barata da Ilha jamais pôs olhos em uma espiga de milho, a não ser sob a forma de flocos numa tigela.
— Então eles se dedicarão a bater os cereais, ou seja lá o que você disse, com o entusiasmo de uma geração a começar de novo.
— E a calorosa hospitalidade tradicional?
— Isto também pode ser aprendido — respondeu sir Jack. — E por ser aprendida, mais autêntica será. Ou será que isso é uma noção cínica demais para você, Martha?
— Dá para conviver com ela. Mas há um segundo problema. Na realidade, como faremos propaganda dos ingleses? Venha encontrar representantes de um povo amplamente tido, até mesmo segundo nossa própria pesquisa, como frio, esnobe, emocionalmente retardado e xenófobo. Além de pérfido e hipócrita, é claro. Quero dizer, sei que vocês são sujeitos que gostam de um desafio...

– Ótimo, Martha – disse sir Jack. – Excelente. Por um instante pensei que você estivesse sendo prestativa e construtiva. Então, vocês sujeitos aí, vamos ganhar o seu milho, joeirado à mão ou por processos industriais, que sejam. Jeff?

Martha, observando o elaborador de conceitos fazer uma pausa para pensar, percebeu que Jeff era o esquisitão do comitê de coordenação. Parecia não ter nenhuma agenda própria; parecia dedicado ao projeto; parecia abordar os problemas como se eles precisassem de soluções; e também parecia ser um homem casado que não lhe passara uma cantada. Era tudo muito estranho.

– Bem – disse Jeff –, a minha cabeça me diz logo que o melhor enfoque é lisonjear de preferência o cliente ao produto. Como, por exemplo: beba sua caneca de cerveja Jolly Jack no Old Bull and Bush, encontre os pitorescos freqüentadores e veja como a famosa reserva inglesa simplesmente se derrete. Ou então: eles não entregam seus corações com facilidade, mas depois de entregues, sua amizade vale a vida inteira. Será um cordão de contatos em volta do mundo inteiro.

– Meio ameaçadora, essa aí, não é? – disse Mark. – As pessoas não embarcam em férias para fazer amigos.

– Acho que aí você está errado, para dizer a verdade. Todas as pesquisas que fizemos sugerem que os outros, isto é, que não são ingleses, costumam encarar amizades feitas durante as férias como um bônus, ouso dizer, algo que enriquece suas vidas.

– Que engraçado – Mark deu uma risada descrente e fez seus olhos dançarem sobre o vulto impassível de sir Jack, buscando pistas. – Será que é para isso que virão à Ilha? Todos esses dólares de primeira e super yens vão se confraternizar com nossa mão-de-obra barata, vão trocar Polaróides e endereços e tudo isso. – Aqui é Worzel de Freshwater demonstrando o velho costume inglês de enxugar meio litro de cerveja Old Skullsplitter junto com um raminho enfiado em cada narina... – Não, sinto muito, não dá. – Mark deu um olhar meio embaçado para o comitê, dando uns roncos baixos para si mesmo.

– Mark está demonstrando de modo útil aquelas características inglesas que eu descrevia – comentou Martha.

– Bem, por que não – disse Mark entre seus roncos. – Afinal de contas, eu *sou* inglês.

— Ao trabalho — disse sir Jack. — Talvez tenhamos ou não tenhamos um problema. Vamos resolvê-lo, contudo.

Entregaram-se ao trabalho. Tratava-se principalmente de uma questão de foco e de maneira de perceber a coisa. Já haviam dado por assentado que a agricultura seria representada por dioramas verossímeis, claramente visíveis ao tráfego que passava, fosse ele um táxi londrino, ônibus de dois andares ou charrete e cavalo. Pastores refestelados sob árvores há muito deformadas pelo vento haveriam de apontar seus cajados e assobiar em *falsetto* para Old English Sheepdogs fazendo avançar seus rebanhos; roceiros de blusões compridos com garfos de madeira haveriam de jogar o feno em pilhas esculpidas como topiaria; o guarda-florestal haveria de prender o caçador clandestino do lado de fora de um chalé da Morland e prendê-lo no tronco ao lado da fonte de suspiros. O que eles precisavam era meramente um salto conceitual do estado decorativo para as possibilidades de transformar isso em "ativo". O pastor refestelado precisa ser mais tarde descoberto no The Old Bull and Bush onde vai acompanhar alegremente o guarda-florestal que toca o fole, numa seleção de autênticas canções do campo, algumas coligidas por Cecil Sharp e Percy Grainger, outras compostas há meio século por Donovan. Os trabalhadores que faziam feno abandonariam seu jogo de boliche para fazer sugestões ao cardápio. O caçador clandestino explicaria seus truques, momento no qual a velha Meg, agachada no canto da lareira, poria de lado seu cachimbo de barro e brindaria a todos com a sabedoria de gerações. Tratava-se, concluíram todos, de dar foros de primeiro plano ao fundo. Coisas técnicas, na verdade.

— Por outro lado... — disse Mark.

— Sim, Marco. Outro desabafo não patriótico prestes a desabar sobre nós?

— Não. Talvez sim. Eu pareço estar dando as mãos à Martha hoje. É só que... vocês não acham que devemos ter cuidado com a síndrome do garçom da Califórnia?

— Ilustre uma cabeça provinciana — disse sir Jack.

— O cara que em vez de ficar só ali com um bloquinho anotando aquilo que você quer comer e *calando a porra da sua boca* — disse energicamente Mark — pega a cadeira mais próxima a você e conversa sobre a maneira não violenta como eles quebraram as avelãs e quer saber de você quais são suas alergias.

Sir Jack demonstrou espanto. – Marco, esta é uma experiência que você teve? Será que anda escolhendo o tipo certo de restaurante? Confesso que minha experiência é tão pobre que me falta ainda encontrar um garçom que me perguntasse sobre minhas alergias.
– Mas vocês compreendem o argumento central? Você entra num pub para tomar uma cerveja tranqüila e encontra um velho e fedido jogador de boliche a derramar a cerveja dele em cima de você, enquanto bate um papo danado com sua mulher?
– Bem, é uma experiência autenticamente britânica – comentou Martha.
Jeff tossiu. – Olha, isso tudo é muito improvável. Nossas exigências de higiene e regras contra o assédio sexual excluem semelhante cenário. De qualquer modo, eles escolheram ir a um pub, não foi? Existem muitas outras opções de alimentação sendo desenvolvidas. As pessoas podem ter tudo, desde um banquete de fim de semana numa mansão campestre, até o serviço de quarto.
– É... só que... não estou sendo esnobe – diz Mark. – Bem, talvez esteja. Você está pedindo a um cara que trabalhou numa fábrica de meias, ou algo assim, para ficar batendo cereais o dia inteiro e em seguida ir até o pub onde, em vez de conversar sobre sacanagem e futebol com seus camaradas conforme ele quer, você quer exigir dele que trabalhe ainda mais bancando o caipira para os visitantes que, ouso dizê-lo baixinho, talvez sejam um pouquinho mais inteligentes e cheirosos que nosso fiel empregado?
– Então, podem jantar com dr. Johnson no Cheshire Cheese – disse Jeff.
– Não, não é assim. É mais como... você já foi ao teatro e, quando terminou, viu os atores deixarem o palco e andarem pela platéia apertando suas mãos com você – tipo, ei! somos apenas fragmentos de sua imaginação lá em cima, mas agora estamos te mostrando como somos feitos de carne e osso como você? Simplesmente me deixa constrangido.
– Isto é porque você é inglês – disse Martha. – Acha que ser tocado é algo invasivo.
– Não, trata-se de manter separadas a realidade e a ilusão.
– Isto também é muito inglês.
– Eu *sou* inglês, porra – disse Mark.

– Nossos visitantes não serão.
– Crianças – disse sir Jack a ralhar. – Senhores. Senhora. Uma modesta proposta da mesa. Que tal um bar expresso na Ilha, como acredito que sejam chamados, com o nome de O Horrível *Cappuccino*. Proprietário: *Signor* Marco.
O coro obrigatório de gargalhadas pôs fim à reunião.

– DIGA A WOODIE
que já está na hora – disse sir Jack. Ele usava seus suspensórios da Académie Française naquela tarde, julgados por ele retrospectivamente como totalmente adequados: a reunião fora pontuada de *bons mots* e *aperçus* pitmanescos. O comitê merecera um *tour d'horizon* de extensão excepcional.

A atual Susie era uma nova Susie, e às vezes ele não conseguia lembrar por que a contratara. O sobrenome, claro, e o pai dela, e o dinheiro do pai dela, e assim por diante, e o sorriso meio atrevido dela, e uma espécie de dócil sexualidade que ele suspeitava haver sob aquelas vestes engomadinhas... Mas esses eram todos os motivos costumeiros de semelhante contratação. O que também se exigia de uma Susie era um toque de sensibilidade subcutânea, de *je ne sais quoi*. Todo mundo costumava pensar que o trabalho consistia apenas em transmitir informação exata de uma maneira educada.

– Ah – disse Susie no telefone, e em seguida, com um sorriso inadequado. – Sinto muito mas Woodie teve de ir para casa, sir Jack. Acho que suas costas andaram lhe dando trabalho.

Ele a corrigiria em outra ocasião sobre "Woodie". Sir Jack chamava-o Woodie. Ela deveria saber melhor e chamá-lo de Wood. – Arranje um dos outros.

Uns murmúrios subseqüentes num tom de voz totalmente errado: o de animada aceitação dos fatos, ao invés de grande desconsolo pela inconveniência a seu patrão. – Todos saíram, sir Jack. A conferência sobre Seguridade Social. Eu poderia chamar um táxi para o senhor.

– Um táxi, garota? Um *táxi?* – Isto era algo tão fora de propósito que quase divertiu sir Jack. – Você pode imaginar como reagiria o mercado se eu fosse fotografado entrando num táxi? Cinqüenta pontos? *Duzentos* pontos? Você deve estar fora de si, mulher. Um *táxi!* Me arranje uma limo, uma *Limousine* – ele deu um toque francês à palavra, para demonstrar que uma censura acompanhada de indignação poderia conviver com o humor. – Não – ele pensou um pouco. – Não, Paul vai me levar. Não vai, Paul?

– Na verdade, sir Jack – disse Paul, sem olhar para Martha, mas pensando na região logo atrás e acima do joelho esquerdo dela, sobre a diferença entre o dedo e a língua, entre a carne sedosamente revestida e a carne em estado puro, entre perna e perna levantada. – Na verdade, tenho um compromisso.

– Tem mesmo. Tem um encontro marcado comigo. Tem um compromisso para me levar numa visita à minha tiazinha May. Por isso vá arranjar a porra de um boné, tire da garagem a porra do Jaguar da firma, e leve-me para Chorleywood.

A atitude incipiente de Paul voltou correndo para seu buraco de camundongo. Ele não ousava olhar para Martha. Não se importava em ser humilhado na frente dos outros – todos sabiam como sir Jack podia ser – porém, Martha... Martha. Três minutos depois, ele se viu inclinado, abrindo a porta traseira do próprio carro. Sir Jack parou compenetrado e esperou que Paul fizesse uma mesura desajeitada, uma rígida recordação de algum filme sobre o Exército.

– Muito simpático de sua parte – disse a voz atrás de sua orelha, enquanto o porteiro erguia sua barreira com uma mesura mais experiente. – Tem alguns pontos que, tenho certeza, você não se importará que eu frise. Seu carro – que é *meu* carro, no frigir dos ovos – parece ter sido conduzido de marcha a ré por um campo arado, a perseguir uma raposa. O inlavável a perseguir o incomível, se me for permitido cunhar uma frase. Sempre troque de gravata antes de dirigir para mim, algo mais simples, totalmente preta, para ser exato. E a ordem dos acontecimentos é a seguinte: tirar o boné, colocá-lo sob o braço esquerdo, abrir a porta do carro, ficar ereto, fazer uma mesura. *Capito?*

– Sim, senhor – só que Paul preferia fingir um ataque epilético do que passar por isso de novo.

— Ótimo. E tenho certeza de que Martha estará à sua espera mais tarde, e lhe dará um beijo ainda maior – os olhos de Paul buscaram instintivamente o espelho, mas os de sir Jack já estavam lá, desdenhosamente triunfantes. – Preste atenção à estrada, Paul, isso é um comportamente totalmente destoante para um motorista. É claro que *sei*. Sei tudo que preciso saber. Por exemplo – e talvez isto lhe seja de algum consolo –, sei que existem pouquíssimas coisas no mundo que estragam por esperar. Arroz, evidente, e suflês, e um bom e velho borgonha. Mas mulheres, Paul? Mulheres? Na minha experiência, não. Na verdade, eu diria, sem querer ser nem um pouco indelicado, que ao contrário.

Sir Jack casquinou como um devasso de teatro e abriu sua pasta. À medida que eles faziam pequenos avanços entre os úmidos piscares das luzes de freios, o anotador de idéias desfiou as racionalizações que ele conhecia muito bem. O ego de sir Jack precisava de tanto oxigênio que ele achava tão lógico quanto justo dever extraí-lo dos pulmões de quem estivesse por perto. Sir Jack era um patrão exigente, que pagava bem e esperava perfeição: quando esta falhava, alguém tinha que sofrer. Simplesmente aconteceu de ser a vez dele naquela semana, naquele dia, naquele microssegundo, e não significava nada. Conclusão: a humilhação não tinha justificativa, porém a própria injustiça, o caráter extremado da reprovação demonstrava que sir Jack não estava a fim de acertar contas com ele. Por outro lado, o fato de ele estar mesmo a fim de acertá-las com você, fizera você ser escolhido para receber este tratamento, tornara você especial aos olhos dele e aos seus próprios. Se ele não ligasse, não teria se importado. Era quase sua maneira de demonstrar carinho.

Paul disse isso tudo a si mesmo, enquanto o tráfego retido começava a fluir. Porque, de outro modo, seria obrigado a girar ligeiramente o volante, simplesmente *assim*, e enfiar o Jaguar debaixo de um caminhão que se aproximava, matando ambos. Só que qualquer funcionário da Pitco poderia lhe dizer o que aconteceria: Paul acabaria um "steak tartare", enquanto sir Jack sairia ativo dos destroços, doido para filosofar sobre a generosidade da Providência Divina para a primeira equipe de TV a chegar ao local.

Depois de viajar uma hora em silêncio, durante a qual Paul sentiu que diminuía o sentido que ele tinha de ser ele mesmo, chegaram

a um subúrbio de gotejantes faias, onde lampiões de carruagens iluminavam alarmes contra ladrões.
— Exatamente aqui. Duas horas. E meus motoristas jamais bebem.
— Está chovendo, sir Jack. Posso acompanhá-lo até a porta?
— Guarda-chuva. Embrulho.

Paul conseguiu dominar a falta de jeito com o boné, a porta e a mesura, em seguida observou sir Jack se afastar com uma garrafa de xerez embrulhada debaixo do braço. Tornou a entrar no carro, jogou seu boné no assento do carona e esticou o braço para pegar o telefone. Sinto muito, Martha, sinto muito não ter podido olhar para você. Espero que não me despreze e odeie. Eu te amo, Martha. E você tem razão sobre sir Jack, sempre teve, só que eu não queria admiti-lo. Talvez eu afirme algo diferente amanhã, mas você tem razão hoje. Está tudo bem ainda? Eu te perdi? Não, não é?

No meio de discar, à medida que o sangue e seu ego voltavam, Paul parou. É evidente: seu patrão provavelmente recebia uma cópia impressa dos números dos telefones chamados de todos os carros da companhia. Era exatamente o tipo de detalhe que sir Jack jamais deixava passar. Poderia ter sido assim que ele adivinhara sobre Martha. E se Paul lhe telefonasse agora, sir Jack descobriria e o guardaria na sua memória elefantina, retaliativa, à espera de algum momento, algum momento público inoportuno.

Então, uma cabine pública de telefone. Coisa rara nestes dias. Paul rodou pelas ruas vazias, virando a esmo nas esquinas. Um sujeito ou outro passeando ocasionalmente com o cachorro, um alcoólatra de respeito mancando para casa com compras, nenhum sinal de cabine, e, em seguida, vinte metros adiante, numa avenida curva de casas destacadas, iluminadas em parte por réplicas de lampiões a gás vitorianos, seus faróis puseram em destaque um guarda-sol de golfe meio listrado. Que diabo. E agora? Ultrapassá-lo ou frear subitamente? Qualquer coisa que fizesse estaria errado. De todo modo, ele provavelmente anotara a quilometragem do carro antes de sair e cobraria Paul pelo excesso de gasolina.

Ultrapassar poderia parecer uma impertinência maior: melhor parar. Paul freou o mais delicadamente possível, porém o guarda-sol com pernas não interrompeu o passo. Continuou a avançar e sumiu por uma porta de entrada de casa acima. Depois de alguns minutos, Paul soltou o freio de mão e deixou o carro rolar suavemente pela avenida. Tia May vivia numa casa revestida de tijolinhos estilo "Domestic Revival", com canteiros bem desenhados cheios de arbustos e uma placa de madeira entalhada aparafusada a um pinheiro. "Ardoch" era como se chamava a casa. Paul imaginou uma frágil solteirona com uma tira de renda no pescoço, a oferecer bolo de sementes aromáticas e um copo de madeira. Em seguida, ela se tornou grande, perfumada, judia e vienense, botando mais um pouco de creme batido na Sachertorte. Então – talvez os suspensórios de sir Jack fornecessem a pista –, uma irônica parisiense de ossos finos, com a manga de seu casaco de *tweed* a subir elegantemente por seu antebraço, enquanto servia uma delicada tisana de um bule de prata. Ele podia ser às vezes grosso, porém a dedicação que tinha por sua tia May, suas visitas mensais infalíveis representavam um crédito para ele.

Paul olhou maleficamente para a casa e tentou não pensar em Martha. Ele ficou a imaginar se "Ardoch" era uma propriedade oficial da Pitco. Seria bem típico de sir Jack pôr sua tia na folha de pagamento, com uma casa grande de quebra. O tempo passou. Choveu. Paul olhou para seu boné de chofer do outro lado, no banco do carona. Teria sir Jack ciúmes de Martha? Dele e de Martha? Seria isso? Então ele fez algo num momento de impensada rebeldia. Tirou o gravador do seu bolso, meio fingindo que era um fone no qual poderia chamar Martha, e ativou o microfone portátil de sir Jack.

O alcance específico do instrumento era de 17 metros, capacidade necessária nos dias em que sir Jack gostava de perambular, divagando, por passagens tão amplas quanto seus pensamentos. A porta da frente de "Ardoch" ficava a dez metros de distância, e certamente as paredes diminuíam a força do sinal. Porém, as três palavras que Paul conseguiu gravar na fita, e que mais tarde ele tocou para Martha, fazendo ambos perderem interesse em sexo imediato, foram ouvidas tão claramente como se sir Jack estivesse sentado em sua mesa.

O Jaguar voltara ao ponto de encontro original; chovia ainda à medida que o guarda-sol listrado surgiu no horizonte. A mesura de Paul foi impecável. No espelho retrovisor, a expressão de sir Jack era de benévolo descanso. Eles chegaram ao apartamento dele faltando quinze para as onze, e Paul balançou grato a cabeça quando uma nota de cem euros foi enfiada com dedos tateantes no seu bolso de cima. Mas sua gratidão era por outra dádiva.

— M... B... C! —
sussurrou Paul ao emergir de um breve cochilo pós-sexo. A pressão para baixo, resultado do riso de Martha, expulsou o pau dele, e ela empurrou-o para o lado para dar espaço a seus pulmões.

— Ele talvez estivesse apenas contando um caso. — Ela foi deliberadamente cautelosa.

— Para sua tia? Com esse desfecho? Não, deve ser verdade.

Martha queria que fosse verdade; mais importante, ela queria conservar Paul da maneira como estivera quando voltara havia três noites — serenamente zangado, serenamente triunfante, a rasgar a nota de cem euros. Ela não queria que ele recaísse num estado de espírito respeitoso, uma cabeça de gado da Pitco com a marca da companhia gravada no seu traseiro. Ela queria que ele, por uma vez, tomasse a iniciativa.

— Olha — disse ele —, a casa não consta do rol das propriedades e você pode ter certeza, se ela *fosse* sua tia May, constaria. E estaria na folha de pagamentos. E como te disse, ele nunca falta. Na primeira quinta de cada mês. Já houve ocasiões de Wood levá-lo diretamente ali, de Heathrow. Ele nunca a leva para sair, além disso.

— Ela poderia estar presa a uma cadeira de rodas, ou algo assim.

— Nin-guém nunca visita tias, mesmo se elas estiverem em cadeiras de rodas, desta maneira.

Martha concordou com a cabeça. — A não ser que sejam outro tipo de tias.

— M... B... C!

— Pare. Você está me matando. — Rir deitada de costas fê-la sentir-se quase enfermiça. Ela sentou-se na cama e olhou para o rosto invertido de Paul embaixo. Pegou o lóbulo da orelha dele entre o polegar e o indicador. — O que acha que devemos fazer?

— Descobrir. Quero dizer, arranjar mais alguém para descobrir.

— Por quê?

— O que quer dizer com por quê? — Paul reagiu como se estivessem pondo em dúvida seu generalato.

– Apenas porque devemos saber o que buscamos.
– Um seguro.
– *Seguro?*
– Até mesmo os mais ardentes admiradores de sir Jack – ele levantou os olhos para Martha como se para dissociar-se deles – têm de admitir que sua política de contratações e demissões nem sempre se baseiam no mérito.
Martha balançou a cabeça, concordando. – Eu fico em foco quando você está sem óculos?
– Você está sempre em foco – disse ele.
Gary Desmond foi a pessoa que escolheram para agir. Gary Desmond, até há pouco uma atração-chave na própria cadeia jornalística de sir Jack. Gary Desmond que causara a queda de três ministros, um deles uma mulher; que batizara o filho ilegítimo do capitão da seleção inglesa de críquete, lamentara o vício de cocaína de duas apresentadoras da meteorologia, e finalmente, depois de apenas uma invasãozinha de propriedade, trouxe para seu patrão a prova fotográfica das bacanais a três do príncipe Rick com caras garotas de programa.
Teria ele pecado por supervalorizar-se, ou fora apenas ingênuo? De qualquer maneira, pensara a coisa errada: que os parâmetros morais implícitos nas suas reportagens, entusiasticamente apoiados pelo proprietário e leitores, fossem de certo modo verdadeiros. Mesmo que não verdadeiros, pelo menos imutáveis. Porém Gary Desmond, à espera de chamar, com um modesto trocadilho, esta de a reportagem que viria coroar seu êxito, descobriu ser possível triunfar em excesso, de uma maneira a desafiar a suposta realidade de sua atividade. Não havia como duvidar da excitação generalizada quando ele revelara que aquele rapaz, a um pequeno passo do trono, sustentado pelo dinheiro público e pago para representar o país em viagens ao estrangeiro, farreara com Cindy e Petronella em um dos "palácios de luxo" fornecidos pelos impostos dos cidadãos. Porém, à medida que as revelações passaram a prosseguir diariamente, a censura lúbrica fora de certo modo substituída por um constrangimento e depois por um tipo de autocensura patriótica. Num nível mais local, isto se traduziu em sir Jack a repuxar seus suspensórios da Casa dos Lordes, temendo que ele talvez não recebesse o título para combinar com eles.

A reportagem de Gary Desmond se sustentava tão sólida quanto o prédio Pitman; as provas pictóricas eram inegáveis, e as garotas não tinham um centavo entre elas. Mesmo assim, Gary Desmond foi pago e despedido. Foi denunciado no próprio jornal que antes publicava suas reportagens exclusivas como o "jornalista marrom que passou dos limites". Foi feita uma referência — e isto bastante fora de propósito — a uma viagem de pesquisa às Antilhas que resultara, estritamente falando, em nada publicável. Ele levara Caroline da contabilidade, e os filhos da puta haviam publicado uma foto dela meio na pior, com a parte de cima do biquíni a meio mastro, algo que só poderiam ter obtido através de roubo ou grande suborno. Tudo isso tornou Gary alguém meio difícil de arranjar emprego em um futuro previsível.

Martha e Paul encontram-no no saguão de um hotel de turistas.

— O negócio é o seguinte — disse Martha. — A história nos pertence, nós é que resolvemos se ela vai ser impressa ou não. Talvez seja mais útil não publicá-la. Pagaremos honorários a você, uma bonificação por bons resultados, e mais uma segunda bonificação pela publicação, ou pelo segredo, seja lá o que resolvermos. De modo que, não importa de que maneira, você não sai perdendo. Negócio fechado?

— Negócio fechado — respondeu o repórter. — Só que, o que acontece se o rastro ficar meio cheio demais de gente?

— Não pode acontecer, exceto se você deixar vazar. Nós sabemos, você sabe, e é isso aí. E assim vai ficar. Negócio fechado?

— Negócio fechado — repetiu Gary Desmond.

Vendo a coisa agora, ele podia compreender como Pitman se comportara sobre a questão do príncipe Rick. Houvera "pressão extraordinária", asseguraram-lhe, tanto do Palácio quanto do Ministério do Interior. A indenização trabalhista fora satisfatória, até mesmo justa. Os direitos de segurança social não haviam sido afetados. A cláusula do segredo era normal naquela situação. Gary Desmond não era despido de imaginação, sabia que essas coisas aconteciam. Mas aquilo que Gary Desmond não podia perdoar, e que o fez sacramentar a presente transação, fora o comentário que sir Jack fizera ao embarcar na sua limusine, sob a sombra de um Wood que lhe fazia uma mesura. — Eu sempre digo — dissera seu ex-patrão ao bando de jornalistas subservientes da casa —, eu sempre digo que nunca se pode confiar num sujeito cujo nome seja dois prenomes – a citação deu manchete em três jornais e continuou a exasperar Gary Desmond.

A EXPERIÊNCIA DO CAFÉ DA MANHÃ

na Ilha começou com a busca de uma logomarca. A seção de *design* produziu uma porção delas, na maior parte reapropriações não reconhecidas e roubos tranqüilos de símbolos familiares. Leões em várias quantidades e várias etapas de violência. Miscelânea de coroas e diademas. Torres de menagem e baluartes. Uma ponte levadiça inclinada do palácio de Westminster. Faróis, tochas flamejantes, silhuetas de prédios famosos. Perfis de Britânia, Boadicéia, Vitória e São Jorge. Rosas de todo tipo – simples e duplas –, chá e floribunda, roseira-brava, couve, cão e Natal; folhas de castanheiro, árvores e maçãs. Bastões de críquete e ônibus de dois andares, penhascos brancos, *beefeaters*, esquilos vermelhos e um tordo na neve. Fênix e falcão, cisne e "talbot", águia e papagaio, hipogrifo e hipocampo.

– Tudo errado, tudo errado – sir Jack atirou uma pilha de últimas sugestões da mesa de batalha no tapete fofo. – É tudo muito *então*. Quero *agora*.

– Podíamos compor simplesmente suas iniciais trançadas. – Cuidado Martha: não confunda cinismo profissional com desprezo amadorístico. Mas desde que haviam descoberto aquilo que achavam ter descoberto, sua atitude em relação a sir Jack mudara; a de Paul também.

– O que nós queremos – disse sir Jack, ignorando-a e dando um murro na mesa à guisa de ênfase – é *magia*. *Queremos aqui, queremos agora*, queremos a *Ilha*, mas também queremos *magia*. Queremos que nossos visitantes sintam ter atravessado um espelho, que deixaram seus próprios mundos e penetraram num mundo novo, diferente e, não obstante, estranhamente familiar, no qual não se fazem as coisas como se fazem nas outras partes do planeta habitado, e sim como se estivessem acontecendo num sonho raro.

O comitê estava à espera, na expectativa que as exigências complicadas de sir Jack fossem meramente um preâmbulo a uma resposta que pudessem aplaudir. Porém, a pausa dramática de sempre se alongou num ansioso silêncio.
— Sir Jack.
— Max, meu caro. Não era a sua a primeira voz que eu teria esperado.

O dr. Max deu um sorriso contrafeito. Ele vestia tons de marrom naquele dia. Deu um toque supersticioso à sua gravata-borboleta e juntou seus dedos finos como torres de igreja para indicar seu modo de contar anedotas na TV. — Em certa época no começo ou no meio do século XIX — começou ele —, uma mulher caminhava para a feira de Ventnor com uma cesta de ovos. Ela vinha de uma das aldeias ao longo do litoral, por isso tomou naturalmente a trilha que seguia pelo alto dos rochedos. Chovera, mas ela trouxera sabiamente seu guarda-chuva. Já que aquela era uma época primitiva da tecnologia dos guarda-chuvas, o dela era uma coisa grande e resistente. Ela avançara alguma distância em direção a Ventnor, quando uma rajada forte de vento terral a pegara de surpresa e empurrara-a por cima da beira do penhasco. Ela achou que fosse morrer — pelo menos, presumo que fosse o caso, baseado no fato de que qualquer pessoa normal assim empurrada teria presumido isso, e não havia evidência de ela ser anormal quanto a esse respeito — porém seu guarda-chuva começou a funcionar como pára-quedas, diminuindo sua queda. Suas roupas também se encheram de vento, diminuindo sua velocidade. Não sabemos ao certo o que ela trajava, mas podemos imaginar viavelmente crinolina com musselina esticada, de modo que, na verdade, tinha ela dois pára-quedas, um em cima, outro embaixo. Embora, mesmo agora enquanto falo, insinua-se uma dúvida: é certo que a musselina era pano das classes burguesas, na moda, cujo revestimento denotava da maneira mais óbvia o caráter protegido, o *não-me-toques* daquelas mulheres. Será que a vendedora de ovos era da classe média? eu me pergunto. Ou será que uma próspera indústria pesqueira na Ilha significava que a barbatana de baleia, o elemento principal na estruturação das roupas de baixo femininas, fosse mais socialmente distribuída do que no resto do país? Isto não é, como vêem, exatamente o meu terreno, e eu teria de

fazer alguma pesquisa sobre as roupas de baixo usadas pelas classes de vendedoras de ovos na provável década em que ocorreu o registro deste incidente...
— Continue com a porra da história. Pare de divagar — gritou sir Jack. — Você nos deixou suspense no ar.
— Exatamente — o dr. Max não prestava mais atenção em sir Jack do que num aparteador qualquer no estúdio. — E assim, sabem, ela foi descendo a flutuar, com o cesto de ovos no braço, seu guarda-chuva e a crinolina sustentados ainda pelas correntes ascendentes vindas do mar. Nós a imaginamos a olhar para o mar, murmurando uma prece para Deus e observando a areia macia a erguer-se para encontrá-la. Ela pousou em segurança na praia, incólume, de acordo com minha fonte, o único dano foi a quebra de alguns ovos de seu cesto, segundo dizem.

A expressão de sir Jack era de prazer exasperado. Ele continuou a chupar seu charuto e a exasperação se dissipou. — Adorei isso. Não acredito em uma palavra, mas adorei. É *aqui*, é *magia* e podemos transformar isso em *agora*.

A logomarca foi desenhada e redesenhada, em estilos do hiper-realista pré-rafaelismo a alguns cacoetes expressionistas. Determinados elementos-chave perduravam: os três golpes ecoantes do guarda-chuva, chapéu e vestido inflado; a cintura apertada e os seios fartos a indicar uma mulher de um período anterior. O cesto hemisférico rústico, cujo círculo era completado pela pilha de ovos. Fora do alcance de sir Jack, este motivo era chamado de a rainha Vitória mostrando seus calções; lá dentro deram-lhe uma série de nomes experimentais — Beth, Maud, Delilah, Faith, Florence, Madge — antes de se resolverem por Betsy. Alguém se lembrou ou descobriu que já houvera uma expressão "Betsy do Céu", o que parecia tornar adequado seu batismo, embora ninguém soubesse o que a expressão queria dizer.

Conseguiram sua logomarca, que continha tanto o *aqui* quanto a *magia*. Foi o desenvolvimento tecnológico que forneceu o *agora*. A proposta original, pensamento deles, é que o salto de Betsy fosse repetido, quando o vento se encontrasse nas condições certas, por um dublê vestido em costumes femininos vitorianos. Foi demarcada uma área a oeste de Ventnor, se as tentativas fossem bem-sucedidas. A praia seria aproveitada e aumentada para fornecer um lugar seguro de pouso, enquanto os visitantes poderiam assistir de arquibancadas, ou de pequenos barcos ancorados no mar. Foi feita uma série de experiências para estabelecer a melhor altura da queda, força do vento, tamanho do guarda-chuva e capacidade da crinolina. Vinte quedas com bonecos levaram ao dia em que sir Jack, com binóculos a aplainarem suas sobrancelhas, e pernas separadas para se equilibrar do delicado balanço, testemunhou o primeiro teste ao vivo. Tendo descido três quartos do caminho, a corpulenta "Betsy" perdeu controle da crinolina, os ovos cascatearam de seu cesto, e ele pousou na praia ao lado de uma omelete improvisada, quebrando o tornozelo em três lugares.

– Imbecil – comentara sir Jack.

Alguns dias depois, um segundo saltador – o dublê mais leve que conseguiram encontrar, numa tentativa de fingir feminilidade – manteve seus ovos intatos, mas quebrou a bacia. Concluiu-se que a queda original de Betsy deve ter sido ajudada por condições climáticas incomuns. Seu feito fora um milagre, ou então apócrifo.

A próxima idéia foi a experiência *bunjee* de Betsy do Céu, cuja vantagem era que permitia a participação dos visitantes. Seguiu-se uma série de saltos experimentais, uniformemente seguros, do cume modificado do penhasco por saltadores com ovos, de ambos os sexos e todos os tamanhos. Mas havia algo que não convencia, decididamente não-mágico e de algum modo demasiado *agora*, em relação a se ver um saltador pulando para cima e para baixo num colete, antes de ser lentamente arriado até a praia.

O desenvolvimento tecnológico, depois de várias intervenções pessoais da parte de sir Jack, finalmente surgiu com a solução. Os equipamentos e o colete do saltador permaneceriam os mesmos, mas ao invés de uma corda *bunjee*, haveria o lento e controlado desenrolar de um cabo camuflado, enquanto fontes ocultas de vento simulariam correntes ascendentes de ar. O resultado seria seguro para os hóspedes e funcionaria em qualquer tempo. O marketing forneceu o refinamento que acabou de firmar a idéia: a experiência com *bunjee* de Betsy Alada tornar-se-ia a experiência do café da manhã na Ilha. No alto do penhasco haveria um serviço de postura de galinhas, com pássaros bonitinhos e de penas cuidadas; ovos frescos chegariam diariamente de avião, e o visitante desceria até a praia com um cesto de Betsy preso a ele. Então ele ou ela seria conduzido por uma garçonete de touca até o bar de desjejum da Betsy, aberto durante todo o dia, onde seriam tirados os ovos do cesto e fritos, escaldados, mexidos ou cozidos, à vontade, diante dos próprios olhos do saltador. Junto com a conta viria um certificado de descida gravado, impresso com a assinatura de sir Jack e a data.

ENQUANTO TRATORES DE ESTEIRA
corriam para lá e para cá e guindastes se equilibravam, enquanto a paisagem sem muitos atrativos se transformava num livro dobrável de hotéis e portos, aeroportos e campos de golfe. Enquanto se davam pílulas douradas para os que se encontravam inconvenientemente alojados e se faziam promessas sorridentes aos severos ambientalistas sobre as planícies calcárias, os esquilos vermelhos e um sem número de borboletas de merda, sir Jack Pitman concentrava-se nos edis da Ilha. Westminster e Bruxelas podiam esperar: primeiro ele tinha de colocar o pessoal local a bordo e ombro a ombro com ele.

Mark estava encarregado de tudo. Se eles vissem sir Jack poderiam ficar todos rígidos e defensivos, como se ele fosse um invasor empresarial, ao invés de um benfeitor das massas. Muito melhor deixar isso por conta dos olhos azuis e cachos louros de Marco Polo.

– De que vou precisar? – perguntara desde logo o gerente do projeto.

– Humor local, um saco de cenouras e um feixe de varas – respondera sir Jack.

Havia duas frentes de negociação. As reuniões oficiais de consulta entre a Pitco e o Conselho da Ilha eram feitas na Prefeitura, em Newport. Eram abertas ao público e seguiam todos os devidos trâmites democráticos: o que significava, conforme sir Jack comentara em particular, que as demonstrações de fachada, os interesses especiais e os grupos minoritários controlavam o espetáculo. Os advogados faziam uma confusão danada, mas, paralelamente, havia um colóquio secreto freqüentado pelos conselheiros-chave da Ilha com uma pequena equipe da Pitco liderada por Mark. Essas conversas eram por natureza exploratórias e não resolutivas. Não eram também registradas, de modo que idéias imaginativas pudessem ser expressas com ênfase se necessário, de modo que, conforme falara um conselheiro que já estava no bolso, o sonho pudesse fluir. As instruções de sir Jack a Mark eram que o sonho deveria fluir como um canal, em linha reta para um destino conhecido. Quando ele o esboçou, até mesmo Mark ficou espantado.

– Mas como fazê-lo? Quero dizer, estamos no terceiro milênio. Tem Westminster, tem Bruxelas, tem, não sei, Washington, as Nações Unidas...?

– Como fazê-lo? – sir Jack deu um sorriso radiante. A pergunta banal fora feita primorosamente. – Mark, vou te contar o maior segredo que conheço. Está pronto para ouvir? – Mark não precisou obrigar-se a demonstrar interesse. Sir Jack, por outro lado, queria se demorar, mas não pôde resistir à oportunidade. – Há muitos, muitos anos, quando eu era jovem como você é hoje, fiz a mesma pergunta para um grande homem com quem trabalhava. O grande homem – sir Matthew Smeaton – inteiramente esquecido agora, infelizmente – *sic transit* – planejava um golpe de espetacular audácia. Perguntei-lhe como ele conseguia, e sabe o que ele respondeu? Ele disse "Jacky" – chamavam-me de Jacky naquela época – "Jacky, você me pergunta como fazê-lo. Minha resposta é a seguinte: *Você faz fazendo*." Jamais esqueci essas palavras de conselho. Até hoje elas me inspiram – a voz de sir Jack quase ficara rouca de respeito. – Agora deixe que elas te inspirem.

O diálogo exploratório de Mark começou com uma tentativa de enfocar o atual desenvolvimento da Ilha numa perspectiva histórica, e colocar algumas perguntas preliminares. Não que ele demonstrasse impertinência em sugerir respostas. Por exemplo, dado o volume formidável de investimento proposto pela Pitco, os empregos já criados e a serem criados e a promessa segura de prosperidade a longo prazo, não seria aquele o momento certo para se reconsiderar a natureza dos laços da Ilha com o resto do país? Era certo que os pedidos de ajuda a Westminster, por parte da Ilha, sempre haviam sido recebidos com má vontade no decorrer das décadas e dos séculos, e que o desemprego era tradicionalmente alto. Portanto, porque haveriam de ser Westminster e os pagadores de impostos os beneficiários daquela virada presente e por vir? A avaliação histórica do dr. Max – refrescada estilisticamente e tendo recebido um caráter mais bélico por parte do departamento de Mark – já circulara. Além do mais, as pesquisas rotineiras que os advogados das empresas geralmente conduzem durante empreendimentos comerciais deste porte já haviam revelado vários documentos e opiniões que fizeram Mark se sentir no dever de compartilhar com os presentes. Na mais estrita confidência, é claro. E sem preconceitos. Porém, mesmo assim, ele tinha de informar que tanto na opinião dos advogados contratuais quanto na dos peritos constitucionais, a aquisição original da Ilha, em 1293, por Eduardo I, de Isabella de Fortuibus, pela soma de seis mil marcos, era manifestamente dúbia e possivelmente ilegal. Seis mil marcos era café pequeno. Era óbvio que não fora um negócio feito com lisura. Coação sempre era coação, mesmo tendo ocorrido no final do século XIII.

Na próxima reunião, Mark sugerira que já que eles não eram limitados pelo processo convencional, que adiantassem audaciosamente sua agenda. Se, na verdade, fosse o caso – que ninguém parecia contradizer – de a Ilha ter sido ilegalmente adquirida pela Coroa inglesa, quais poderiam ser as conseqüências disso na atual situação? Pois existia, quisessem eles ou não, um dilema histórico, constitucional e econômico que o Conselho da Ilha precisava enfrentar. Será que eles o varreriam para debaixo do tapete ou o pegariam pela garganta? Se aqueles membros presentes do Conselho o perdoassem por deixar fluir o sonho, Mark gostaria de propor que qualquer análise lógica, objetiva, da atual crise talvez sugerisse um ataque em três frentes que ele assim resumiria.

Primeiro, uma contestação formal nos tribunais europeus do contrato Fortuibus de 1293; desafio este a ser custeado, naturalmente, pela Pitco. Segundo, a promoção do Conselho da Ilha ao pleno *status* de parlamento, com recintos adequados, fundos, salários, despesas e poderes. Terceiro, uma solicitação simultânea de ingresso na União Européia como nação e membro de pleno direito.

Mark esperou. Ficou especialmente satisfeito de ter introduzido a noção de crise. É evidente que não havia nenhuma, pelo menos não no momento. Porém, não havia nenhum legislador, do conselheiro pé-de-chinelo da Ilha ao presidente dos Estados Unidos, que pudesse ser visto a negar a existência de uma crise, se alguém afirmasse a sua existência. Dava a impressão de preguiça ou incompetência. Por isso havia agora, oficialmente, uma crise na Ilha.

— Você está sugerindo seriamente um rompimento com a Coroa? — a pergunta fora encomendada, é claro. Haveria objeções de sentimentalistas e conservadores; era melhor nesta etapa que eles se presumissem maioria.

— Pelo contrário — respondeu Mark. — O laço real é, no meu ponto de vista, da maior importância para a Ilha. Qualquer rompimento a que a atual crise poderia nos obrigar seria com Westminster, e não com a Coroa. De qualquer maneira, deveríamos buscar fortalecer o laço real.

— O que você quer dizer? — perguntou o inquiridor de encomenda.

Mark deu a impressão de não estar pronto para a pergunta. Pareceu perturbado. Olhou para os outros integrantes de sua equipe, que não lhe serviram de auxílio. Mencionou, de modo não convincente, que o rei talvez se tornasse visitante oficial da Ilha. Em seguida, viu-se compelido, devido à candura e à abertura das atuais conversas, e com promessas de se manter segredo, a mencionar que o Palácio estava neste exato instante considerando uma proposta de mudança. *Não!* Por que não? Nada era moldado em concreto: esta era a natureza da História. Havia um belíssimo palácio real na Ilha, atualmente passando por uma restauração. É claro que nenhuma palavra daquilo deveria vazar para ninguém. O que resultou em palavras ardentes que foram vazadas para todas as pessoas necessárias.

Na próxima reunião, conservadores sentimentais e caipiras ingratos externaram medo de uma intervenção da Inglaterra. Além das sanções, bloqueios, até mesmo invasão! Pitco e seus consultores adotavam o ponto de vista que, em primeiro lugar, essas reações eram improváveis; segundo, que forneceriam propaganda incomparável em âmbito mundial, e terceiro, já que a Ilha estaria seguindo canais legais e constitucionais adequados, Westminster teria demasiada apreensão de revides europeus e até mesmo das Nações Unidas. Ao invés disso, provavelmente voltaria à mesa de negociações e pediria um preço decente. Os membros do Conselho talvez gostassem de compartilhar outro segredinho: a oferta inicial de sir Jack, de meio bilhão de libras pela soberania, fora agora rebaixada para seis mil marcos e um euro. O que deixaria muito mais dinheiro no cofre para melhorar os serviços da Ilha.

Por que Pitman haveria de ser um senhor melhor que Westminster? Uma boa pergunta, concordou Mark, grato pela agressão. E, no entanto, sorriu ele, também uma má pergunta. Somos ligados por interesses mútuos de uma maneira que não se aplica às relações entre o governo central e uma região distante. No mundo moderno, a estabilidade e a prosperidade econômica a longo prazo são mais eficazmente promovidas pelas empresas transnacionais do que pelo Estado-nação do velho tipo. Bastava ver a diferença entre a Pitco e o país do outro lado do mar; qual estava se expandindo, e qual se contraindo?

Quais os benefícios para vocês? Seguidos benefícios mútuos, como se falou anteriormente. Botando nossas cartas na mesa, provavelmente pediremos a revogação de certos artigos antiquados da legislação diretora do planejamento, artigos cuja maioria tem como fonte o detestável palácio de Westminster. E que ligações oficiais ou extra-oficiais esperariam ter vocês com nosso novo parlamento da Ilha? Nenhuma em absoluto. Na opinião da Pitco, a separação dos poderes entre a força diretora econômica e as instituições eleitas era essencial para a saúde de qualquer democracia moderna. É claro que vocês podem achar de bom alvitre oferecer a sir Jack Pitman alguma posição nominal, algum título *proforma*.

– Como presidente vitalício? – sugeriu um caipira.

Mark não poderia ter achado mais engraçado. O acesso de tosse e as lágrimas poderiam até ter sido verdadeiros. Não, ele só o mencionara no calor do momento, dada a natureza exploratória e sem compromisso dessas trocas. Ficassem sossegados, o assunto não fora mencionado a sir Jack, ou por ele. Na verdade, provavelmente a única maneira de fazê-lo aceitar semelhante cargo seria não dar-lhe chance de recusar. Criem apenas uma ordem do Conselho, ou seja lá o nome que escolherem para dar-lhe.

– Uma ordem do Conselho nomeando-o presidente vitalício?

Ah, Deus do céu, ele parecia ter desentocado um coelho aqui. Porém – só para constar – talvez houvesse algum título cerimonial que não fosse inadequado à constituição que eles resolvessem pendurar na parede. O que tinham mesmo aqueles velhos condados da

Inglaterra? O sujeito com a espada e o elmo emplumado? Lorde Lieutenant. Não, isso provavelmente cheirava demasiado da velha matriz. Mark fingiu folhear rapidamente o resumo histórico do dr. Max. É isso aí, vocês tinham capitães e governadores, não tinham? Um ou outro serviria, embora capitão tenha uma conotação meio juvenil hoje em dia. E desde que todo mundo compreendesse que os poderes de sir Jack, não importa quão afirmados fossem teoricamente falando, em caligrafia inclinada sobre pergaminho cor de marfim, jamais seriam invocados de fato. É claro que ele providenciaria a própria carruagem. E uniforme. Não que estes assuntos já tivessem sido discutidos com ele.

Nesse meio tempo, o futuro governador surfava sobre suas próprias previsões. Você tinha sempre de pensar nas comissões. Aja logo, mas pense o porvir. Deixe que homens de menor valor sonhem com centavos. Sir Jack sonhava com superdólares. Audácia e mais audácia; a verdadeira cabeça criativa obedecia a regras diferentes; o sucesso gerava sua própria legitimidade. A importância transnacional da Pitco convencera os bancos e os fundos a despejarem capital, mas fora um momento inspirado — como a imaginação financeira às vezes se parecia com a artística! — emprestar secretamente esses "dinheiros" (a palavra sempre soava deliciosa para sir Jack na sua forma plural) a uma de suas subsidiárias nas Bahamas. Naturalmente, isto significava que o primeiro débito sobre qualquer receita seriam os honorários da taxa de administração da Pitco a voltar para casa. Sir Jack sacudiu a cabeça com falsa simpatia. Eram infelizmente pesadas, hoje em dia, as taxas de administração; infelizmente pesadas.

Existia a questão de saber o que aconteceria imediatamente após a Independência. Imaginem se o novo parlamento da Ilha — contrariando, como tinha todo direito de fazê-lo, os conselhos públicos de sir Jack — decidisse adotar uma política de nacionalização. Más notícias de fato para os bancos e acionistas: mas que poderiam fazer? A Ilha, infelizmente, não era ainda signatária de qualquer acordo internacional. E então — depois de deixá-los tocar a bola durante algum tempo — sir Jack talvez fosse obrigado a exercer seus poderes de governador. Quando, então, técnica e também legalmente tudo pertenceria a ele. É claro que ele prometeria pagar os credores. No seu devido tempo. Com algum abatimento. Depois de muito reescalonamento da dívida. Ah, aquilo lhe fazia bem de contemplar. Imagine só como se cagariam. Os advogados ficariam com mais dinheiro do que poderiam gastar. Poderia haver iniciativas contra ele nos grandes centros financeiros. Bem, a Ilha não teria sido signatária de nenhum tratado de extradição. Ele podia brigar e esperar por um acordo negociado. Ou ele podia mandá-los se foder e se entocar no prédio Pitman (II). Afinal de contas, seus anos de febre de viagens já haviam passado.

E no entanto... seria aquilo demasiado complicado, demasiado belicoso? Estaria ele deixando que sua natureza combativa levasse a melhor sobre sua sábia e velha cabeça? Talvez a idéia de nacionalização fosse um equívoco. A própria palavra pegava mal hoje em dia entre turistas de luxo, e com toda razão. Ele não podia tirar os olhos da bola, precisava ficar de olho no panorama global. Qual era sua estratégia de jogo, seus objetivos básicos? Colocar a Ilha de pé, funcionando. Certo. E se as previsões atuais estivessem certas, o projeto tinha toda chance de ser um sucesso daqueles. Por índole, sir Jack sempre pensava na possibilidade de ter de desapontar os investidores. Mas e se sua grande última idéia funcionasse de fato? Se eles pudessem honrar pagamentos de juros, e até mesmo oferecer dividendos? Se – para inverter o ditado – a legitimidade criasse seu próprio sucesso? Bem, isso seria realmente uma ironia.

– VOCÊ INVENTOU AQUELA HISTÓRIA,
dr. Max? – perguntou Martha. Estavam juntos comendo sanduíches de pão árabe no *deck* de madeira de lei renovável sobre a área do charco. Dr. Max tinha um ar de fim de semana: suéter com gola em V de lã de Shetland e uma gravata-borboleta amarela em padrão de *paisley*.
– Que história?
– Aquela sobre a mulher e os ovos.
– In-ventar? Sou historiador. O historiador oficial, você se esquece – o dr. Max ficou um instante amuado, mas era apenas um fingimento. Ele mastigava seu pão árabe e olhava a extensão de água.

– Estou um tanto aborrecido. Ninguém me pediu para dar a fonte, na verdade. É totalmente respeitável, para não dizer sagrada.
– Eu não quis... quero dizer, o motivo pelo qual achei que você poderia tê-lo feito é apenas por ser algo inteligente.

O dr. Max amuou de novo, como se aquilo que ele fizera de fato não tivesse sido inteligente, ou como se algo inteligente não fosse algo que se costumasse esperar dele, ou como se...

– Sabe, presumi que a tivesse inventado porque achasse que um projeto falso merecesse uma logomarca falsa.

– In-teligente demais para mim, srta. Cochrane. É claro, Kilvert não viu com os próprios olhos as roupas de baixo da mulher voadora; ele só o relatou, mas há alguma chance de algo no gênero ter *acontecido*, para usar uma palavra simples.

Martha chupava seus dentes da frente, nos quais uma folha de rúcula havia se reduzido a um fio dental. – Ainda assim, acha o projeto falso?

– Fal-so? – O dr. Max saiu de seu enfado. Qualquer pergunta direta, obviamente não insultante, que permitisse a possibilidade de uma longa resposta, deixava-o de bom humor. – Fal-so? Não, eu não diria isso. Não diria em absoluto. Vulgar, sim, certamente, já que se baseia numa simplificação grosseira de praticamente tudo. Espantosamente comercial, de um modo que um pobre camundongo campestre como eu custa a acreditar. Horrível quanto a muitas de suas manifestações secundárias. Manipulador quanto à sua filosofia essencial. Tudo isso, mas não, acho eu, falso.

– Fal-so implica, a meu ver, uma autenticidade que está sendo traída. Porém é este, eu me pergunto, o caso na atual circunstância? Não será a própria noção de autêntico algo, de certo modo, falso? Estou vendo que meu paradoxo é um pouquinho vívido e maduro demais para você, srta. Cochrane.

Ela sorriu para ele; havia algo emocionantemente puro a respeito do narcisismo do dr. Max.

– Deixe-me e-laborar – prosseguiu ele. – Vamos pegar aquilo que vemos diante de nós, esta pequena área de inesperado charco estranhamente próxima da cidade grande. Talvez houvesse aqui, não importa há quantos séculos, uma área aquosa semelhante para o comércio que passava, talvez não. Pensando bem, provavelmente não.

Então foi inventada. Será que isso a torna falsa? Certamente não. Sua intenção e utilidade estão sendo fornecidas pelo homem, no lugar da natureza. Na verdade, poder-se-ia argumentar que semelhante intencionalidade, ao contrário da dependência em relação ao bruto acaso da natureza, torna esta extensão de água superior.

O dr. Marx mergulhou, como garfos, dois dedos em direção aos bolsos do colete, que hoje não existiam, e suas mãos desceram deslizando até suas coxas. – A-contece que essa água é superior, sob um aspecto. A ornitologia é um dos muitos instrumentos que toco. Que expressão curiosa essa! De qualquer modo, este pedaço de charco, eu gostaria que você soubesse, foi construído num determinado ângulo, e plantado de determinada maneira para encorajar a presença de certas espécies, *des*-encorajando outras muito chatas, *um exemplo*, o ganso canadense. Algo a ver com a margem de papiros feita ali, sem me aprofundar muito.

– Então podemos concluir que se trata de uma mu-dança positiva em relação ao que as coisas eram antes. E – para ampliar o argumento – não será o caso ao considerarmos conceitos tão louvados e, na verdade, tão fetichizados como, ah, citarei alguns ao acaso, a democracia ateniense, a arquitetura de Palladio, o culto de seitas do deserto, do tipo que ainda mantém muita gente entusiasmada, não *existe* nenhum instante inicial autêntico, de pureza, não importa o quanto se esforcem para prová-lo seus devotos. Podemos optar por congelar um instante e dizer que tudo "começou" ali, porém como historiador, preciso dizer-lhe que esta solução é intelectualmente impossível. Aquilo para o qual olhamos é quase sempre uma réplica, se for este o termo do momento, de algo anterior. Não existe nenhum instante privilegiado. É como dizer que, em determinado dia, um orangotango se pôs ereto, pôs um pau de celulóide e anunciou que facas de peixe eram vulgares. Ou – ele deu uma risadinha por ambos –, que um gibão escreveu Gibbon. Não é muito provável, é?

– Então, por que sempre achei que você desprezasse o projeto?

– Ah, srta. Cochrane, *cá entre nós*, desprezo, desprezo. Mas isso é apenas um juízo social e estético. Para qualquer criatura de bom gosto e discernimento, é uma monstruosidade planejada e concebida, se assim posso caracterizar o nosso amado Duce, uma outra monstruosidade. Mas como historiador, devo dizer que mal o censuro.

– A despeito do fato de ser tudo... construído?

O autor que assinava com um pseudônimo as Notas Naturais sorriu benevolamente. — A re-alidade é um tanto como um co-elho, se me perdoa o aforismo. O grande público — nossos financiadores distantes, felizmente distantes — querem que a realidade seja como um coelhinho de estimação. Querem que ela dê pulinhos e bata pitorescamente o pé na sua gaiola feita em casa e coma alface na mão deles. Se vocês lhe dessem a coisa de verdade, algo selvagem que mordesse e, se me perdoa a palavra, cagasse, não saberiam o que fazer com ela. Exceto estrangulá-la e cozinhá-la.

— Quanto a ser cons-truída... bem, você também, srta. Cochrane, e eu sou construído. Eu, se assim ouso dizê-lo, com um pouco mais de habilidade que você.

Martha mastigava seu sanduíche e observava um avião que passava lentamente em cima. — Não pude deixar de observar que, quando você se dirigiu no outro dia ao comitê, seus gestos nervosos quase desapareceram.

— São es-pantosos os efeitos da adre-nalina.

Martha riu sinceramente, e pôs a mão no braço do dr. Max. Ele estremeceu ligeiramente quando ela fez isso. Ela riu de novo.

— Agora, esse tremorzinho que você deu. Foi algo ardiloso?

— Que cí-nica, srta. Cochrane. Do mesmo modo, eu poderia perguntar se sua pergunta foi ardilosa. Mas, quanto ao meu tremor, foi ardiloso sim, na medida que se trata de uma reação proposital e apreendida a um determinado gesto — não, quero que saiba, que eu tenha me ofendido. Não era um gesto que eu fazia no meu carrinho de bebê. Posso, em algum período jurássico de meu desenvolvimento psicológico, ter optado por ele, escolhendo-o no grande catálogo de gestos encomendados pelo correio. Posso o ter pegado prontinho. Posso tê-lo burilado à mão até caber bem. Não fica eliminado o roubo. A maioria das pessoas, na minha opinião, rouba muita coisa daquilo que é. Se não o fizesse, que pobreza seria. Você é tão construída, na sua própria e menos... estimulante maneira, sem pretender com isso qualquer desrespeito.

— Por exemplo?

— Por e-xemplo, essa pergunta. Você não diz "não, seu tolo", ou "sim, seu sábio", dizendo, simplesmente, por exemplo? Você se contém. Minha observação, e dentro de um contexto de gostar de você, é

que ou você participa ativamente, porém de uma maneira estilizada, retratando-se como uma mulher despida de ilusões, que é uma maneira de não participar, ou, então, se põe provocadoramente calada, encorajando os outros a se fazerem de palhaços. Não que eu tenha nada contra os tolos exibirem sua tolice. Mas, seja lá de que maneira, você se coloca indisponível ao exame e, desconfio eu, ao contato.
– Dr. Max, você está me seduzindo?
– Isso é *e-xatamente* o que quero dizer. Troque de assunto, faça uma pergunta, evite con-tato.
Martha ficou calada. Ela não conversava assim com Paul. Eles tinham uma intimidade normal, cotidiana. Isto também era intimidade, mas adulta, abstrata. Será que fazia algum sentido? Ela tentou fazer uma pergunta que não fosse uma maneira de fugir do contato. Sempre achara que fazer perguntas *fosse* uma forma de contato. Dependendo das respostas, é claro. Finalmente, com uma expectativa esperançosa e infantil, ela perguntou: – Aquilo é um ganso canadense?
– A ig-norância dos jovens, srta. Cochrane. Ora, ora. *Aquilo* é um pato selvagem perfeitamente comum e, francamente, meio vagabundo.

MARTHA SABIA O QUE ELA QUERIA:
                             a verdade, simplicidade, amor, bondade, companheirismo, diversão e sexo bom. Estes eram os itens que iniciavam sua lista. Também sabia que fazer listas desse modo era uma loucura; normal e humano, mas ainda assim uma loucura. Desta forma, enquanto seu coração se abrira, sua mente permanecera ansiosa. Paul se comportava como se o relacionamento deles já fosse algo consumado; com seus parâmetros resolvidos, seu objetivo certo, todos os problemas pertencendo estritamente ao futuro. Ela reconheceu bem demais esse traço: a urgência aflita de prosseguir sendo um casal antes que o funcionamento e as partes úteis da "matrimonialidade" houvessem sido instituídos. Ela já passara por isso antes. Parte dela desejava não ter passado. Às vezes Martha sentia sua própria história como um fardo.

– Você acha que fujo do contato?
– O quê?
– Acha que fujo do contato?
Eles estavam no sofá dela, com bebidas nas mãos. Paul acariciava a parte de dentro do antebraço de Martha. Em determinado ponto, logo acima do pulso, quando ele passava a mão pela terceira ou quarta vez, isto a fazia dar um delicado uivo de prazer e puxar com força seu braço. Ele sabia, esperava até acontecer e em seguida respondeu:
– Sim, QED.
– Mas você acha que, ah, eu fico irritantemente calada ou representando alguma coisa?
– Não.
– Tem certeza?
A expressão de Paul era de divertida complacência. – Digamos assim, nunca notei.
– Bem, se você nunca notou, isso tanto pode significar sim quanto não.
– Olha, eu disse que não. O que há com você? – ele percebeu que ela ainda não fora convencida. – Simplesmente acho que você é... real. E que me faz sentir real. Isto te satisfaz?
– Sei que deveria – em seguida, como se mudasse de assunto, disse: – Eu estava batendo um papo na hora do almoço com o dr. Max – Paul deu um grunhido de indiferença. – Sabe aquele pedaço de charco atrás do prédio da Pitman?
– Você quer dizer o lago?
– É um pedaço de charco, Paul. Eu estive conversando com o dr. Max sobre ele. Ele é ornitólogo amador. Sabia que ele era o Camundongo do Campo em *The Times*, todo sábado?
Paul sorriu com um suspiro. – Isso é provavelmente a informação menos interessante que você já me deu desde que estamos juntos. Camundongo do Campo, que nome descabido para um... boboca fresco que fala com você como se ele ainda estivesse na televisão. Não ficaria nada surpreso se Jeff lhe der um soco um dia desses. Ah, e eu realmente detesto suas pequenas he-si-tações quando fa-la.
– Ele é interessante. Não é preciso gostar de alguém para que ele seja interessante. Aliás, eu gosto dele sim. Na verdade, gosto *muito* dele.

— Eu de-testo ele.
— Não detesta não.
— Detest-o-o — Paul esticou a mão para pegar de novo o braço dela.
— Não. Ele me contou algo fascinante. Parece que projetaram aquele charco de uma maneira proposital. Tem a ver com o paisagismo, com o plantio dos papiros, a altura das margens, a direção em que fica a água. A idéia é evitar que os gansos canadenses pousem ali. Acho que representam uma praga qualquer, ou que afugentam os outros pássaros. Havia um belo pato selvagem na água durante a hora do almoço.
— Martha — disse gravemente Paul —, eu sei que você é uma garota do campo, mas por que está me contando tudo isso? O dr. Max está planejando uma seção de pássaros para o projeto? Será que ele não lembra as instruções de sir Jack, "fodam-se os papagaios-do-mar"?
— Achei que você tivesse parado de citar pitmanismos. Achei que tinha se curado. Não, apenas me fez pensar. Quero dizer, você acha que somos assim?
— Nós?
— Não você e eu. As pessoas de modo geral. Todo esse negócio sobre com quem a coisa... engrena no seu caso, e com quem não engrena. É um mistério, afinal de contas, não é? Por que o acho atraente, em vez de um outro?
— Nós já discutimos isso. Porque sou mais jovem, mais baixo, uso óculos e não ganho tanto e...
— Vamos, Paul. Eu estou tentando avançar. Não digo que seja... uma tolice eu me sentir atraída por você.
— Obrigado. Que alívio. Então que tal vir para cama comigo? Só para mostrar quem você realmente é.
— Veja só, se alguém tentar ver a coisa de modo objetivo, talvez ache que tem algo a ver com meu pai.
— Espere aí — Paul não conseguia resolver se aquilo o divertia ou irritava. — Mas nós concordamos que eu sou *mais novo* que você.
— Exatamente. Então, por exemplo, eu não confio em homens mais velhos. Algo assim.
— Isto, conforme você já me disse há não tanto tempo assim, é psicologia bastante barata.

– Desculpe – disse Martha. – Ou pode-se dizer que você é um contraste com os homens com quem eu costumava sair no passado. Ou poder-se-ia simplesmente dizer que não existe um padrão nisso.
– Como o fato de sermos ambos heterossexuais e trabalharmos por acaso no mesmo escritório e o destino nos ter aproximado? – Ou pode-se dizer que existe um padrão, mas que não conhecemos, ou não conseguimos compreender. Que existe algo que nos guia sem sabermos.
– Espere aí. Espere aí. Pare – Paul se levantou e ficou em pé na frente dela. Levantou um dedo para que ela não dissesse mais nada.
– Eu compreendi, finalmente compreendi. Acho que foi a noção de relacionamento que tem o dr. Max-Mer-mer. Agora eu entendi que foi isso que me derrubou. *Você* é um pedaço de charco, e não consegue compreender por que todos aqueles belos gansos canadenses não estão pousando, e por que precisa se contentar com um pato selvagem chato como eu.
– Não. Nada disso. Não em absoluto. Aliás, patos selvagens são muito agradáveis.
– Será que isso é uma lisonja exata? Não tenho certeza de saber o que fazer com ela.
– Então o que você acha?
– Eu não acho nada, eu grasno.
– Não, espere aí.
– Quack, quack.
– Paul, pare com isso.
– Quack. Quack. Quack – ele percebeu Martha à beira de rir. – Quack.

GARY DESMOND

jamais gozava antes da hora. Era isso que seus colegas costumavam dizer dele, com admiração. Ele tinha bons contatos, assegurava suas fontes, botava as pernas para trabalhar, checava três vezes qualquer coisa esquisita, e só trazia sua reportagem para o editor quando ela já estava no ponto. Também tinha a vantagem, como consumidor e fornecedor de reportagens sobre sexo, de não se parecer com um estereótipo. A maioria das pessoas imaginava algum humanóide grosseiro, chantagista, conspiratório, a lamber com malícia um lápis enquanto tomava notas, e com manchas na capa que poderiam ser de cerveja, mas provavelmente não eram. Gary Desmond usava um terno escuro e gravata discreta, e, em determinadas ocasiões, uma aliança; era inteligente, educado, e raramente pressionava rudemente seus informantes. Sua abordagem era – ou parecia – simpática e profissional. O assunto chamara a atenção do jornal, haviam-no pesquisado minuciosamente e pretendiam publicá-lo em breve; mas primeiro queriam, por cortesia, e na verdade por obrigações éticas, checá-lo com seu principal protagonista. Talvez ele ou ela gostariam de esclarecer determinados fatos. Obviamente o jornal gostaria de ajudar de algum modo quando os rivais farejassem a história e – sejamos realistas quanto a isso – persuadissem outras pessoas a ver o caso sob outro ângulo. Resumindo, havia um problema, e um problema que não queria sumir, mas Gary Desmond estava ali para ajudar. Em vez de insinuantes lambidas no lápis, ele tomava notas lentamente com uma caneta de pena de ouro, quase uma antigüidade, que se tornaria um tema de conversa. Seu jeito era infinitamente paciente e meio subserviente, de maneira que no final era geralmente você quem falava no dinheiro. Bastava um leve "suponho que minhas despesas serão cobertas" ou algo mais óbvio "tem alguma vantagem aí para mim?" – e antes que você se desse conta, já você se encontrava num "esconderijo secreto sob pseudônimo", o que parecia mais exótico que a sala de convenções de um hotel num condado ali perto, ao lado de alguma junção rodoviária, mas ainda assim... E o gravador girava e girava – a caneta simpática há muito guardada – à medida que Gary Desmond repassava coisas que ele já sabia, ou parecia saber, mas só queria checar de novo. A essa altura, você já assinara o contrato e vira as passagens de avião. Na verdade, tamanha era sua ligação com Gary – como você o acabara chamando – que chegou a pensar, com um gesto mimoso de sua cabeça oxigenada, se ele não poderia vir com você e compartilhar aqueles cinco dias ao sol à espera de que tudo amainasse. E às vezes ele vinha, mas outras aquilo era infelizmente contra as regras.

Toda essa sedução profissional não preparara você para uma manchete que dizia MEU SAPATÃO DROGADO FAZ BACANAL COM O PRÍNCIPE RICK. Lá dentro, em duas páginas, você se via, com os peitos pendurados, estendida, numa pequena sobre-saia, em cima de uma mesa de sinuca segurando maliciosamente duas bolas com a mão em concha. Logo vinham os telefonemas dos seus pais, que sempre sentiram tanto orgulho de você, mas que agora não conseguiam nem andar com a cabeça erguida, quanto mais entrar no pub. Foi um telefonema da Mamãe, porque Papai não conseguia falar com você. E depois disso vieram outras seqüelas. Os ex-namorados fiéis de vários anos atrás ("Fique só deitada na cama como uma poodle gorda e deixe que Mugsie faça todo o trabalho... Eu tinha até comprado a aliança quando ela fodeu com ele e deu o fora com um almofadinha... Sempre meio tarada, mas quem imaginou que isso levaria a drogas pesadas e bacanais com três na cama..."). Era tudo tão injusto, e os jornais eram implacáveis. Foi só pó, e na maior parte é idéia de Petronella. Por isso você procurou apoio em Gary Desmond e, sim, ele ainda estava lá, ainda que retornando seus telefonemas com menos pressa que antes. Infelizmente, ele não tinha tempo para comerem juntos naquela semana, estava trabalhando numa grande reportagem fora da cidade; talvez um drinque numa hora dessas, "coragem, garota". Na opinião de Gary ela se sairia disso bastante bem, cheia de dignidade, e como é mesmo que diziam? "Mate o mensageiro", eu acho? Só se você continuasse a se queixar que o tom dele endureceria um pouco e ele lhe recordaria que se tratava de um mundo duro aí fora, e quando a gente saía na chuva era para se molhar. Agora, se você quisesse ouvir o seu conselho, ele lembraria do cheque que recebera e por que não saía por aí e gastava um pouco dele. Todas as garotas que ele conhecia se alegravam diante de um vestido novo. Ele se desculpava, mas tinha de correr agora. E você não tinha tempo de sugerir que, se ele viesse à loja com você, poderia lhe dizer que você ainda tinha um aspecto agradável, e não de uma piranha nojenta, como você fora chamada ontem, sem provocação nenhuma. Quantas dessas o médico dissera para tomar quando não se podia dormir?

A van azul-escura de Gary Desmond, que parecia ser do ramo de manutenção, estava estacionada havia algum tempo do outro lado da rua, onde ficava a casa de tia May, em Chorleywood. A carroceria estava sempre vazia, e nenhum passante com cachorro ou abelhudo da vizinhança suspeitava que as aberturas de ventilação eram aberturas de observação, e que lá dentro Gary estava ocupado com seu bloco de anotações, gravador e filmadora. A identificação das visitas a "Ardoch" envolvia uma pequena quantidade de subcontratações; ele pagou um grande drinque a um velho amigo para ter acesso a cartões de crédito; mas ele mantinha tudo secretíssimo e o nome da abelha rainha, do gordo zangão, jamais era mencionado.

Fazer o primeiro contato era sempre a parte mais delicada, já que a ignorância de Gary Desmond era total, e havia sempre o perigo da mosca número um gritar "foda-se seu filho da puta nojento", correr até o telefone e avisar sua tia May, botando assim uma pedra em cima de toda a operação. Porém, o tímido e calvo piloto de avião, um divorciado inepto com seus cinqüenta anos, com quem Gary Desmond escolheu se defrontar – no pub do sujeito, onde a probabilidade de se comportar inesperadamente era menor –, sentiu-se de início tranqüilizado tanto pelas maneiras de Gary quanto por suas mentiras. É claro que ele não era nada tão ultrajante quanto um jornalista. Seus documentos revelavam que ele era um investigador especial para a Fazenda e Direitos Alfandegários de SM. Era um caso de drogas, de âmbito mundial, com um pouco de assassinato implicado, e uma das figuras-chave era visitante habitual de determinado endereço. Gary Desmond frisava para sua vítima, agora ansiosa, que não se tratava de um assunto de polícia, não tinha nada a ver com a imprensa, e que eles não estavam ligando em absoluto para a instituição de tia May. No que dizia respeito à Fiscalização de Renda, os cidadãos respeitadores da lei em dia com seus impostos podiam fazer o que bem quisessem, desde que não envolvessem menores, espécies protegidas e determinadas substâncias catalogadas. Agora, será que podiam ir para algum lugar no qual ele fosse menos conhecido, para conversar?

No final da noite, Gary pagou a conta do restaurante e com um gesto arrependido colocou um envelope em cima da mesa. Não era sua maneira de fazer as coisas, mas seus superiores insistiam que aqueles que ajudavam à Fazenda precisavam ter suas despesas custeadas. O piloto declinou. Gary compreendeu muito bem, enquanto acrescentava que semelhantes valores eram não declaráveis – nenhum nome, nenhum recibo. Por que eles o chamavam de "dinheiro miúdo", perguntava-se ele; aquele era um nome inadequado. Que ele, então, o considerasse um abatimento dado pela Fazenda. Depois de alguns instantes, o piloto pegou o envelope sem olhar o que havia dentro. Gary Desmond tinha certeza de que eles não precisariam mais de ajuda, embora soubessem, é claro, onde encontrá-lo (e seus patrões), caso fosse necessário. Rigorosamente em *off*, a investigação poderia levar mais dois meses, quando então tia May teria um cliente a menos.

A próxima etapa foi mais fácil: o registro rotineiro de nomes, horas, contatos, preços, opções, métodos. Em seguida veio uma dura decisão final: precisariam eles de tia May, ou não? Se ela entrasse em pânico, ou fugisse, ou simplesmente guardasse fidelidade, as coisas poderiam ser estragadas. Porém, se ela cooperasse só por uma bela hora ou duas de gravação... Gary Desmond repensou sua máscara. Talvez desta vez os serviços de segurança, contato com determinado ditador árabe, lembre-se daquelas criancinhas de gargantas cortadas; as fotos eram de cortar o coração, não eram? Apenas questão de examinar um único cliente, sim um rosto bem conhecido, na verdade um rosto muitíssimo bem conhecido, mas também, de certa maneira, ela deveria preferir rostos anônimos. Despesas não eram problema. O que eles propunham, pelo contrário, aliás, insistiam, era um grande pro-labore. Um pro-labore realmente grande. Só pelas três horas. Necessário uma pequenina abertura na alvenaria, mas era entrar, sair, e não nos veria de novo.

Gary Desmond achou que valia a pena correr o risco.

– O PALÁCIO DE BUCK –

                         disse sir Jack. – Estamos num mato sem cachorro sem o palácio de Buck.

Os hotéis já estavam atapetados e com seus arbustos em vasos, as torres duplas do Estádio de Wembley à espera de serem rematadas, uma réplica do refúgio em cubos duplos estava sendo construída no prédio Pitman (II) e três campos de golfe já embelezavam a planície de Tennyson. Os shoppings e os recintos para julgar cães de pastoreio estavam prontos para serem inaugurados. O labirinto de Hampton Court já fora construído, um cavalo branco recortado numa falda de colina, e na parte de cima de um penhasco, dando para o Oeste, topiários haviam tosado grandes cenas da história inglesa, que brilhavam como uma frisa preta contra o sol poente. Tinham um Big Ben com metade do tamanho real. Tinham o túmulo de Shakespeare e o de Lady Di. Tinham Robin Hood (e seu bando de alegres companheiros), os penhascos brancos de Dover, e táxis pretos como besouros que se arrastavam pelo fog londrino até aldeias dos Cotswold cheias de chalés de teto de palha, que serviam chás com creme de Devonshire; tinham a Batalha da Grã-Bretanha, críquete, boliches nos pubs, Alice no País das Maravilhas, o jornal *The Times*, e os 101 Dálmatas. O poço da memória conjugal de Stacpoole fora escavado e plantado com salgueiros chorões. Havia *beefeaters* treinados para servirem grandes cafés da manhã ingleses; o dr. Johnson estava escolhendo o seu diálogo para a experiência ao jantar no Cheshire Cheese, enquanto mil tordos estavam sendo climatizados para agüentar a neve perpétua. O Manchester United jogaria todos os seus jogos domésticos no Wembley da Ilha; as partidas seriam imediatamente jogadas de novo no Old Trafford por times substitutos, que reproduziriam inclusive o resultado. Tinham fracassado em arranjar membros do Parlamento, porém, apenas com ensaios vagabundos, um bando de atores de férias demonstravam ser idênticos aos verdadeiros. A National Gallery já estava dependurada e envernizada. Lá estavam, ainda, a região Brontë e a casa de Jane Austen, floresta primeva e animais da fauna tradicional; o *music-hall* e a geléia de laranja, dança de Morris e sapateado, a Royal Shakespeare Company, Stonehenge, contenção emocional, chapéus-coco, seriados de clássicos na TV feitos lá, casas de estrutura de madeira, belos ônibus vermelhos, oito marcas de cerveja quente, Sherlock Holmes e uma Nell Gwynn cujo físico desmentia qualquer boato de pedofilia. Mas a Ilha não tinha um palácio de Buck.

Em certo sentido, é claro, tinha. A fachada do palácio e o gradil estavam completos; guardas em peles de *lycra* haviam sido treinados para não usarem suas baionetas nos guris que lambuzavam as pontas de suas botas com sorvete; os estandartes – um verdadeiro arco-íris inteiro deles – ficavam à espera de serem passados em revista. Tudo isso progredia sob notícias falsas e meias-verdades dos jornais, que levavam as pessoas a acreditar que a família real concordara em trocar de residência. As negativas contumazes do palácio de Buckingham só serviam para confirmar os boatos. Mas o fato era que eles não tinham o palácio à disposição.

Deveria ter sido fácil. Na ilha maior, a família gozava há algum tempo de uma fraca reputação. A morte de Elizabeth II e a quebra do princípio hereditário eram vistos como fim da monarquia tradicional. O plebiscito público sobre a sucessão dissolveu ainda mais a mística da realeza. O jovem casal real tinha feito o máximo possível, aparecendo em programas de entrevistas, contratando os melhores roteiristas, e mantendo suas infidelidades mais ou menos ocultas. Um ensaio fotográfico de vinte páginas na revista *Terrific* produzira um momento de emoção. Quando os leitores souberam, por um personagem que era capa de almofada desenhado pela rainha Denise, o apelido pelo qual ela chamava seu marido: Reizinho-Fofinho, modo geral a nação ficara ranzinza, consternada pela normalidade da família, ou aborrecida pela despesa que ela representava, ou simplesmente cansada de dar-lhe seu amor há milênios.

Isto deveria ter ajudado a causa de sir Jack, mas o palácio vinha demonstrando uma estranha teimosia. Os conselheiros do rei eram peritos em contemporizar, insinuando abertamente que as contas dos Windsor no estrangeiro sustentariam a família durante muitas décadas mais. No final do Mall, desenvolvia-se uma mentalidade de *bunker*, animada por explosões daquilo que parecia ser sátira. Quando o primeiro-ministro repetia demais a expressão "monarquia bicicletante", um porta-voz do palácio respondia que embora as bicicletas não fossem, e nunca seriam, meios de transporte da realeza, o rei, reconhecendo a situação econômica e as reservas minguantes de combustível fóssil, estava disposto a converter a Casa de Windsor numa monarquia motociclística. E, de fato, de quando em quando, uma figura de capacete com o escudo real nas costas de seu macacão de couro disparava pelo Mall abaixo, com a descarga aberta. Ninguém sabia se lá ia o rei, o primo malvado Rick, um substituto ou algum palhaço.

Com todo o desencanto dos cidadãos, o palácio, o departamento de turismo e sir Jack sabiam que a família real era o maior artigo no faturamento do país.

A equipe de negociações de sir Jack se esforçou em frisar como uma mudança para a Ilha produziria tantas vantagens financeiras quanto um lazer de primeira para a família. Haveria um palácio de Buckingham totalmente modernizado, e mais, para fins de semana retrô, Osborne House. Não haveria críticas nem interferência, simplesmente uma adulação organizada *ad libitum*. A família seria isenta de impostos, e o fundo de manutenção seria substituído por um esquema de participação nos lucros. Seria proibida uma imprensa invasiva, já que a Ilha só tinha um único jornal – *The Times of London* – cujo editor era um verdadeiro patriota. Os deveres chatos seriam mínimos. As viagens ao exterior seriam puramente recreativas, e chefes de Estado entediantes teriam seu visto recusado. O palácio teria direito de veto sobre todas as moedas, medalhas e selos lançados na Ilha, até mesmo cartões-postais, se assim quisessem. Finalmente, não haveria, jamais o assunto bicicletas – na verdade, toda a concepção por trás da mudança era restaurar a pompa e o *glamour* que foram retirados da família real nas décadas passadas. Foram citados honorários para a mudança, de fazer jogadores de futebol desmaiarem, mesmo assim o palácio resistia. Fora combinado – depois de muitas lisonjas, principalmente financeiras – que o rei e a rainha iriam de avião assistir à cerimônia inaugural. Fora frisado que receberiam todas as homenagens e honras merecidas pela família.

A cínica oficial tentou ver o lado positivo. – Olhem – disse ela –, já temos Elizabeth I, Carlos I e a rainha Vitória na Ilha. Quem precisa de uns vagabundos caros e sem talento?

– Nós, infelizmente, precisamos – respondeu sir Jack.

– Bem, se todo mundo aqui – até mesmo o dr. Max, para surpresa minha – prefere as réplicas aos originais, vamos arranjar réplicas.

– Acho – disse sir Jack – que, se eu ouvir de novo esta opinião, machucarei alguém. *É claro* que temos substitutos para uma eventualidade. A "família real" vem ensaiando há meses. Eles farão a coisa muito bem, tenho certeza absoluta. Mas *não é simplesmente igual*.

– O que quer dizer, logicamente, que poderia ser melhor.

– Infelizmente, Martha, tem vezes que a lógica, como o cinismo, só nos leva até certo ponto. Estamos falando de lazer de primeira. Estamos falando sobre dólares de primeira e o superyen. Estamos *amarrados* sem o palácio de Buck, e eles bem sabem disso.

Ouviu-se então uma voz rara. – Que tal convidar o velho George para voltar de seu mosteiro?

Sir Jack não olhou sequer para seu anotador de idéias. O rapazinho tornara-se decididamente atrevido nas últimas semanas. Será que não compreendia que seu trabalho era anotar idéias e não externar os seus próprios e pífios semi-raciocínios? Sir Jack atribuiu esses súbitos momentos de afirmação à estupenda sorte de Paul em conquistar a cama de Martha Cochrane. Teria a Pitco se reduzido a isso, a uma mera agência de encontros para seus funcionários? Haveria uma hora para o castigo, mas no seu devido tempo; não hoje.

Sir Jack deixou o rapaz fritar um pouco no silêncio que crescia, e murmurou para Mark – Ora, isso seria *de fato* uma maluquice. – A gargalhada superior de Mark encerrou a reunião.

– Uma palavrinha, Paul, *se* tiver tempo.

Paul observou os outros saírem um a um; ou melhor, observou as pernas de Martha saírem.

– Sim, ela é uma bela mulher. – O tom de voz de sir Jack era de quem aprovava. – Falo como conhecedor de belas mulheres.

E como pai de família, é claro. Bela mulher. Funciona notoriamente a jato, não é de espantar.

Paul não reagiu.

– Lembro a primeira vez que pus os olhos nela. Do mesmo modo de quando os pus em você, Paul. Em circunstâncias menos formais.

– Sim, sir Jack.

– Você se deu bem, Paul. Ela também se deu bem. Ambos sob meus auspícios.

Sir Jack deixou as coisas neste ponto. Vamos lá rapaz, não me desaponte. Mostre-me que tem pelo menos alguma coisa aí dentro dessas calças.

– O senhor está dizendo – a agressão na voz de Paul era uma novidade, a correção algo familiar – que meu... relacionamento com a... srta. Cochrane não é aceitável para o senhor?

– Por que deveria eu achar isso?

– Ou que meu trabalho sofreu alguma coisa em conseqüência disso?

– Nem um pouco, Paul.

– Ou o trabalho dela?

– Nem um pouco.

Sir Jack estava satisfeito. Ele pôs o braço em torno de Paul e

sentiu uma dureza gratificante nos ombros dele, ao conduzir seu protegido até a porta.
— Você é um sujeito de sorte, Paul. Eu te invejo. Juventude. O amor de uma bela mulher. A vida diante de si. — Ele estendeu a mão para pegar a maçaneta. — Minhas bênçãos. Para ambos.
Paul tinha certeza de uma coisa: Sir Jack não estava sendo sincero. Mas o que teria ele querido dizer?

ROBIN HOOD
e seus alegres companheiros. Andando pela floresta. Roubando dos ricos, dando aos pobres. Robin Hood, Robin Hood. Um mito primevo; melhor ainda, um mito primevo inglês. Um que falava da liberdade e da rebeldia — rebeldia com justa causa, é claro. Sábios princípios, ainda que *ad hoc*, sobre impostos e redistribuição de renda. Individualismo usado para compensar os excessos do mercado livre. A irmandade do homem. Um grande mito cristão, a despeito de certas características anticlericais. O mosteiro da floresta de Sherwood. O triunfo do virtuoso em aparente inferioridade de armas sobre o clássico barão ladrão. E além de tudo isso, o número 7 na lista de Jeff das cinqüenta quintessências da anglicidade de todos os tempos.

O mito de Hood recebera tratamento prioritário desde o início. A Floresta de Parkhurst transformou-se facilmente na floresta de Sherwood, e as cercanias do Covil sofreram um *upgrade* arbóreo através da repatriação de várias centenas de carvalhos maduros da alameda de entrada de algum príncipe saudita. O forro de pedras do Covil estava recebendo, a poder de britadeiras, um ar de autêntica antigüidade, e o dormitório recebendo sua segunda mão de base. O encanamento de gás para a grelha que assava um boi inteiro fora instalado, e a contratação do bando dos alegres companheiros de Robin estava reduzida às últimas entrevistas. Martha Cochrane mal estava sendo cínica — era mais um rococó mental — quando, na reunião de quinta do comitê, disse:

— Por falar nisso, por que todos os "companheiros" são homens?
— O papa é católico? — perguntou Mark.
— Pare com o feminismo, Martha — disse Jeff. — O dólar de primeira e o superyen simplesmente não estão interessados.

– Eu estava apenas...
O dr. Max correu em seu socorro, cavalheirescamente, ainda que com má pontaria. – É claro que, se o papa é ou não é, foi ou não foi católico, permanece uma polêmica de banheiro – e aqui o dr. Max olhou ferozmente para Mark – mas é um assunto que merece preocupação da parte dos historiadores. Por um lado, o ponto de vista popular, ainda que nebuloso, que qualquer coisa que o pontífice faça é *ipso facto* uma ação católica, que o papa representa, por definição, o catolicismo. Por outro lado, o juízo um tanto mais maduro dos meus colegas que um dos problemas substanciais da igreja católica no decorrer dos séculos, aquilo que a fez cair na confusão eclesiástica e histórica, é precisamente que os papas não foram suficientemente católicos, e que se *tivessem* sido...
– Desligue, dr. Max – disse sir Jack, embora seu tom fosse de indulgência. – Complete seu pensamento para nós, Martha.
– Talvez "pensamento" seja um exagero – começou Martha. – Mas eu...
– Certo – disse Jeff. – É tarde demais para toda essa contestação pró-forma. Só existe dinheiro pequeno neste terreno. Todo mundo *sabe* algo sobre Robin Hood. Não se pode começar a *brincar* com Robin Hood. Quero dizer... – E ele ergueu os olhos em desespero.
Martha não estava preparada para o ataque de Jeff. Ele era normalmente tão sólido e literal, esperando pacientemente que os outros decidissem e então implementava a vontade deles. – Eu só pensei – disse ela brandamente – que parte de nossa tarefa, parte do desenvolvimento do projeto, era a readaptação dos mitos à época moderna. Não vejo o que há de diferente no caso do mito de Hood. Na verdade, o fato de ser o sétimo da lista deveria nos fazer examiná-lo com mais cuidado.
– Será que posso destacar al-gumas das frases mais com-placentes, se assim posso dizê-lo, de Jeff? – Dr. Max estava recostado na cadeira, com os dedos frouxamente entrelaçados na nuca, cotovelos precavendo-se contra os que duvidavam. Já estava vestido em seu estilo seminário. Martha olhou para sir Jack do outro lado, porém a mesa estava se sentindo tolerante, ou talvez maliciosa hoje. – Todo mundo *conhece* Robin Hood. É um mito que faz os cabelos de um historiador eriçarem. Todo mundo sabe, infelizmente, apenas o que

todo mundo sabe, como minha pesquisa para o projeto tão tristemente mostrou. Porém a pérola que brilha mais que todas as outras é *Não se pode brincar* com Robin Hood. O que, caro Jeff, você acha que é a História? Alguma transcrição lúcida e testemunhal da realidade? Ora, ora. O registro histórico da metade até o final do século XIII não é nenhum regato claro no qual podemos mergulhar. Quanto ao assunto do mito, ele permanece formidavelmente dominado pelos homens. A história, para ser curto e grosso, é palerma. Um pouco como você, aliás, Jeff.

"Agora, os primeiros pensamentos de todo mundo sobre o assunto. A srta. Cochrane levantou, com muita pertinência, a questão de se e por que os "companheiros" eram todos homens. Sabemos que um deles – a Donzela Marian – era clara e comprovadamente uma mulher. Assim, uma presença feminina é estabelecida desde o início. Além do mais, o nome do próprio chefe, Robin, é sexualmente ambíguo, ambigüidade endossada pela tradição da pantomima inglesa, em que o fora da lei é representado por uma jovem. O nome "Hood" (Capuz) significa uma veste de ambos os sexos. De modo que poderíamos, se quiséssemos provocar e sermos de certo modo anti-Jeff, propor uma readaptação do mito de Hood dentro do universo da bandidagem feminina. Moll Cutpurse, Mary Read e Grace O'Malley podem surgir em algumas, se não em todas as cabeças, neste momento."

Sir Jack estava gostando do constrangimento de Jeff. – Bem, Jeff, gostaria de voltar a esse ponto?

– Olha, sou apenas o elaborador de conceitos. Eu desenvolvo conceitos. Se o comitê resolver transformar Robin Hood e seus alegres companheiros num bando de... viados, então simplesmente me informem. Mas posso lhes dizer uma coisa: a libra cor-de-rosa não passa pela mesma borboleta que o dólar de primeira.

– Talvez ela goste do aperto – disse o dr. Max.

– Senhores, basta por enquanto. Todos os pensamentos devem se concentrar no dr. Max, que fará um relatório para uma sessão de emergência do comitê na próxima segunda. Ah, Jeff, interrompa o trabalho no dormitório por enquanto. Só no caso de precisarmos construir mais quartos de garotinhas.

Na manhã da segunda-feira seguinte, o dr. Max apresentou seu relatório. Aos olhos de Martha, ele continuava meticuloso e esmerado como sempre, porém com ar mais determinado. Ela previu para si mesma que sua hesitação preliminar talvez desaparecesse; também imaginou se Paul haveria de perceber. Dr. Max tossiu, limpando o pigarro, como se ele, e não sir Jack, estivesse em comando.

– Em deferência aos bem conhecidos pontos de vista de nosso presidente sobre rochas sedimentares e cabeças de flecha de sílex, – começou ele – eu lhes pouparei a história antiga, nem por isso menos fascinante, da lenda de Hood, seus paralelos arturianos, sua possível origem no grande mito solar ariano. Do mesmo modo, *Piers Plowman*, Andrew of Wyntoun, Shakespeare. Meras cabeças de flechas. Poupar-lhes-ei, do mesmo modo, os resultados da minha devassa eletrônica do sr. Público, que nas circunstâncias presentes poderia ser rebatizado de Jeff Público. Sim, todo mundo de fato "conhece" Robin Hood, e conhece exatamente aquilo que você espera que saibam. Necas de pitibiriba, como diz a gíria.

"Deixando tudo isso de lado, como poderia o Bando "brincar"? Jeff Público aplaudiria, acho, a lenda do combatente da liberdade, não só pelos seus atos libertários e por sua política econômica redistributiva, mas também pela sua escolha democrática de companheiros. Frei Tuck, Pequeno João, Will Scarlet e Munch Filho do Moleiro. O que temos aqui? Um padre rebelde com uma disfunção nutritiva; uma pessoa a sofrer de um distúrbio do crescimento ou gigantismo, com um certo toque de ironia medieval; um possível caso de *pityriasis rosea*, embora a dipsomania não possa ser eliminada; e um trabalhador de moagem de farinha cuja identidade pessoal está diretamente ligada à posição social de seu pai. Temos ainda Allan-a-dale, cujo coração que não tem tamanho pode esconder uma referência alegórica a alguma doença cardíaca."

"Em outras palavras, um agrupamento de marginalizados cujo líder, foi, sabendo ou não sabendo disso, um dos primeiros a implementar um programa de direitos humanos." – Martha observava o dr. Max com séria descrença. Ele não podia estar falando todo aquele negócio a sério: devia estar gozando de Jeff. Porém uma paródia de si mesmo era o modo normal do dr. Max; e o olhar interrogativo dela resvalou na armadura luzidia dele. " Todos esses elementos nos levam inevitavelmente a considerar a orientação sexual do bando, e se ele constituía uma comunidade homossexual, frisando e justificando ainda mais sua condição de fora-da-lei. "Vejam os reis ingleses, vários, *passim*, assim mesmo porém. Nós levantamos, na nossa última pajelança, a ambigüidade sexual dos nomes – Robin e Marian – que podem ser acrescidos do caso do Filho do Moleiro, que surge textualmente como Much, o que pode indicar uma certa masculinidade fortuda, ou Jefficidade, e também Midge, que é bem conhecido como um termo carinhoso que se aplica a mulheres baixinhas.

"Dentro dessa ampla questão, devemos ter ciência que nas comunidades pastorais, onde há mais homens do que mulheres, práticas entre o mesmo sexo, no contexto de um ethos não valorativo, constituem uma norma. Tais atividades tinham um toque de travestimento, que às vezes era ritualizado, outras, acho, não. Eu também gostaria de registrar – embora compreenda, caso o comitê se recuse a desenvolvê-lo como um conceito – que as comunidades pastorais assim constituídas deveriam praticar a zoofilia. Como exemplo, veados e gansos parecem ter sido os mais prováveis animais usados nessa confraternização; cisnes, improvável; javalis, pensando bem, dificilmente."

"Agora, ao considerar a evidência histórica de uma orientação para o mesmo sexo, o caso da Donzela Marian é fundamental. De acordo com as narrativas imperfeitas que sobreviveram, Marian, originalmente Matilda Fitzwater, com Hood casou-se numa cerimônia oficiada por frei Tuck. No entanto, ela recusou-se a consumar o casamento até que a pecha de fora-da-lei contra seu marido tivesse fim. Enquanto isso não acontecia, ela adotou o nome de Donzela Marian, viveu casta, usava vestes masculinas e caçava ao lado dos 'homens'. Alguma outra hipótese, senhores, srta. Cochrane?"

Estavam todos demasiadamente atentos, tanto à narrativa do dr. Max, ou pelo menos à sua capacidade imagística, quanto à sua audácia, para não dizer sua imprudência *vis-à-vis* ao proprietário de jornais familiares. O próprio sir Jack ruminava seu silêncio.

– Três possibilidades nos vêm à mente – continuou fluentemente o dr. Max –, pelo menos à minha imperfeita massa cinzenta. Primeiro a possibilidade que a Donzela Marian estivesse obedecendo o código de cavalheirismo da época. Segundo, que se tratava de um ardil para evitar o sexo com penetração. Se o voto de castidade tivesse algo relacionado ao sexo sem penetração, não está claro nos registros históricos. Marian poderia estar, por assim dizer, acendendo uma vela para Deus e outra para o diabo. Terceiro, que Matilda Fitzwater, enquanto legalmente mulher, e também pelo batismo, talvez fosse biologicamente homem, e estivesse aproveitando uma brecha nas leis da cavalaria para não ser descoberta.

"Vocês, sem dúvida, estão esperando minhas conclusões sobre essas questões com a respiração suspensa. Minhas conclusões são as seguintes: pessoalmente não ligo um tostão. Escrever este relatório me fez sentir ultrajado como jamais me senti na minha vida profissional. Quero informar que meu pedido de demissão já está no correio. Obrigado senhores, srta. Cochrane."

Com isso, o dr. Max se levantou e saiu saltitante e garboso da sala. Todo mundo esperou que sir Jack passasse ao julgamento deste ato. Porém, o presidente, de maneira nada típica, recusou-se a guiar aquela situação. Finalmente, Jeff disse: – Aqui ele cuspiu para cima, eu diria.

Sir Jack deu de ombros, acordando. – Você diria, não diria, Jeff?
– O responsável pelo desenvolvimento de conceitos percebeu que sua suposição fora bastante previsível. – Do meu ponto de vista, a contribuição do dr. Max foi muito positiva. Provocadora, é evidente, às vezes beirando o ultraje. Mas eu não cheguei até onde cheguei empregando puxa-sacos, não foi, Marco?
– Não.
– Ou você quer dizer "sim" agora?

A reunião continuou. Sir Jack indicou o rumo a tomar. Jeff amuou. Martha sentiu uma pontada pelo dr. Max. Mark, que sabia farejar qualquer vento, apoiou a proposta de que eles deviam fazer um recrutamento ativo de gays e das minorias étnicas. Concordou também que era necessário aprofundar a pesquisa para compreender como as condições de fora-da-lei poderiam favorecer condições para integrar minorias na sociedade marginalizante da atualidade? Pois quem teria um olfato maior que os deficientes visuais? Quem haveria de ser mais resistente à tortura que os surdos?

Uma sugestão final foi registrada nas atas. Não seria possível ter dois "bandos" separados na floresta de Sherwood, ligados ideologicamente, porém autônomos. A organização tradicional masculina, embora orientada para as minorias, liderada por Robin Hood; e um grupo separatista de mulheres liderado pela Donzela Marian? Essas questões foram transferidas para um debate mais amplo, posteriormente.

Ao se dispersarem, sir Jack apontou um dedo para o elaborador de conceitos. – Jeff, por falar nisso, você percebeu que eu estou lhe dando uma responsabilidade pessoal?
 – Obrigado, sir Jack.
 – Bom. – O presidente virou-se para a última Susie.
 – Perdão, sir Jack. Mas por quê?
 – Por que o quê?
 – Exatamente, sou responsável pessoal por quê?
 – Por assegurar que as contribuições pertinentes do dr. Max ao nosso fórum de idéias continuem. Vá atrás dele, cabeça-de-vento.

– VÍTOR –
 disse tia May. Que agradável surpresa. – Ela abriu ainda mais a porta de "Ardoch" para deixá-lo passar. Alguns sobrinhos gostavam que uma empregada – normalmente uma empregada muito específica – viesse lhes receber. Porém o sobrinho Vítor gostava de fazer as coisas direito: aquela era a casa de tia May, por isso tia May vinha abrir a porta.
 – Eu lhe trouxe uma garrafa de xerez – disse sir Jack.
 – Sempre um sobrinho tão carinhoso – hoje ela era uma mulher elegante, de terninho de *tweed*, com um cabelo azul-prateado, respeitável. Afetuosa e, no entanto, firme. Amanhã seria uma tia diferente. – Abrirei-o depois – ela sabia que a sacola de papel também conteria a quantidade certa de notas de mil euros. – Sinto-me tão melhor depois de suas visitas! – isto era verdade. Algumas das garotas reclamaram que não valia a pena a tarifa extra, e pelo fato de Vítor ter algumas licenças que outros não tinham. Bem, elas não teriam que se aborrecer mais. E tia não teria de se preocupar em encontrar a todo momento uma nova Heidi.
 – Posso ir brincar, tia? – de todos os seus sobrinhos, Vítor era o

mais rápido "direto ao assunto". Ele sabia o que queria, quando e como. Ela sentiria falta daquilo. Às vezes os sobrinhos levavam séculos para articular seus desejos. Você tentava ajudá-los e adivinhava errado.

— Agora você estragou tudo – eles costumavam choramingar.

— Vá brincar, querido Vítor. Vou descansar um pouco as pernas. Foi um dia muito cansativo.

O passo de sir Jack mudou ao se encaminhar para a escada. Tornou-se mais pesado embaixo e com os joelhos mais flexíveis. Seus pés se espalharam. Ele desceu com um movimento lateral de balanço, como se pudesse cair a qualquer momento, mas manteve seu equilíbrio. Era um garoto grande agora, e garotos grandes sabiam como andar. Na primeira vez, tia May tentou acompanhá-lo, mas ele logo recusou sua ajuda.

O quarto das crianças tinha doze metros por sete, era bem iluminado, com cartazes alegres nas suas paredes amarelas. Era dominado por dois objetos: um cercadinho de madeira de um metro e meio de altura e três metros quadrados; e um carrinho de dois metros e meio, com rodas de raios grossos e um eixo reforçado. A capota do carrinho tinha na borda um estampado da bandeira inglesa. O neném Vítor regulou os interruptores que tinham a altura dos joelhos e a saída sibilante do gás na lareira. Pendurou seu terno e jogou sua camisa e roupas de baixo em cima do cavalo de balanço. Quando ele fosse maior, montaria no cavalo, mas ainda não era bastante grande.

Nu, ele abriu o grande fecho de cobre no cercadinho e entrou. Numa bandeja plástica jazia uma gelatina verde e tremelicante, recémtirada da fôrma, de meio metro de altura. Às vezes ele gostava de jogá-la em cima de sua barriga; outras, gostava de pegá-la e jogá-la contra a parede. Ele receberia, nesse momento, um pito e levaria umas palmadas. Hoje aquilo não o tentava. Deitou-se de bruços e se enfiou profundamente no tapete rosado luxuoso, com os joelhos separados como um sapo. Em seguida virou-se pela metade e ficou olhando fixamente a cômoda. A vasta pilha de fraldas, a garrafa de óleo de bebê de um metro de altura, a lata de talco combinando. Tia May sabia certamente como fazer as coisas. Fora difícil achá-la, mas valia cada euro.

Exatamente no momento certo, a porta do quarto do bebê se abriu.

— Neném Vítor! Neném Vítor!

— Gu-gu-gu-gu!
— Neném levado. Neném levado precisa de uma fralda.
— Fraaaalda – ronronava sir Jack. – Fraaaalda.
— *Bela* fralda – disse Lucy. Ela usava um uniforme meio marrom de enfermeira recém-passado e seu verdadeiro nome era Heather, e sem que tia May soubesse, ela estava fazendo seu doutorado em estudos psicossexuais na Universidade de Reading. Mas ali era chamada de Lucy e paga em espécie. Ela pegou a gigantesca lata de talco da cômoda e equilibrou-a em cima do cercadinho. Um pó perfumado choveu de furos do tamanho de bicos de bules de chá. Vítor se sacudia todo de prazer. A babá então parou e, com uma bucha de pêlo de camelo presa a um cabo de vassoura, esfregou com talco a pele daquele bebê. Ele deitou-se de costas, e ela empoou este seu outro lado. Depois, ela foi buscar na cômoda uma fralda atoalhada do tamanho de uma toalha de banho. Sir Jack dava uma forcinha, e Lucy tentava não mostrar a força que estava fazendo, enquanto ela o manobrava em cima do pano meio elástico. Ele abria e fechava as pernas com a maior autenticidade, enquanto ela enrolava a fralda em torno dele, acabando por fechá-la com um alfinete de fralda de cobre de 50 centímetros. A maior parte dos bebês gostava das fraldas industriais de plástico com fechos de velcro; e o mero ruído do velcro a se abrir tinha um efeito instantâneo sobre eles. Heather refletia sobre a infância que ambos reproduziam: será que seus pais eram inexperientes, antiquados – ou talvez apenas pobres?

— Neném tá com fome? – perguntou Lucy. Aquele ali também gostava de um tatibitati antiquado. Outros sentiam necessidade de frases adultas, o que talvez mostrasse que haviam sido tratados como adultos desde o início, sendo-lhes, assim, negadas as autênticas experiências da fase de aleitamento que agora buscavam. Poderia indicar, ainda, uma necessidade de controle adulto sobre a fantasia, ou mesmo uma incapacidade de regredir ainda mais. – Será que o neném quer trocar de fralda agora? – dizia você com toda seriedade. Porém aquele neném exigia todos os cuidados maternos. Fraldas de pano, expressões típicas e... tudo mais que Lucy evitava pensar no momento. Ela apenas repetia: – neném tá com fome?

— Mamá – murmurou ele. Um comunicador bastante adiantado para um bebê de três meses, era verdade; porém, a falta desta fala teria tornado a tarefa difícil.

Ela foi até a porta, abriu-a e gritou: – Neném tá com *fo-me* – numa voz especial, acalentadora, mas sacana. A dois metros acima de sua cabeça, Gary Desmond fez um sinal satisfeito e afirmativo com o polegar em referência à qualidade do som. Ele observou o monitor enquanto Lucy fechava a porta, e sir Jack se punha de pé no chiqueirinho. Apoiado em calcanhares desajeitados, ele foi com seu bamboleio de bunda pesada até a cômoda, abriu a gaveta de cima e tirou uma touca de xadrez azul. Amarrou sua tira embaixo do queixo, subiu com determinação os degraus reforçados do carrinho e jogou-se lá dentro. O carrinho balançou sobre suas molas como um transatlântico, mas, fora isso, não se mexeu. Tia May se certificara se ele estava aparafusado ao chão.

Sentado sob a capota do carrinho com suas bandeiras inglesas, sir Jack começou a vagir e resmungar. Depois de algum tempo, os resmungos cessaram e numa voz quase de sala de diretoria, ele berrou.

– MAMÁ!

A este sinal, Heidi entrou com passos ágeis. Todas as amas-de-leite usadas por tia May eram chamadas Heidi; era tradição da casa. Aquela ali estava quase secando, ou talvez estivesse simplesmente ficando farta de ter seus peitos sugados por nenéns de meia-idade. De qualquer maneira, teria de ser substituída em uma ou duas semanas. Isto sempre fora uma parte dificílima do trabalho de tia May. Uma vez, em desespero, contratara uma Heidi caribenha. Que manha o neném Vítor fizera naquele dia! Fora uma idéia totalmente errada.

Vítor também insistira num sutiã próprio para amamentação. Alguns nenéns tinham uma queda pelo aspecto de dançarina fazendo topless; mas o neném Vítor levava a sério sua condição. Heidi, que usava seu cabelo com reflexos preso à francesa, soltou um pouco sua blusa de sua saia tipo camponesa, trepou no lado do carrinho, desabotoou-se, e então, abriu o fecho que expunha seu mamilo. Sir Jack balbuciou – Mamá – de novo, espichou bem os lábios para fazer um bico e aceitou o mamilo exposto. Heidi apertou delicadamente seu seio. Vítor estendeu uma munheca como um rato-calunga, deixando-a descansar contra o sutiã reforçado embaixo com arame, em seguida, fechou os olhos, profundamente satisfeito. Depois de alguns minutos de eternidade, Heidi retirou seu mamilo deixando que o leite molhasse as faces dele, dando-lhe o outro seio. Ela apertou, ele mamou de novo com sua boca de bebê e engoliu com um barulho. Heidi teve mais trabalho em estender-lhe este peito, e concentrou-se bastante para que a pontaria fosse certa. Finalmente ele abriu os olhos depois de um profundo cochilo, empurrando-a com delicadeza. Ela espirrou mais leite nele, considerando-o quase pronto. Ela sabia que ele preferia que Lucy enxugasse o leite. Heidi fechou de novo as aberturas para os mamilos, abotoou sua blusa e deixou que sua mão caísse casualmente na frente da fralda dele. Sim, neném Vítor estava pronto e no ponto.

Ela deixou o quarto do bebê. Sir Jack começou a resmungar para si mesmo baixinho, em seguida mais alto. Finalmente deu um grito tremendo "FRALDA!" e Lucy, que estava esperando atrás da porta com suas mãos enfiadas numa vasilha de água gelada, veio correndo.

– Fralda molhada? – perguntou ela preocupada. – Fralda do nenê tá molhada? Deixe a babá ver – ela fez cócegas na barriga do neném Vítor e lenta, cuidadosa e maliciosamente abriu seu alfinete de fralda. A ereção de sir Jack era total, e Lucy tateou em torno dela, com suas mãos frias.

– Fralda não tá molhada – disse ela numa voz espantada. – Neném Vítor não tá molhado. – Sir Jack começou a resmungar de novo, levando-a a procurar outros motivos. Ela secou o leite de Heidi de suas faces bovinas e brincou delicadamente com seus testículos. Finalmente, ao que parece, veio-lhe um pensamento. "Neném tá com coceira?", pensou ela em voz alta.

– Ceira – repetia Vítor. – Ceira.

Lucy foi buscar a garrafa magnum dupla de óleo de bebê. – Coceira – disse ela numa voz tranqüilizadora. – Pobre neném. Babá vai fazer tudo ficar melhor – virando a garrafa, ela espirrou óleo na barriga enorme de neném Vítor, nas suas coxas elefantinas, e naquilo que ambos fingiam ser seu pequeno piu-piu. Então ela começou a esfregar as coceiras de neném Vítor.

– Neném Vítor gostando esfregar? – perguntou ela.

– Uh... uh ...uh – murmurava sir Jack, ditando o ritmo necessário. Dali para a frente Lucy evitava contato visual. Tentara ser objetiva: afinal de contas, ela era Heather, e aquilo era trabalho de campo útil, bem pago. Mas ela descobriu que, de modo estranho, ela só conseguia se distanciar através de um envolvimento crescente, persuadindo-se

que de fato ela era Lucy, e aquele era de fato o neném Vítor, com a fralda aberta, nu, exceto por uma touca azul, que lá estava todo espalhado sob ela.
— Uh...uh — continuava ele, enquanto ela banhava de óleo a ereção de sir Jack. — Uh...uh — enquanto ele erguia o quadril para dizer-lhe para alisar mais uma vez seus testículos. — Uh...uh — num tom mais baixo e mais rosnado, para indicar que ela estava fazendo aquilo exatamente certo. Em seguida com um rosnado mais alto, mais cheio, ele sussurrou: — Cacá.
— Neném qué cacá? — perguntou ela encorajadoramente, como se não estivesse inteiramente convencida de ele ser capaz do gesto supremo da condição de neném. Havia alguns bebês que queriam que se lhes dissesse que não podiam, e então não faziam. Havia outros que queriam ser proibidos para buscarem a emoção da transgressão. Mas o neném Vítor era um bebê de verdade; não havia complicações ou ambigüidades nas suas imperiosas exigências. A última delas, reconheceu ela, estava muito próxima.

Os quadris dele se projetaram para a frente, ela apertou suas mãos oleosas em resposta, e sir Jack Pitman, empresário, inovador, homem de idéias, mecenas, revitalizador do centro da cidade, sir Jack Pitman, um verdadeiro almirante, e não só um capitão de indústria, sir Jack Pitman, visionário, sonhador, homem de ação e patriota, com um grito crescente, rascante, que terminou num berro de — CACÁÁÁÁ! — soltou uma fieira de peidos, plope, plope, ejaculou convulsamente nas mãos juntas de Lucy e cagou espetacularmente na sua fralda.

Alguns nenéns gostavam de ser limpos, esfregados, secos e que se lhes pusesse talco, que custava ao todo alguns milhares de euros a mais, e era impopular entre as garotas. Porém, o dever de Lucy agora terminara; neste momento neném Vítor preferia ser deixado sozinho. A seqüência final da câmera retratava-o saindo do carrinho e andando como um recém-adolescente para o chuveiro. Gary Desmond não se deu ao trabalho de documentar nem o tempo nem o narcisismo de sir Jack se arrumando.

Tia May acompanhou Vítor até a porta, como sempre fazia, agradecendo-lhe pelo xerez e fazendo votos antecipados pela sua visita do próximo mês. Ela ficou pensando se isso ocorreria. Não gostava de perder um de seus clientes mais contumazes. Ainda assim, se ele tivesse alguma coisa a ver com aquele terrível massacre... e os honorários pagos pelo coronel Desmond haviam sido surpreendentemente generosos... e elas não teriam de ficar mais lembrando a faixa especial no carrinho de bebê... e as garotas nunca aprovavam de fato aqueles que cagavam. Diziam que isso era exagerar demais aquela condição de bebê. Sir Jack saiu planando da "Ardoch", assobiando durante todo o percurso até a limusine. Sentia-se rejuvenescido. Lá estava Woodie, boné na mão, segurando a porta aberta. Gente como Woodie era o sal da terra. Motorista danado de bom; e fiel. Não como o jovem Harrison, virando o nariz, quando lhe foi oferecida a primeira oportunidade de dirigir para sir Jack. Queria apenas ir logo para casa para trepar com a srta. Cochrane. Ela era perigosa, tentando subverter o guardião de suas idéias. E, no entanto, até mesmo a contemplação do sórdido acasalamento deles não conseguia mudar seu bom humor. Lealdade. Sim, ele precisava dar a Woodie uma generosa gorjeta, quando chegassem em casa. E o que teríamos no caminho? A Sétima? Ela mantinha a gente alegre, se tivéssemos essa inclinação, e nos alegraria, caso não a tivéssemos. Sim, a Sétima. Sujeito danado de bom, o velho Ludwig.

O REI PILOTAVA
         o jato real de Northolt a Ventnor. Pelo menos, era o que pensava. Visto que, desde a série de incidentes reais, fora implantado um sistema de controle sobreposto. O co-piloto oficial – que se revelou muito ineficaz durante o trágico incêndio do centro ambulatorial, cujo responsável foi o príncipe Rick – agora era apenas uma peça decorativa na vitrine. Não punha as mãos estritamente em nada, estava ali apenas para sorrir e dizer "sim". O piloto real poderia muito bem se sentir superior diante do rei. O rei fingia que pilotava e seus comandos sofriam uma demora, até que o Comando do Ar (uma herança cultural), em Aldershot, os endossasse ou não. Hoje, com um céu de brigadeiro e uma ligeira brisa, vinda do Sudoeste, o rei mantinha um controle virtual da situação. Pouco havia para Aldershot fazer, enquanto o co-piloto podia ficar sorrindo e esperar pelo encontro combinado, a oeste de Chichester.

Ali vinham eles, de narizes rombudos, fragorosos, dois Spitfires e um Hurricane, mexendo um pouco suas asas bem torneadas, prontos para escoltar o jato até a inauguração oficial da Ilha. Aldershot se sobrepôs brevemente aos instrumentos reais e desacelerou para seguir a velocidade do plano de vôo. Os Spitfires tomaram posição lateral, enquanto o Hurricane enfileirou-se atrás.

O sistema de comunicação entre os caças era de último tipo, que incluía a interferência e a estática da época. – Brigadeiro-do-ar "Johnnie" Johnson se apresentando. Na sua asa de estibordo o senhor tem o comandante de esquadrilha "Ginger" Baker, e a bombordo o tenente aviador "Chalky" White.

– Bem-vindos a bordo, cavalheiros – disse o rei. – Relaxem e aproveitem o espetáculo, ein? Roger, ou o quê?

– Roger, senhor.

– Só por curiosidade, brigadeiro, quem foi Roger?

– Senhor?

– Trabalhava para uma empresa chamada Wilco, pareço me lembrar.

– O senhor me deixou confuso quanto a isso, lamento dizer.

– Apenas uma piada minha, brigadeiro. Roger.

O rei olhou para seu co-piloto do outro lado e sacudiu a cabeça, desapontado. Afinal, houve um ensaio no palácio, naquela manhã, para repassar as falas. Denise o ajudara nesta tarefa. Ela quase se mijara toda. Era uma companheirona de verdade, Denise. Porém, qual o sentido de pagar caro, se a platéia não entendia?

Eles sobrevoaram o litoral perto de Selsey e rumaram a sudoeste, por cima do canal da Mancha. – Rara jóia engastada num mar de prata, hein? – murmurou o rei.

– É mesmo, Majestade – o co-piloto concordou com a cabeça, como se Sua Majestade vivesse produzindo frases assim.

A pequena esquadrilha seguiu voando por cima das ondas.

O rei ficava sempre meio melancólico quando percebia com que rapidez se alcançava o mar, e como era pequeno seu reino, em comparação ao que seus antecessores já haviam governado. Há apenas poucas gerações, seu tri ou sabe-se lá que avô reinara sobre um terço da terra. No palácio, quando julgavam que sua auto-estima andava meio fraca, costumavam desenterrar bolorentos mapas para mostrar-lhe como o mundo já fora tingido com a cor rosa do Império Britânico, e sua dinastia escandalosamente importante. Agora quase tudo estava perdido, toda aquela majestade, aquela justiça, poder e paz, aquela soberania sobre todos. Tudo se perdera, graças ao estrangeiro. Hoje era um lugarzinho tão pequeno que mal dava para se arremessar um gato de um canto a outro. Todo aquele reino agora estava do tamanho que tinha na época em que o rei Alfredo queimava seus bolos. Ele costumava dizer a Denise que, se o país não acordasse, os dois teriam de voltar aos tempos em que era preciso assar o próprio pão, tal qual na época de Alfredo.

Ele mal se concentrava; havia longos trechos em que aquele avião parecia quase voar sozinho. Então, seus ouvidos coçaram devido a uma explosão de estática e estalos vários.

– Bandidos a três horas, senhor.

O rei olhava para onde seu co-piloto apontava. Um pequeno avião cruzava o céu diante de seus narizes, puxando uma longa faixa. SANDY DEXTER E "THE DAILY PAPER" SAÚDAM SUA MAJESTADE, leu ele.

– Que merda dos diabos – murmurou o rei. Virou-se e gritou pela porta aberta da cabine: – Ei, Denise, venha ver esta merda.

A rainha apanhou suas peças de "mexe-mexe", porque jamais pôde confiar inteiramente na honestidade de sua dama de companhia, e enfiou a cara dentro da cabine.

– Que merda – disse a rainha. – Que merda danada.

Nenhum deles tinha a menor paciência com Sandy Dexter. Na opinião do casal real, Dexter era um seboso e o *Daily Paper* não tinha utilidade nem no banheiro externo. É claro que eles o liam para ver a sujeira e as mentiras que pediam que seus leais súditos engolissem. Foi assim que a rainha Denise soube das visitas regulares de seu marido àquela piranha que fora à América remodelar as tetas, uma tal de Daphne Lowestoft. Ela iria precisar de muitas correções estéticas a mais se pusesse o pé no palácio quando Denise estivesse lá. O *Daily Paper* foi também onde o rei descobriu que o recente e louvável interesse da rainha pela preservação dos golfinhos era também compartilhado por alguém em roupas de mergulhador, cujo nome ele sequer conseguia suportar ouvir. Estranho como a roupa de mergulhador punha tudo em evidência, como se fosse um anúncio.

Agora, enquanto observavam, o pequeno Apache de Dexter virou e começou a voltar diante deles, na direção oposta. O rei podia imaginar aquele canalha dando risinhos e indicando para onde seu fotógrafo deveria apontar o focinho de suas longas lentes. É provável que já tivessem conseguido uma foto da cabine real.

– Reizinho-Fofinho – disse a rainha. – Faça alguma coisa.

– Merda, *porra* – repetia o rei. – Como, diabos, poderemos nos livrar desse seboso?

– Roger, senhor.

O brigadeiro "Johnnie" Johnson subiu, afastando-se do jato real, e entrou em rota de interceptação. Aproximou-se do Apache e das provocações que ele levava a reboque. Brincadeirinha de quem tem medo, pensou, por que, então, não meter um pouquinho mais de medo naquele sujeitinho? O canhão da asa ainda deveria ter alguma munição que sobrou do ensaio da Batalha da Grã-Bretanha, no dia anterior. Mandar uns disparos pela sua bunda e ver o sujeitinho se mijar todo. Jornalistas filhos da puta.

O Hurricane se aproximou mais. Com um grito no rádio de "Este aqui é meu!", Johnson enquadrou o alvo na mira, apertou o gatilho e sentiu tremer a fuselagem do avião ao disparar duas rajadas de oito segundos. Em seguida, fez a aeronave subir abruptamente, tal como rezava o manual, e riu consigo mesmo ao ouvir a voz inconfundível de "Ginger" Baker quebrar o silêncio do rádio. – Deus do céu, *merda* – foram suas palavras.

O brigadeiro olhou para trás. De início, tudo que conseguiu perceber foi uma bola de fogo crescer. Lentamente, ela se transformou num rastro vertical de destroços, levemente interligados, enquanto a faixa, agora livre, se enrodilhava e depois se afastava planando, ilesa. Nenhum pára-quedas se abriu. O tempo pareceu se tornar mais lento. Voltou o silêncio no rádio. Os integrantes da esquadrilha real observaram os restos do avião ligeiro quicarem brevemente na superfície distante do mar, sumindo a seguir.

"Johnnie" Johnson voltou para sua posição. Os penhascos orientais da Ilha começaram a se destacar lentamente. Em seguida o tenente-do-ar "Chalky" White deu a dica. – Diário de bordo, comandante – disse ele. – A mim me pareceu pane do motor.

– Os alemães têm tendência de sentarem em cima de suas próprias bombas – acrescentou "Ginger" Baker.

Houve uma longa pausa. Finalmente o rei, depois de ter refletido sobre o assunto, falou no rádio. – Parabéns, brigadeiro. Eu diria que os bandidos foram desencorajados – a rainha Denise pegou emprestadas algumas letras com sua dama de companhia e compôs na mesa a palavra SEBENTO.
– XPTO, senhor – respondeu "Johnnie" Johnson, lembrando-se de seu diálogo do final da batalha.
– Eu diria que, no cômputo geral, foi um chuá – acrescentou o rei.
– Um chuá, senhor.
A esquadrilha começou a se preparar para o pouso em Ventnor e recebeu permissão para aterrissar. Quando a porta do jato foi aberta e a banda de metais atacou seu tema musical, o rei tentou se lembrar o que dissera exatamente para deixar o brigadeiro totalmente fora de si e fazê-lo explodir Sandy Dexter no meio do canal da Mancha. Esse era o problema de se viver em destaque; as menores palavras do rei eram erroneamente compreendidas. Enquanto isso, o brigadeiro se perguntava quem poderia ter substituído sua munição de festim por munição de verdade.

UMA TROPA DE PARRUDOS PÁRA-QUEDISTAS,
                                                                      com crinolinas
estendidas e ovos de borracha bem colados nos seus cestos de vime, desceu de um céu sem vento rumo ao gramado defronte a Buckingham Palace.
– Meu Deus do céu! – berrou sir Jack do palanque.
O rei, a seu lado, sentia-se cansado. Era uma tarde quente, e uma parte sua ainda se sentia levemente culpada pela derrubada de Sandy Dexter no dia anterior. Denise mantivera muito bem o sangue-frio: ela era uma companheirona e tanto, Denise. Intimamente, ele se sentira um pouco nauseado com a idéia de fritar jornalistas, e consultara seu ajudante de ordens sobre uma contribuição anônima à viúva de Dexter. O ajudante-de-ordens consultara o secretário de Imprensa, que informara que Dexter não era conhecido por suas inclinações domésticas – na verdade, muito pelo contrário –, o que, de certo modo, fora um alívio.

Houve a cerimônia de recepção, e apesar de toda a novidade da Ilha, ser saudado por sir Jack Pitman não era tão diferente assim de ser saudado por alguns chefes de Estado. Pitman, pelo menos, não tentou beijá-lo em ambas as faces. O passeio de helicóptero pela Ilha – ora, aquilo fora divertido. Uma espécie de versão "P" da Inglaterra: um minuto era o Big Ben, no seguinte o chalé de Anne Hathaway, depois os penhascos brancos de Dover, o Estádio de Wembley, Stonehenge, o próprio palácio e a floresta de Sherwood. Eles deram um tchauzinho para Robin Hood e seu bando, e eles reagiram atirando flechas contra eles.

– Bandidos, malandros – gritara Pitman. – Não prestam para nada.

O rei liderara as gargalhadas e, para demonstrar seu famoso fleuma real, fez uma piada em resposta: – Sorte você não tê-los armado com mísseis terra-ar.

Depois foi a vez da interminável fila de aperto de mãos, todos os tipos estavam ali presentes, Shakespeare, Francis Drake, Muffin a Mula, pensionistas de Chelsea, um time inteiro de jogadores de futebol, o dr. Johnson, que pareceu ser um sujeito bastante alarmante, Nell Gwynn, Boadicéia, e mais de cem dálmatas de merda. É uma emoção muito especial apertar a mão de sua tri, sabe-se lá que avó, especialmente se você não conseguiu arrancar sequer uma gargalhada dela e ela continuava a bancar a imperatriz. Ele não tinha certeza, por sinal, se deveriam tê-lo apresentado a Oliver Cromwell. Mau gosto, na verdade. Apesar de tudo, aquela garota Nell Gwynn tinha sido uma garota da melhor qualidade, pensou ela, com aquela coisinha decotada e, sabe, suas laranjas. Mas algo na maneira como Denise dissera – será que são verdadeiros, o que acha? – arrefecera o ardor dele. Ela podia ser uma verdadeira puta. Denise; companheirona e tanto, porém puta e tanto. Se ela apenas não tivesse um olho tão clínico para retoques cosméticos – e sua majestade era suficientemente antiquado para só apreciar retoques cosméticos na medida em que não os percebesse. E ele era capaz de imaginar perfeitamente a cena – umas brincadeirinhas, as laranjas a rolarem para baixo da cama, o Reizinho-Fofinho a reclamar, como era mesmo aquela expressão francesa, *droit de seigneur* – e, então, exatamente no momento errado, as palavras de Denise, "Será que são de verdade? O que acha?", pululavam na sua cabeça. Era algo tremendamente brochante.

Almoço. Sempre havia almoço. Desta vez com um ligeiro exagero de copos daquele vinho Adgestone, do qual a Ilha, na sua opinião, se vangloriava exageradamente. Logo depois, horas no palanque sob o sol quente. Assistira a uma parada da guarda e de táxis londrinos (coisa que, francamente, era parecida demais com ficar à janela de Buckingham), cortejos históricos e carros alegóricos cheios de mitos. Ele vira *Beefeaters* e tordos de dois metros dançando uma coreografia numa neve que se recusava a derreter ao calor do sol. Ouvira banda de metais, orquestras sinfônicas, grupos de rock e astros de ópera. Todos estavam ali, materializados diante dele no ciberespaço. Lady Godiva passara no seu cavalo, e, só para ter certeza que ela não estava no ciberespaço, ele levou um par de binóculos aos olhos. Sentindo algo a se mexer à sua esquerda, erguera a mão para aquietar sua rainha. Pelo menos em público, Denise conhecia seu lugar, e desta vez não houve comentariozinhos sarcásticos sobre rugas e celulite. Ela era uma mulherona, aquela Lady Godiva.

– Que cavalo de sorte! – murmurara ele para aquele sujeito Pitman, à sua direita.

– É verdade, majestade. Embora deva acrescentar que eu mesmo sou um homem dedicado à família. – Deus do céu, por que todo *mundo* resolvera apoquentá-lo naquele dia? Como de manhã, durante o passeio pela Ilha, quando houve um desvio qualquer para sobrevoar um determinado lago Memorial. Só um laguinho de aldeia com alguns patos e alguns salgueiros chorões, porém aquilo fez seu anfitrião gorducho ficar com os olhos marejados e começar uma arenga tipo arcebispo de Canterbury.

Agora esses pára-quedistas, ou o que fossem, todos vestidos de roupas de mulher, carregando cestos de ovos, a descerem diante deles ao acompanhamento de uma trilha sonora patriótica qualquer. Ele perdera completamente o fio da meada do programa e não sabia o que representavam eles na comemoração. Num minuto tratava-se de algo do tipo "Royal Tournament", no seguinte, de uma cena inteiramente horrível. Ele desconfiava que toda a raça humana, acrescida de todo o reino animal e um milhão de pessoas fantasiadas de plantas iriam desfilar, uma a uma, diante dele, que teria de fazer continência, apertar mãos e esperar, de qualquer maneira, até o ultimozinho deles. O Adgestone se revolvia dentro de seu estômago e a música berrava.

Mas não era à toa que ele era dotado de genes dos Windsor. Seus ancestrais lhe haviam ensinado alguns truques do ofício. Sempre mije antes: essa era a regra número um. Regra número dois: descanse o peso mais sobre um dos pés, e mude de pé depois de um tempo. A regra número três era de Denise: sempre admire as coisas que você não se importaria em receber de presente depois. E a regra número quatro era de sua própria lavra: na hora exata em que a porra toda estiver ficando insuportável e você chateado até perder o juízo, vire-se para seu anfitrião, como fez ele agora para Pitman, e diga bastante alto para ser ouvido pelos presentes: – Que espetáculo e tanto.

– Obrigado, majestade.

Feitos os elogios, o rei abaixou a voz. – E uma esplêndida Lady Godiva, se assim ouso dizer. Garota de primeira.

Sir Jack continuou a olhar os pára-quedistas, que guardavam seus equipamentos. Qualquer pessoa teria pensado que seriam sobre eles os comentários que ele murmurava: – Ela é grande admiradora do senhor, se eu ouso dizê-lo.

Bingo! O velho hipócrita. Apesar de tudo, o dia ainda poderia ser salvo. Talvez Denise voasse de volta mais cedo.

– Nada de discursos, de forma alguma – prosseguiu sir Jack, ainda em voz baixa. Porra! O velho filho da puta parecia ler os pensamentos da gente. – Não, se o senhor não quiser. Nada de impostos. Nada de imprensa sensacionalista. Exibições ocasionais do rei, embora ótimos sósias irão agüentar o fardo principal. Nada de estadistas chatos em visita. A não ser que o senhor assim o queira: compreendo a força das obrigações familiares. E, é claro, *rigorosamente* nada de bicicletas.

O rei fora avisado para não negociar nada diretamente com Pitman, tido com um sujeitinho esperto, por isso contentou-se em dizer: – As bicicletas às vezes têm algo bastante indigno, sabe? A maneira como os joelhos da gente ficam esticados para fora.

– Cópias exatas – disse sir Jack, fazendo um gesto de cabeça em direção a Buckingham. De certo modo, ele parecia melhor na sua versão incompleta. – Satélite, TV digital e a cabo. Ligações telefônicas gratuitas para o mundo todo.

– E então? – o rei achou presunçoso este último comentário. A seu modo de ver, tratava-se de uma referência demasiadamente explícita

à instalação forçada de orelhões em Buckingham, depois da última moção de censura da Câmara dos Comuns. Realmente, ele já estava farto daquele calor, do anfitrião metido e da porra do vinho. – O que o fez pensar que eu me importo com as contas telefônicas?
– Tenho certeza de que não se importa. Eu só estava pensando que não é exatamente cômodo ter de ir ao orelhão quando quiser ordenar um ataque aéreo. Se é que o senhor entende onde quero chegar.
O rei mostrou-lhe um fleumático perfil, a torcer seu anel de sinete. *Se é que o senhor entende onde quero chegar.* Não havia muita chance de não entender, havia? Era como estar a sotavento, quando um dos mastins de Denise soltava um peido.
– Ah, por falar no diabo...
O rei ficou pensando se aquele filho da puta do Pitman recebera alguma pista, ou se era apenas sorte. Mas eis que, parecendo de encomenda, surgiram dois Spitfires e um Hurricane, pilotados, segundo confirmação do sistema de som, pelo tenente "Chalky" White, comandante de esquadrilha "Ginger" Baker e o brigadeiro "Johnnie" Johnson. Voaram baixo, se comunicaram com o palanque, sacudiram as asas, deram giros lentos, fizeram *loopings*, dispararam tiros de festim e soltaram fumaça vermelha, branca e azul.
– Só por curiosidade – disse o rei – e sem preconceito algum, conforme vivem me dizendo meus sábios conselheiros. Lá no QG, tenho toda uma porra de um Exército, Marinha, Aeronáutica, prontos para me defender, se as coisas ficarem pretas. Aqui você tem essas três velhas peças de museu com seus canhõezinhos de brincadeira. Ora, isso não fará o pérfido estrangeiro exatamente cagar nas calças, fará?
Sir Jack, que mandara gravar a conversa deles, ficou satisfeito com aquilo que, caso exigissem as circunstâncias, poderia ser transformado em mais uma gafe real. Por enquanto, apenas tomou nota do fato, junto com o tédio do rei, sua rabujice, ingestão de álcool e lascívia. – E igualmente de modo despretensioso, majestade, – respondeu ele –, e embora eu pretendesse deixar este assunto para debater depois, na minha próxima reunião com seus sábios conselheiros, o senhor ficaria surpreso como é barato adquirir capacidade nuclear neste nosso mundo moderno.
A rainha Denise voltou para casa no dia seguinte para dar prosseguimento a seus projetos de caridade. O rei cancelou um almoço

num regimento, depois de decidir que sua presença era exigida, visto que era necessário estar ali para debater assuntos de emergência, como aquele do avião abatido. Lady Godiva mostrou não ter celulite nem rugas e que era, até onde ele pôde perceber, uma patriota de mão cheia. De acordo com *The Times of London*, agora publicado em Ryde, quatro diários de vôo descreveram em detalhes o surgimento, há três dias, de uma aeronave ligeira não identificada a 16 quilômetros ao sul de Selsey Bill. Todos descreveram uma súbita perda de controle. Não houve chance de sobreviventes. *The Times* confirmou a perda de um jornalista da imprensa sensacionalista com grande número de leitores, e também de um craque da fotografia, embora fosse conhecido por seus confrontos desagradáveis com literatos famosos na mídia. O escritório de sir Jack lançou uma nota confirmando que os destroços do avião haviam afundado dentro das águas territoriais da Ilha, e que a memória dos mortos seria perpetuada. Dois dias depois, quando o debate terminara satisfatoriamente, sir Jack Pitman sobrevoara o local do desastre num helicóptero da Pitco. Com um sorriso radiante, jogara uma generosa coroa nas águas do canal.

O SEXAGÉSIMO QUINTO ANIVERSÁRIO
de sir Jack fora escolhido como a data certa para agirem. No seu refúgio, a réplica dos duplos cubos no QG da Ilha, sir Jack ostentava seus suspensórios do palácio de Westminster com ar de desafio. O que lhe importava agora não ser mais possível ingressar na Câmara dos Lordes? Aqueles tolos e cabeças ocas de vários partidos, aos quais ele vinha fazendo generosas doações há décadas, perderam a oportunidade de cobri-lo com o arminho da nobreza. Ora, que assim fosse. Os homens menores sempre procuraram arrastar para baixo os maiores: os hipócritas teriam seu dia de vitória. Só porque, há algum tempo, um fiscal qualquer ainda em cueiros do Ministério do Comércio e da Indústria, ignorando as práticas comerciais modernas, escolhera se promover através de um frasismo barato, dizendo, numa calúnia

bem vagabunda, que sir Jack Pitman era honesto como Taras Bulba. A frase "incapaz de administrar uma carrocinha de pipocas" era especialmente exasperante. Na época, ele mandara entregar cem quilos de pipocas na modesta residência do fiscal, em Reigate, com um bando completo de *paparazzi* ali, esperando para registrar a humilhação. Mas ele não tinha certeza se este recurso não fora demasiadamente sutil. De certo modo, o fiscal conseguira inverter a coisa, de modo a fazer as pipocas parecerem um incentivo. Tudo saíra do controle, e a brincadeira de sir Jack dizendo que as pipocas tinham saído de seus Fundos Agrícolas incentivados fora bastante mal interpretada.

Bem, hoje seria o dia em que aqueles deputados fantoches, ministros que só corriam atrás dos próprios interesses, hipócritas e medíocres perceberiam exatamente com quem andaram mexendo. Dentro em breve ele espetaria em si mesmo todas as medalhas que quisesse, criaria para si próprio quantos títulos quisesse. O que acontecera, por falar nisso, com a linhagem dos Fortuibus? Isto era certamente algo que poderia ser ressuscitado. Primeiro barão Fortuibus de Bembridge? E, contudo, sir Jack sentiu que lá do fundo de si mesmo havia sempre uma simplicidade essencial, até mesmo certa austeridade. É claro que era preciso manter as aparências – qual a utilidade do Bom Samaritano se ele não tivesse sido capaz de pagar o estalajadeiro? –, porém sem jamais perder de vista sua humanidade fundamental. Não, talvez fosse melhor, mais adequado, permanecer simplesmente sir Jack.

Todos os ativos da companhia foram transferidos para o estrangeiro, fora do alcance da vingança ousada de Westminster. O arrendamento do prédio Pitman (I) só faltava alguns meses para terminar, e os donos estavam paralisados. Alguns bens móveis seriam transferidos em seu devido tempo, a não ser que fossem encampados pelo Governo Britânico. Sir Jack esperava que fossem: assim ele poderia levar os hipócritas e medíocres aos Tribunais Internacionais. De qualquer forma, ele já fora informado de que era hora de modernizar a maioria dos equipamentos. Bastante verdade para o material humano, também.

Seus auxiliares mais tímidos argumentaram contra o fato de ele atirar em todas as direções ao mesmo tempo. Alegavam que isso diluiria a cobertura da mídia. Sir Jack pediu licença para discordar:

aquilo era hora do Big Bang, não apenas da manchete do dia e sim de uma reportagem em cascata. De qualquer modo, como se fazia isso? Fazendo. Os acontecimentos daquele dia haveriam, portanto, de se desenrolar em rápida sucessão, em Reigate, Ventnor, Haia e Bruxelas. Sir Jack reservaria um pequeno pedaço de sua atenção e uma página dupla de um de seus jornais para Reigate. Aquele fiscal do Ministério da Indústria e Comércio, que parecia estar se dando tão bem ultimamente, ficaria perplexo à mesa do café da manhã, que ele compartilhava com sua encantadora mulher, quando recebesse na sua correspondência vários envelopes registrados com selos da América do Sul, e caligrafia notavelmente semelhante à sua. Somente alguns minutos separariam a visita do simpático carteiro à sua porta da frente, daquela que fariam os representantes mais puritanos do Fisco de SM, trazendo ferozes mandados de busca e apreensão, e repulsa – principalmente depois de uma campanha em determinados jornais – sobre o imundo tráfico de drogas letais feito por homens que mantinham uma fachada respeitável e cuja cobiça arrastava para a lama.

Por volta da mesma hora em que um par de calças pretas cobertas por um cobertor era visto deixando uma casa pseudo-Tudor em Reigate, enquanto *paparazzi* muito bem informados gritavam: – Aqui, sr. Holdsworth! Sir Jack acenava com seu tricórnio de governador em um Landau preto de sua propriedade. Os funcionários margeavam o caminho até os novos prédios do Conselho da Ilha, em Ventnor. Primeiro, sir Jack de cartola e brandindo uma pá folheada a ouro compareceu à cerimônia de inauguração. Foi fotografado compartilhando a rude camaradagem de pedreiros e construtores de telhados. Em seguida, no térreo, sir Jack cortou uma série de fitas, declarou inaugurados os prédios e entregou-os formalmente ao povo ilhéu, representado pelo presidente do Conselho, Harry Jeavons. As câmeras foram então para dentro, onde o conselho fez o juramento de posse e deu ciência de seu mais recente ato administrativo. Os conselheiros declararam que, depois de sete séculos de sujeição, a Ilha repelia o jugo de Westminster. A Independência era, portanto, proclamada. O Conselho se promovia a status de Parlamento, e os ilhéus patriotas eram instados, em todos os lugares, a acenarem com as bandeiras patrocinadas pela Pitco, jogadas pela carreta de sir Jack.

Sem deixar suas cadeiras, o Parlamento passou, então, ao seu primeiro ato, conferindo a sir Jack o título de governador da Ilha. O cargo era puramente honorífico, mas encerrava um vestígio de autoridade – consignada no mais belo pergaminho por um mestre calígrafo – para suspender o Parlamento e a Constituição em caso de emergência nacional, passando a governar por conta própria. Estes poderes eram escritos em latim, o que diminuía seu impacto sobre aqueles que lhes davam assentimento. Sir Jack, discursando no trono dourado, fez referência a uma confiança sagrada, evocando governadores e capitães do passado da Ilha, especialmente o príncipe Henrique de Battenberg, que mostrou um grande patriotismo ao morrer heroicamente na guerra dos Ashanti, em 1896. Sua viúva, a nobre princesa Beatriz, governara dali em diante como governadora – frisando sir Jack que na sua gramática o masculino sempre abarcava o feminino – até sua morte quase meio século depois. Sir Jack confessou sua modesta ignorância quanto ao seu encontro com a indesejada das gentes, porém ofereceu o nome de lady Pitman como uma possível sucessora.

Enquanto os sinos de Ventnor badalavam festivos, do outro lado do canal, uma donzela da Ilha, escolhida pessoalmente por sir Jack para representar Isabella de Fortuibus, entregava à Corte Internacional de Haia uma petição requerendo a anulação da compra da Ilha, em 1293. Logo depois, uma carruagem de Boadicéia levou-a ao Deutsche Bank, no qual ela abriu uma conta em nome do "Povo Britânico", onde depositou a soma de seis mil marcos e um euro. Foi acompanhada de uma segurança formada por campônios do final do século XIII, cuja presença frisava que a assim chamada "compra" da Ilha representara um logro em gente simples para quem o tratado não foi explicado direito. Entre os campônios estavam vários executivos da Pitco com palavras de ordem ensaiadas sobre o roubo original da terra e tudo o que isso envolvia.

Isabella de Fortuibus prosseguiu de carruagem até a estação, onde a esperava um expresso especial para Bruxelas. Ao chegar, foi encontrada por advogados da Pitman International, que haviam preparado a solicitação de um ingresso imediato de emergência da Ilha como membro da União Européia. Aquilo era um momento de definição, declarou o negociador-chefe da PI à mídia mundial, que concretizava a longa luta de libertação dos ilhéus, luta essa marcada pela coragem e sacrifício no decorrer dos séculos. Daí em diante, eles poriam suas esperanças em Bruxelas, Estrasburgo e Haia, para garantir a salvaguarda de seus direitos e liberdades. Era um momento de grande esperança e de grande perigo: era preciso que a União agisse com firmeza e decisão. Seria mais que uma tragédia permitir que uma situação tipo ex-Iugoslávia se desenvolvesse no portal norte da Europa.

Enquanto a Bolsa de Londres reagiu a tamanha Terça-Feira Negra suspendendo seu pregão na hora do almoço até um futuro imprevisível, as ações da Pitco ultrapassaram todas as marcas no mundo inteiro. Naquela noite, com troncos de carvalho da Ilha a arderem patrioticamente na sua lareira neobávara, sir Jack bebeu. Ele reviu todos os passos dados até aquele momento. Riu diante de repetecos de suas próprias falas pré-gravadas. Mantinha meia dúzia de linhas telefônicas abertas, enquanto passava de um espantado ouvinte para outro. Jack Pitman permitiu que alguns editores de jornais lhe dessem parabéns. O primeiro golpe de estado no mundo sem derramamento de sangue desde sempre, assim eles o chamavam. Um passo em direção à nova Europa. Quebrando o modelo. Pitman campeão da paz. Davi e Golias eram evocados pelos jornais populares. Robin Hood também. Todo aquele dia dramático lembrou a um articulista linhas mais elegantes de *Fidelio*: que rompimento de cadeias não houve? Sim, de fato, sentia o novo governador, determinada pessoa teria aprovado. Em homenagem – não, como uma sensação de paridade –, ele permitiu que a majestosa Heróica servisse de tema da sua vitória.

O gosto doce da vitória era muito maior do que as pessoas que aclamavam o ato de sir Jack podiam imaginar. Por exemplo, ele não tinha nenhuma intenção de fazer a Ilha ingressar na União Européia. Os efeitos de suas leis trabalhistas e regras bancárias, só para lembrar duas áreas, seriam desastrosos. Ele precisava apenas que a Europa mantivesse Westminster à distância até as coisas sossegarem. A oferta de recomprar a Ilha por seis mil marcos e um euro? Somente um simplório acreditaria ser isso mais que um gesto de fachada; ele mandou encerrar a conta antes da mídia embarcar no trem para Bruxelas. Do mesmo modo, ele não achava que a contestação legal ao tratado de 1293 tinha a menor chance: imagine que caixa de Pandora estaria a Europa abrindo para si mesma se deixasse isso passar... E quanto à porra do Parlamento da Ilha: só a imagem daqueles pomposos conselheiros a se acharem, cada um, um Garibaldi bastava para fazê-lo se erguer de seu trono de governador e dizer-lhes, em inglês e não em latim, para deixarem de ser tolos e babacas, já que ele planejava suspender o Parlamento em uma semana. Se isso fosse por demais complicado para eles, ele manteria a coisa mais simples. Havia uma emergência nacional, causada pela absurda crença do Parlamento que ele seria capaz de governar sozinho o lugar. Ele dissolvia-o, visto que o Parlamento não tinha nada para fazer. Nada que ele, sir Jack Pitman, quisesse que ele fizesse. E os saltitantes conselheiros podiam saltar a bordo da primeira barca para Dieppe, ele pouco se importava. A não ser que eles quisessem colocar em prática sua atual e breve experiência de trabalho. O projeto da Pitco ainda estava entrevistando os pretendentes à Casa dos Comuns. As lideranças já haviam sido distribuídas, mas eles estavam à procura de representantes mudos e menos importantes, capazes de dominar uma coreografia simples – levantar a um sinal do presidente, acenar com seus papéis como sinal de uma falsa premência, voltando a cair sentados, em seguida, nos seus bancos de couro verde. Seriam solicitados também a proferir vários sons não verbais, mas que fossem interpretáveis – vaias desdenhosas, gemidos, murmúrios de raiva e gargalhadas falsas. Essas eram as principais características que os pretendentes deveriam ter. Ele achava que eles talvez conseguissem fazer todas essas coisas.

    Sir Jack bebeu mais. Telefonou mais. Recebeu mais elogios. Às duas da madrugada, convocou Martha Cochrane e disse-lhe para trazer seu brinquedinho amoroso e anotador lamuriento. Na verdade, ele poderia ter dito porra de brinquedinho amoroso, a língua se soltava depois do melhor armagnac. De qualquer maneira, parece que ela não gostou de ser convocada no meio de seja lá o que ela estivesse fazendo. Quanto ao rapaz Paul, ele ficou profundamente emburrado tão logo Jack fez um comentário levemente malicioso... Ah, que eles se fodessem, se fodessem. Ele não se importava com aquilo que todo mundo aprontasse, mas ele queria à sua volta gente que pudesse *fruir* as coisas. Não precisava de negativistas insolentes como aqueles dois, que sorviam

seu armagnac com bocas apertadas e ressentidas. Especialmente num dia como aquele. Sir Jack já entrara bem na sua peroração, quando resolveu incluí-los nos seus planos de reestruturação.
– A questão da mudança é que ninguém jamais está preparado para ela. O palácio de Westminster acaba de descobrir isso, e o assim chamado Parlamento da Ilha, idem. Se você não se mantiver um pulo na frente deles, ficará dois passos para trás. A maioria das pessoas precisa ficar correndo no mesmo lugar só para se manter emparelhada comigo enquanto durmo. Vocês dois, por exemplo. – Ele fez uma pausa. Sim, isso garantiu a atenção deles. Ele lhes lançou um olhar de farol. Exatamente como ele pensara, a mulher devolveu-o com outro olhar fixo e insolente, o garoto fingiu estar procurando algo nos lados de sua cadeira. – Eu presumo que vocês imaginaram que depois de embarcarem no trem da alegria de sir Jack bastava ir molhando seu pão na sopa dele até receberem suas pensões. Bem, tenho uma grande surpresa para vocês, sua dupla de miseráveis. Agora que este projeto está de pé, funcionando, não preciso mais de uma barrica de rabugentos e lamurientos para puxá-lo para baixo. Por isso, deixe-me ter a honra de informar-lhes que vocês são os dois primeiros funcionários que tenciono demitir. Que demiti. Já. Desde agora. Considerem-se agora demitidos. E tem mais, sob a legislação trabalhista que poderei ou não aprovar pelo meu Parlamento fantoche da Ilha, ou, por exemplo, sob novos contratos que serão válidos retrospectivamente, alguém está trabalhando nisso, vocês não receberão seu aviso prévio. Vocês estão despedidos, porra, vocês dois, e se não conseguirem arrumar suas coisas até a hora da partida da barca da manhã, eu mesmo jogarei pessoalmente seu lixo no porto.

Martha Cochrane olhou brevemente para Paul do outro lado, que acenou com a cabeça. – Bem, sir Jack, o senhor parece não nos deixar outra alternativa.

– Não, não deixo não, merda, e lhes direi por quê – ele se ergueu para mostrar toda sua rombóide envergadura, deu outro gole, apontou para cada um deles de cada vez e, como um clímax ou pensamento a posteriori, para si mesmo. – Porque, para colocar a coisa de modo simples, existe, conforme sempre senti, uma simplicidade fundamental dentro de mim, porque sou um gênio. É isso.

Ele estendia a mão em direção à faixa barroca da sineta, pronto para dar a descarga e eliminar de sua vida aquela puta ranzinza e seu afrescalhado brinquedo amoroso, quando Martha Cochrane pronunciou as duas palavras que ele menos esperava ouvir.

— Tia May.
— Perdão?
— Tia May — repetiu ela. E, então, erguendo os olhos para a oscilante forma daquele homem. — Mamá. Bubu. Cacá.

TRÊS

UMA MECA TURÍSTICA ENGASTADA EM UM MAR DE PRATA

Há dois anos, um grupo ousado de empreendedores da indústria de lazer lançou seu empreendimento defronte à costa meridional da Inglaterra. Tornou-se logo um dos pontos mais cobiçados pelos turistas na faixa superior do mercado. Nossa redatora Kathleen Su se indaga se o novo Estado ilhéu talvez não sirva como modelo para mais do que simplesmente a indústria do lazer.

É um dia clássico de primavera do lado de fora do palácio de Buckingham. As nuvens estão altas e parecem bolas de algodão, os narcisos de William Wordsworth balançam ao vento, e os guardas nos seus tradicionais "busbies" (chapéus de pele de urso) estão postados, de sentido, diante de suas guaritas. Multidões ansiosas espremem seus narizes contra os gradis para dar uma olhada na família real britânica.

Prontamente às 11h, as altas janelas duplas se abrem por trás do balcão. O casal real surge, acenando e sorrindo. Uma salva de dez tiros rasga o ar. Os guardas apresentam armas, e as câmeras clicam como roletas antiquadas. Quinze minutos mais tarde, exatamente às 11:15h, as altas janelas se fecham novamente até o dia seguinte.

Tudo, entretanto, não é o que parece ser. As multidões e câmeras são de verdade; e também as nuvens. Mas os guardas são atores, Buckingham é uma réplica que tem a metade do tamanho real, e a salva dos canhões é produzida eletronicamente. Correm boatos que o rei e a rainha não são de verdade, já que o contrato que eles assinaram há dois anos com o grupo Pitman de sir Jack os isenta desse ritual diário. O pessoal que está por dentro diz que existe uma cláusula no contrato real tornando aquilo optativo, mas que suas majestades apreciam o jeton que acompanha cada aparição na sacada.

É hora do espetáculo, mas também de altos negócios. Junto com os primeiros visitantes (que é como eles chamam os turistas por aqui) veio o Banco Mundial e o FMI. A aprovação deles – acrescido do entusiástico endosso pelo Banco de Idéias Portland para o Terceiro Milênio – significa que essa iniciativa pioneira será provavelmente muito copiada nos anos e décadas vindouras. Sir Jack Pitman, pai da idéia da Ilha, hoje ocupa uma posição discreta executivamente falando, mantendo ainda, porém, um olho atento nas coisas de sua posição de governador, cargo histórico que remonta a séculos. O rosto público do grupo Pitman é atualmente sua executiva chefe, Martha Cochrane. A solteira e elegante srta. Cochrane, com seus quarenta e poucos anos e um cérebro formado em Oxford e Cambridge, espírito agudo, e um monte de terninhos de grandes costureiros. A executiva explicou ao *Wall Street Journal* que uma das áreas tradicionalmente problemáticas do turismo é que os pontos cinco estrelas são raramente de fácil alcance entre eles. "Lembram da frustração de se transportar de A para B e para Z? Lembram daqueles ônibus de turismo colados uns nos outros?" Os visitantes americanos aos melhores pontos da Europa já conhecem essa melodia: infra-estrutura fraca, acomodações ineficientes para a passagem dos turistas, horas pouco práticas de funcionamento do comércio – tudo que o viajante não quer. Aqui, até mesmo os cartões-postais já vêm pré-selados.

Era uma vez em que isto aqui costumava ser a Ilha de Wight, porém seus atuais habitantes preferem um nome mais simples e importante: chamam-na A Ilha. Mas o endereço oficial, desde a declaração de independência há dois anos, é bem típico do estilo bucaneiro e aventureiro de sir Jack Pitman. Ele batizou-a de Inglaterra, Inglaterra. Uma deixa para uma canção.

Foi também seu pensamento criativo e original que reuniu numa única área de 250 quilômetros quadrados tudo que o visitante poderá querer ver daquilo que costumávamos pensar que era a Inglaterra. Nossa época é escravizada ao tempo, e certamente faz sentido ser capaz de visitar Stonehenge e o chalé de Anne Hathaway na mesma manhã, saborear um "almoço de arador" em cima dos penhascos brancos de Dover, antes de passar uma tarde descansada dentro do empório da Harrods, dentro da Torre de Londres (os *beefeaters* empurram seus carrinhos de compras para você!). Quanto ao transporte entre os locais: aqueles ônibus de turistas que bebiam cachoeiras de gasolina foram substituídos por charretes e pôneis, amigos da ecologia. E quando o tempo ficar chuvoso, pode-se tomar um dos famosos táxis pretos de Londres, ou até mesmo um grande ônibus de dois andares. Ambos são ambientalmente limpos, movidos a energia solar.

Este grande exemplo de sucesso começou, vale a pena lembrar, sob um coro de críticas. Houve protestos diante daquilo que alguns diziam ser a virtual destruição da Ilha de Wight. Isto foi obviamente um exagero. Os principais prédios históricos foram conservados, junto com grande parte do litoral e trechos das planícies centrais. Quase todas as casas foram descritas pelo professor Ivan Fairchild da Universidade de Sussex e um dos principais críticos do projeto, como "pequeninos bangalôs de entre-guerra e do meio do século, cuja falta de óbvios méritos arquitetônicos era compensada pela sua extraordinária autenticidade e mobiliário de época".

Ainda se podem vê-las, querendo. No Vale dos Bangalôs, os visitantes podem perambular por uma rua perfeitamente recriada de casas tipicamente pré-Ilha. Aqui a gente encontra jardins, nos quais as pedras se cobrem de aubretia e famílias de gnomos de gesso. Um caminho feito de um "piso maluco" (pedaços de concreto reciclados) conduz a uma porta cheia de vidro enrugado. Sinos ecoam nos ouvidos, enquanto os visitantes entram nos aposentos de tapetes berrantes. Há desenhos de patos voando, no papel de parede listrado, "três peças" (sofá com poltronas combinando) de linhas austeras e janelas de batente dando para um pátio com "piso maluco". Ali, encontram-se mais panoramas de aubretia, cestos pendurados, gnomos e pratos satélites antigos. É tudo bastante engraçadinho, mas ninguém iria querê-lo em demasia. O professor Fairchild alega que o Vale dos Bangalôs não é só uma recriação, é uma paródia para justificar aquele projeto. Ele, porém, concorda que o argumento não foi entendido.

O segundo motivo de reclamações foi que a Ilha atrai jogadores. Apesar de a maioria dos pacotes ser paga antes dos turistas entrarem na ilha, os fiscais de imigração verificam, uma vez mais, a saúde financeira dos visitantes. Irregularidades nos passaportes ou validades das vacinas simplesmente não importam. As companhias de turismo foram alertadas para avisar aos turistas que, se sua capacidade de crédito não for do agrado das autoridades da Ilha, eles serão devolvidos no primeiro avião. Se não houver assentos disponíveis nos vôos, os indesejáveis são postos na primeira barca que atravessar o canal da Mancha para Dieppe, França.

Esse aparente elitismo é defendido por Martha Cochrane como apenas "boa economia doméstica". E ela explica mais: "Férias aqui podem parecer caras, mas trata-se de uma experiência única na vida. Além do que, depois de nos visitar, você não precisa ver a velha Inglaterra. E nossas pesquisas indicam que, se você tentasse percorrer os "originais", levaria três a quatro vezes mais tempo. Por isso, nossos custos considerados mais caros na realidade saem mais baratos."

Há um tom de desprezo na sua voz, quando ela menciona a palavra "originais". Ela está se referindo à terceira objeção principal ao projeto, que foi muito discutida inicialmente, mas que está agora quase esquecida. Trata-se da crença que os turistas visitam os pontos de maior importância para ter a experiência não só de sua antigüidade mas também de sua singularidade. Pesquisas minuciosas encomendadas pelo grupo Pitman revelaram que isso estava longe de ser verdade. "Lá pelo final do século passado", explica a srta. Cochrane, "a famosa estátua de David, de Michelangelo, foi removida da Piazza della Signoria, em Florença, e substituída por uma cópia. A réplica demonstrou ser tão popular quanto a 'original' para os visitantes. E tem mais, 93 por cento dos pesquisados declararam, depois de ter visto aquela réplica perfeita, que não sentiam nenhuma necessidade de ver o 'original' num museu."

O grupo Pitman tirou duas conclusões dessas pesquisas. Primeiro, que os turistas iam aos locais "originais" porque não tinham nenhuma escolha. Nos velhos tempos, se a gente quisesse ver Westminster Abbey, precisava ir a Westminster Abbey. Segundo, entre uma dada opção por uma réplica cômoda e um "original" incômodo, um grande número de turistas escolheria a primeira. "Além do que", acrescenta a srta. Cochrane com um sorriso irônico, "você não acha democrático e enriquecedor oferecer às pessoas uma escolha mais ampla, seja ela quanto ao café da manhã, ou quanto aos locais históricos? Nós estamos apenas seguindo a lógica do mercado."

O projeto não poderia ter tido uma aprovação mais espetacular. Ambos os aeroportos – Tennyson Um e Tennyson Dois – se aproximam de sua capacidade máxima. A passagem de visitantes excedeu às expectativas mais otimistas. A própria Ilha vive apinhada de gente, porém, há uma tranqüila eficiência. Há sempre um simpático "bobby" (policial) ou "beefeater" (guarda da Torre de Londres) a quem se pode perguntar o caminho; enquanto os "cabbies" (motoristas de táxi) são fluentes em pelo menos uma das línguas principais dos turistas. A maioria fala inglês também!

Maisie Bransford, de Franklin, Tennessee, que está de férias com a família, disse ao *Journal*: "A gente tinha ouvido falar que a Inglaterra era meio desmazelada e antiquada, que não estava à altura da crista da onda do mundo moderno. Mas ficamos tremendamente surpresos. É uma verdadeira casa longe de casa." Paul Harrison, auxiliar-chefe de Martha Cochrane, e encarregado da tática do dia-a-dia, explica que "existem dois princípios diretores aqui. Número um: o cliente é quem escolhe. Número dois: evitar a culpa. Jamais tentamos forçar as pessoas a se divertirem, a fazerem-nas achar que estão se divertindo quando na verdade não estão. Dizemos apenas, se vocês não gostarem desses locais importantes, temos outros".

Um bom exemplo da escolha ser do freguês é a maneira como se gasta o dinheiro – literalmente. Conforme frisa a srta. Cochrane, o grupo Pitman poderia ter eliminado qualquer consciência de despesas financeiras, ou através de pacotes que incluíssem tudo, ou lançando tudo instantaneamente numa conta final. Mas a pesquisa indicou que a maioria dos turistas gosta do ato de gastar e, tão importante quanto isso, de serem vistos gastando. Então, para os viciados em plástico, existe um cartão de crédito da Ilha, com formato de diamante ao invés de oblongo, que transfere para si o limite de seu cartão de crédito doméstico.

Para os aventureiros monetários, existe a complexidade maluca da antiga moeda inglesa. Que rica variedade de cobre e prata a gente descobrirá à nossa disposição: *farthings, ha'pennies, pennies, groats, tanners, shillings, florins, half-crowns, sovereigns* e *guineas*. É claro que se pode jogar o tradicional jogo dos pubs ingleses, mas é muito mais compensador sentir o peso de uma moeda de cobre brilhante contra seu polegar. Os jogadores de Las Vegas e Atlantic City conhecem o peso que se sente na mão quando se segura o dólar de prata. Aqui, no cassino da Ilha, pode-se jogar com uma bolsa de veludo cheia de Angels, valendo cada um sete shillings e seis pence, e cada um cunhado com São Jorge matando o dragão.

E que dragões sir Jack e sua equipe mataram aqui na Ilha? Se olharmos para o lugar não apenas como parte da indústria de lazer – cujo sucesso parece garantido – mas como o Estado em miniatura que ele tem sido durante os últimos dois anos, que lições podem eles nos dar?

De início, não existe desemprego, de modo que não há necessidade de onerosos programas de bem-estar social. Os críticos radicais ainda alegam que este fim desejável foi produzido por meios indesejáveis, quando a Pitco despachou os velhos, os doentes crônicos e os dependentes sociais para a velha Inglaterra. Porém, não se ouve os ilhéus reclamando, não mais do que se os ouve reclamando da ausência do crime, o que elimina a necessidade de policiais, fiscais dos presos em liberdade condicional e prisões. O sistema da medicina socializada, que já foi popular na velha Inglaterra, foi substituído pelo modelo americano. Todo mundo, visitante ou residente, é obrigado a fazer um seguro-saúde; e a ligação feita por uma ambulância aérea com a ala Pitman do hospital de Dieppe resolve o resto.

Richard Poborsky, analista do United Bank da Suíça, declarou ao *Wall Street Journal*: "Acho este empreendimento muito excitante. É um puro estado do mercado. Não existe interferência do governo, porque não *existe* governo. Por isso não há política doméstica ou exterior, somente política econômica. Há apenas compradores e vendedores, sem que o mercado seja atrapalhado pelo governo central com suas agendas complexas e promessas eleitorais."

"As pessoas vêm tentando encontrar novos modos de viver há séculos. Lembram-se de todas aquelas comunidades hippies? Elas sempre fracassavam, e por quê? Porque deixavam de compreender duas coisas: a natureza humana e como funciona o mercado. O que está acontecendo na Ilha é o reconhecimento que o homem é um animal impelido pelo mercado, que ele nada no mercado como o peixe no mar. Sem querer fazer nenhuma previsão, digamos que acho ter antevisto o futuro, e que ele funciona bem."

A experiência da Ilha, conforme afirma a propaganda, é tudo

que você imaginou que a Inglaterra fosse, porém mais cômodo, mais limpo, mais simpático e mais eficiente. Os arqueólogos e historiadores podem desconfiar de que os monumentos não são aquilo que os tradicionalistas chamam de autêntico. De acordo com a pesquisa da Pitman, a maior parte das pessoas aqui é de visitantes de primeira vez, que fazem uma opção consciente no mercado entre a velha Inglaterra e a Inglaterra, Inglaterra. Você preferiria ser aquela figura confusa na calçada, varrida pelo vento, na suja e velha Londres, tentando descobrir seu caminho, enquanto o resto da cidade passa por você em atropelo ("Torre de Londres? Não posso ajudar com isso aí, companheiro"), ou alguém que é tratado como centro de atenção? Na Ilha, se você quiser pegar um dos grandes ônibus vermelhos, verá surgir dois ou três em comboio, antes que você consiga distinguir as moedas em seu bolso e a funcionária consiga levar o apito à boca.

Aqui, ao invés da fria atitude inglesa, você há de encontrar simpatia em estilo internacional. E o que dizer do tempo tradicionalmente frio? Isto ainda existe. Há até uma zona de inverno permanente, com tordos a pular pela neve e a oportunidade de entrar no jogo secular de jogar bolas de neve no capacete do *bobby* e fugir, enquanto ele escorrega no gelo. Você pode também envergar uma máscara de gás da época da guerra e vivenciar o famoso fog pesado de Londres. E quando chove, chove. Mas só do lado de fora. Pois, o que seria da Inglaterra, a "original" ou qualquer outra, sem chuva?

A despeito de todas as nossas transformações demográficas, muitos americanos ainda sentem curiosidade e parentesco com essa pequena terra que William Shakespeare chamou de "jóia engastada num mar de prata". Foi este, afinal de contas, o país de onde zarpou o *Mayflower* (é às quintas de manhã, às 10:30h, "O Zarpar do *Mayflower*"). A Ilha é o lugar para matar essa curiosidade. Quem vos escreve já visitou várias vezes o que se chama cada vez mais de "velha Inglaterra". Daqui em diante, somente aqueles com uma atração pelo desconforto e um certo gosto mofado pelo que é antigo precisam se aventurar até lá. O melhor do que a Inglaterra foi, e é, pode ser vivenciado cômoda e seguramente nessa jóia espetacular de Ilha.

Kathleen Su *viajou incógnita e exclusivamente pelo* Wall Street Journal.

DO SEU ESCRITÓRIO,
                    Martha podia vivenciar toda a Ilha. Podia
observar a alimentação dos 101 Dálmatas, verificar o trafégo de pessoas
na residência paroquial de Haworth, ouvir às escondidas a camaradagem típica de bar aconchegante entre um caipira a mascar um talo
de palha e um sujeito sofisticado do litoral do Pacífico. Ela podia
seguir a Batalha da Grã-Bretanha, a Última Noite dos Concertos ao
Ar Livre, O Julgamento de Oscar Wilde e a Execução de Carlos I.
Numa tela o rei Haroldo olharia fatidicamente para o céu; numa
outra, senhoras chiques em chapéus Sissinghurst transplantavam
mudas tenras e contavam a variedade de borboletas pousadas nas
budléias; numa terceira, desastrados faziam buracos na parte lisa do
campo de golfe Alfred, lorde Tennyson. Havia vistas da Ilha que
Martha conhecia de centenas de ângulos que as câmeras mostravam, que ela não se lembrava mais se já as vira de fato ou não.

Durante alguns dias, ela mal parecia sair de seu escritório. Mas
também, se ela escolhera uma política de portas abertas com os
funcionários, a culpado era ela mesma. Sir Jack teria, sem dúvida,
instituído um sistema de Versailles, com pretendentes esperançosos
a se empilharem na sala de espera, enquanto um olho pitmanesco
os vigiaria por um buraco na tapeçaria. Desde o seu afastamento, o
próprio sir Jack esperava para receber alguma atenção. As câmeras
às vezes o destacavam a sair no seu Landau, acenando desesperadamente com seu tricórnio para visitantes perplexos. Era quase patético: ele se reduzira àquilo que deveria supostamente ser – uma mera
figura de fachada, sem nenhum poder de verdade. Martha, por uma
mistura de compaixão e cinismo, aumentara sua quota de armagnac.

Seu compromisso das 10:15h era com Nell Gwynn. Aquilo era
um nome do passado. Como pareciam distantes agora aqueles debates durante a elaboração daquele conceito. O dr. Max queria mesmo zonear naquele dia, porém sua intervenção os salvara de uma
porção de problemas no decorrer do projeto. Depois de vários relatórios, Nell fora finalmente autorizada a manter o seu papel na história inglesa; porém seu fracasso em se incluir na lista de Jeff das
cinqüenta maiores quintessências cortara um pouco esse seu mito.

Atualmente, ela era uma simpática garota, não ambiciosa, que explorava uma barraca de sucos a cem metros dos gradis do palácio. No entanto, sua essência, tal como seu suco, se mantivera concentrada e ela permaneceu uma versão daquilo que já fora, ou pelo menos daquilo que os visitantes – até mesmo leitores de jornais bem comportados – esperavam que ela tivesse sido. Cabelos negros lustrosos, olhos cintilantes, uma blusa branca com babados cortada de determinada maneira, batom, jóias de ouro e bastante vivacidade: uma Carmen inglesa. Nesta manhã, entretanto, ela se sentava modestamente diante de Martha, abotoada até o pescoço, e parecendo muito pouco com sua personagem.

– Nell 2 está tomando conta dos sucos? – perguntou Martha rotineiramente.

– Nell 2 tá acamada com um troço – respondeu Nell, mantendo pelo menos seu sotaque aprendido. – Connie está cuidando do negócio.

– *Connie?* Meu Deus... o que... – Martha ligou para o escritório executivo. – Paul, será que você pode dar um jeito nisso? Connie Chatterley está tomando conta da loja de sucos de Nell. Sim, não me pergunte, eu sei. Certo. Será que você pode pegar Nell 3 dos figurantes substitutos imediatamente? Não sei há quanto tempo. Obrigada. Até mais.

Ela virou-se de volta para Nell 1. – Você *conhece* as regras. São bem claras. Se Nell 2 adoecer, você vai direto aos substitutos.

– Desculpe, srta. Cochrane, é só que, bem, ando me sentindo meio mal ultimamente. Não, não é direito, tenho andado meio numa sinuca – Nell parara de ser Nell, e a tela na frente de Martha confirmava que seu sobrenome original era hifenado. A garota freqüentara uma "finishing school" na Suíça.

Martha esperou, e sondou: – Que tipo de sinuca?

– Ah, é como contar casos. Mas piorou. Achei que pudesse levar a coisa na brincadeira, sabe, fazer uma piada a respeito, mas perdão... – Ela se endireitou e nivelou seus ombros. Sua "nellitude" a abandonara completamente agora. – Quero fazer uma reclamação formal. Connie concorda.

Aquilo com que Nell Gwynn e Connie Chatterley haviam concordado era que a atual ocupante dos Sucos da Nell não devia ser obrigada a tolerar comportamento lascivo e assédio sexual da parte de ninguém, nem mesmo em se tratando do rei da Inglaterra. O que, nas atuais circunstâncias, ele por acaso era? No início ele foi simpático e pediu-me que o chamasse de Reizinho-Fofinho, coisa que ela não faria. Logo surgiram comentários, sua aliança de noivado fora ignorada, e o estoque de laranjas sofrera uma maliciosa mexida. Agora ele começou a cantá-la na frente dos clientes, que simplesmente riam como se tudo fizesse parte do espetáculo. Era insuportável.

Martha dispensou Nell por aquele dia e solicitou que o rei comparecesse no seu escritório às 3h daquela tarde. Ela verificara a agenda dele: apenas um torneio profissional-amador no campo de Tennyson, de manhã, em seguida nada até a condecoração dos heróis da Batalha da Grã-Bretanha, às 4:15h. Mesmo assim, o rei parecia amuado quando apareceu. Ele ainda não se acostumara com a idéia de ser convocado ao QG da Ilha. No início, ele tentava ficar sentado no seu trono à espera que Martha fosse a ele. Mas só recebeu a visita de sir Percy Nutting, do Conselho da Rainha e ex-parlamentar, que misturou uma subserviência histórica abjeta com a insistência lamentosa nas claras obrigações do rei, tanto frente ao contrato, quanto à autoridade executiva que atualmente governava a Ilha. Martha o convocara várias vezes, e sabia que deveria esperar uma presença corada, reclamona.

— O que foi que eu fiz *agora*? — perguntou ele, bancando a criança chamada para receber algum castigo.

— Lamento dizer que houve uma reclamação oficial contra o senhor. Sua Majestade — Martha acrescentou o título, não por deferência, mas para lembrar-lhe as obrigações da realeza.

— De quem desta vez?

— Nell Gwynn.

— Nell? — disse o rei. — Ora, meu Deus do céu, não estamos nós ficando um pouco presunçosos de repente?

— Então o senhor reconhece a validade da reclamação?

— Srta. Cochrane, se um sujeito já não pode mais fazer umas brincadeiras sobre geléia de laranja...

— É mais sério que isso.

— Ah, está certo, cheguei a dizer... — O rei olhou para Martha com um sorriso de esguelha, um convite à cumplicidade. — Cheguei a dizer que ela poderia fazer um suco de meus caracoles quando ela quisesse.

– E qual dos seus roteiristas lhe deu esse diálogo?
– Que atrevimento, srta. Cochrane. Foi tudo obra minha – ele disse com óbvio orgulho.
– Acredito no senhor. Eu estou apenas tentando descobrir se isso torna a coisa melhor ou pior. E os gestos obscenos também foram espontâneos?
– O quê? – O olhar de Martha foi severo; ele abaixou a cabeça.
– Ah, bem, você sabe, foi só uma brincadeira. E, por falar em patrulhamento moral, você é tã má quanto Denise. Há ocasiões em que desejaria estar de volta *lá*. Quando eu realmente *era* rei.
– Não é uma questão de moralidade – disse Martha.
– Não é? – Talvez ainda restasse uma esperança. Ele sempre se encrencava com aquela palavra e com aquilo que ela denotava.
– Não, é algo puramente contratual nas minhas regras. Assédio sexual é quebra de contrato. Como também qualquer conduta que possa comprometer a reputação da Ilha.
– Ah, você quer dizer, como *comportamento anormal*.
– Sua Majestade, sou obrigada a lhe dar instruções executivas para não tentar um relacionamento com a srta. Gwynn. Há algo um tanto... controverso no passado dela.
– Ah, não me diga que ela tem gonorréia.
– Não, nós não queremos que as pessoas examinem muito atentamente a história dela. Alguns clientes talvez não compreendam. O senhor deve tratá-la como se ela tivesse 15 anos.
O rei levantou belicosamente os olhos. – 15? Se aquela égua já não passou há muito dessa idade, então sou a rainha de Sabá.
– Sim – disse Martha. – Do ponto de vista da certidão de nascimento. Mas digamos que na Ilha, na *Ilha*, Nell tem 15 anos. Do mesmo modo que na Ilha... o senhor é o rei.
– Eu sou a porra do rei *de qualquer maneira* – gritou ele. – Em qualquer lugar, em todo lugar, sempre.
Apenas desde que você se comporte, pensou Martha. Você é rei por contrato e permissão. Se você desobedecer a uma ordem executiva e nós o pusermos numa barca para Dieppe de manhã, duvido que haja uma insurreição armada. Seria apenas uma dificuldade no tocante à organização. Alguém, em algum lugar, sempre quis o trono. E, se a monarquia resolveu dar passos maiores que

suas pernas, podemos sempre convocar Oliver Cromwell durante algum tempo. Por que não?

— O negócio, srta. Cochrane — disse em tom de lamúria o rei —, é que eu gosto dela de verdade. Nell. Dá para perceber que ela é mais que uma vendedora de sucos. Tenho certeza de que iríamos nos acertar, se ela me conhecesse melhor. Eu poderia ensiná-la a falar direito. É só... — ele baixou os olhos e começou a torcer seu anel de sinete — mas a gente parece ter começado com o pé errado.

— Sua Majestade — disse Martha em tom mais brando —, há uma porção de mulheres "gostáveis de verdade" por aí. Com a idade certa.

— Ah, sim, por exemplo?

— Não sei.

— Não sabe não. Ninguém sabe como é difícil estar na minha posição. Todo mundo vive te fitando o tempo todo e você não pode fitá-los de volta sem ser arrastado diante deste... deste tribunal industrial.

— Bem, há Connie Chatterley.

— Connie Chatterley? — O rei não queria acreditar. — Ela *fode com campônios*.

— Lady Godiva?

— Já compareci, já fui lá — disse o rei.

— Não me refiro a Godiva 1. Quero dizer Godiva 2. Eu não o vi durante a entrevista da pretendente.

— Godiva 2? — O rosto do rei se iluminou, e Martha pôde vislumbrar o "lendário charme" sempre citado pelo *Times of London*. — Sabe, você é uma amigona e tanto, srta. Cochrane. Não que Denise também não seja — acrescentou ele rapidamente. — Ela é minha melhor companheira. Mas nem sempre é muito compreensiva, se é que me compreende. Godiva 2? Sim. Eu me lembro de ter pensado, olha só, ela poderia ser uma garota de primeira no livro do Reizinho-Fofinho. Preciso bater um fio para ela. Convidá-la para tomar um *cappuccino*. Você não...

— Bigging Hill — disse Martha.

— Como?

— Primeiro Bigging Hill. Medalhas para os heróis.

— Será que já não ganharam medalhas suficientes, esses heróis? Você não podia arranjar para que Denise fizesse isso hoje, poderia?

— Ele olhou suplicante para Martha. — Não, suponho que não. Faz parte da merda do meu contrato. Ainda assim, Godiva 2. Você é uma amigona de verdade, srta Cochrane.

A saída do rei foi tão animada quanto fora mal humorada sua chegada. Martha Cochrane ligou um monitor que cobria a Força Aérea em Bigging Hill. Tudo parecia normal: havia visitantes aglomera dos diante da pequena esquadrilha de Hurricanes e Spitfires, outros nos controles de simuladores de batalhas, ou perambulando pelas cabanas Nissen na beira da pista. Ali eles podiam ver heróis em casacos de vôo de pele de carneiro a esquentarem as mãos em fogareiros de querosene, jogando cartas, e à espera que a música para dançar na vitrola de corda fosse interrompida pela ordem de ataque. Podiam fazer perguntas a esses heróis e receber respostas com expressões da época em entonações autenticamente secas. XPTO. Da pontinha. O Boche sentou em cima da própria bomba. Que maçada. Papai é o maior. Em seguida, os heróis voltavam para suas cartas, e, enquanto embaralhavam, cortavam, distribuíam, os visitantes podiam refletir sobre a sorte e o azar maiores que enchiam a vida de homens assim: às vezes o destino bancava o coringa, às vezes fazia aparecer a carrancuda Rainha de Copas. Aquelas medalhas que o rei estava prestes a conceder-lhes eram inteiramente merecidas.

Martha falou com sua secretária pessoal: – Vicky, quando SM telefonar para pedir o número de Godiva 2, está autorizado. Godiva 2, não Godiva 1. Obrigada.

Vicky. Era uma verdadeira mudança na longa procissão de Suzies de sir Jack. Insistir no verdadeiro nome da secretária pessoal fora um dos primeiros passos de Martha ao se tornar executiva chefe. Ela também dividira o refúgio dos duplos cubos em um bar de café expresso e um lavatório para homens. O mobiliário do governador – ou aquele tido como da companhia, ou invés de pessoal – fora distribuído. Houve uma discussão sobre o Brancusi. O palácio solicitara as lareiras bávaras, que agora serviam como balizas de hockey de salão na sala de esportes.

Martha reduzira os funcionários de apoio ao governador, cortara seu transporte para um único Landau e o transferira para aposentos mais adequados. Paul protestara que alguns de seus atos – como insistir que o novo auxiliar pessoal de sir Jack fosse homem – eram meramente vingativos. Houve brigas. Os bicos que sir Jack fez eram vitorianos, seus amuos teatrais, sua conta de telefone wagneriana.

Martha se recusara a autorizá-la. Do mesmo modo, recusara-se a dar permissão para que ele concedesse entrevistas, nem mesmo para os jornais que ele ainda possuía. Foi-lhe permitido seu uniforme, seu título e determinadas aparições rituais. Bastava, segundo o ponto de vista dela.

A briga sobre os direitos e privilégios de sir Jack – ou seqüestros e humilhações, como a eles se referia – ajudara a tapar o fato de que a nomeação de Martha como executiva chefe na verdade mudara muito pouco. Fora um ato necessário de autodefesa substituir uma autocracia egomaníaca por uma oligarquia, que era relativamente obrigada a prestar conta de seus atos; o projeto nada ou quase nada sentira. As estruturas financeiras haviam sido obra de um perito que usava suspensórios da Fazenda de SM; enquanto quaisquer ajustes à elaboração do conceito e o mercado-alvo dos visitantes haviam sido mínimos. O imperturbável Jeff e o cintilante Mark haviam permanecido nos seus cargos. A diferença principal entre os executivos atuais e os anteriores era que sir Jack Pitman acreditava pia e ruidosamente no seu produto, enquanto Martha Cochrane, não.

– Contudo, se um papa conseguia administrar o Vaticano... – Ela disse aquilo, assim, no final de um dia cansativo. Paul olhara para ela com um olhar ardente. Ele desaprovava qualquer irreverência em relação à Ilha.

– Acho que isso é uma comparação tola. E, de qualquer forma, não acho que o Vaticano tenha sido melhor administrado por um papa corrupto. Pelo contrário.

Martha dera um suspiro para dentro. – Suponho que tenha razão. – Já se foi a época em que eles haviam agido em consenso contra sir Jack, o que deveria ter cimentado a aliança deles. Mas pareceu ter o efeito contrário. Será que Paul acreditava sinceramente na Inglaterra, Inglaterra? Ou sua lealdade era sintoma de um resíduo de culpa?

– Quero dizer, nós poderíamos convocar o seu amigo ocioso, dr. Max, e perguntar-lhe se ele acha que grandes organizações políticas e religiosas são melhor administradas por idealistas, cínicos ou gente prática com os pés no chão. Tenho certeza de que ele terá alguns argumentos empoladíssimos.

– Deixe para lá. Você tem razão. Não estamos administrando a Igreja Católica aqui.

– Isso é mais que evidente.

Ela não conseguiu tolerar o tom de voz dele, que pareceu pedante e presunçoso. – Olha Paul, isso já virou uma briga, e eu não sei por quê. Atualmente, sei mais. Porém, se é sobre cinismo que estamos discutindo, pergunte a si mesmo se sir Jack teria ido muito longe sem uma boa dose dele.
– Isto também é cinismo.
– Então, eu desisto.
Agora, na sua sala, ela pensou: Paul tem razão em certo sentido. Eu encaro a Ilha como algo que não passa de um meio viável e bem planejado de ganhar dinheiro. E, no entanto, administro-a tão bem quanto o teria feito Pitman. Será que é isso que ofende Paul?
Ela foi até sua janela e olhou para a bela vista que antes pertencera a sir Jack. Lá embaixo, numa rua calçada de pedra e ladeada por casas de madeira aparente, os visitantes fugiam de educados pedintes e vendedores de rua para observar um pastor a levar seu rebanho para o mercado. À meia distância, o sol brilhava nos painéis solares de um ônibus de dois andares, estacionado ao lado do lago Memorial Stacpoole; no gramado da aldeia, atrás, desenrolava-se um jogo de críquete, com alguém a correr para lançar a bola. Acima, na única parte da sua vista que não era possuída pela Pitco, um jato da Islandair fez uma volta para proporcionar à metade de seus passageiros pagantes uma vista de despedida do campo de golfe Tennyson.
Martha se afastou com a testa franzida e uma tensão no queixo. Por que estava tudo ao avesso? Ela conseguia fazer o projeto funcionar, embora não acreditasse nele; depois, no final do dia, voltava para casa com Paul, para algo no qual acreditava, ou no qual queria e tentava acreditar, e contudo não parecia conseguir fazer aquilo funcionar em absoluto. Ela estava ali, sozinha, sem defesas, sem distanciamento, ironia, cinismo, estava ali sozinha, simplesmente em contato, ansiosa, buscando a felicidade da melhor maneira que podia. Por que ela não vinha?

MARTHA PRETENDIA DESPEDIR
o dr. Max havia meses. Não por nenhuma quebra observável do contrato: na verdade, a pontualidade e as atitudes positivas do historiador do projeto teriam im-

pressionado qualquer assessor de empresa. Além do mais, Martha gostava dele, tendo há muito penetrado sua ironia e aspereza. Ela o achava, atualmente, alguém que tinha medo da simplicidade, e esse medo a comovia.

A saída precipitada dele durante o debate da questão Hood revelara-se, felizmente, um mero enfado, gesto de rebeldia que havia, talvez, reforçado sua fidelidade ao projeto. Porém, essa fidelidade tornara-se agora um problema. O dr. Max fora contratado para ajudar a elaborar o conceito; mas depois do conceito ter sido elaborado e a Pitman transferida para a Ilha, ele simplesmente veio junto. Num movimento sub-reptício, o Camundongo do Campo transferira sua coluna para *The Times of London* (publicado em Ryde). Ninguém pareceu notar ou achar ruim; nem sequer Jeff. Assim, o historiador ocupava atualmente uma sala, dois andares abaixo de Martha, dispondo de plena capacidade de pesquisa na ponta polida e às vezes envernizada de seus dedos. Qualquer um, pitmanita ou visitante, costumava procurar sua sala em busca de orientação sobre qualquer assunto histórico. O historiador e sua finalidade ali eram anunciados em todos os folhetos de informações nos hotéis. Um cliente entediado durante o mais barato dos pacotes de fim de semana poderia encontrar o dr. Max e discutir a estratégia dos saxões durante a Batalha de Hastings por quanto tempo ele quisesse, inteiramente grátis.

Ninguém mais ia até o dr. Max; esse era o problema. A Ilha conquistou sua própria dinâmica; o intercâmbio entre visitantes e as experiências precisavam de uma sintonia fina com uma base pragmática, de preferência à teórica; e, assim, o papel do historiador do projeto tornara-se... simplesmente histórico. Era isso, de todo modo, o que Martha, na qualidade de executiva chefe, se preparava para dizer ao dr. Max, quando o convocasse à sua sala. Ele entrara, como sempre fazia, com um olho posto no tamanho da platéia. Apenas a srta. Cochrane? Bem, então um *tête-à-tête* de alto nível. O comportamento do dr. Max era maneiroso e alegre; parecia má educação lembrar-lhe que sua existência era precária e secundária.

— Dr. Max — começou Martha —, está feliz conosco?

O historiador do projeto deu uma risadinha, abancou-se magistralmente, limpou uma migalha de pão provavelmente inexistente de uma lapela estreita, enfiou os polegares no seu colete de camurça cinza-chumbo, cruzando as pernas de modo a insinuar uma ocupação bastante mais longa de sua cadeira do que pretendera Martha. Em seguida fez o que poucos funcionários da Pitco, desde o mais fugaz figurante caipira, até o próprio presidente do Parlamento, sir Percy Nutting, teriam feito: tomou a pergunta ao pé da letra.

– A Fe-licidade, srta. Cochrane, é muito interessante de um ponto de vista his-tórico. No decorrer de minhas três décadas como o mais, não ouso dizer proeminente, mas certamente o mais evidente modelador e escultor de jovens mentes, tornei-me íntimo de vários equívocos intelectuais, daquele mato rasteiro que precisa ser queimado antes que o solo da mente possa ser arado, íntimo de besteiras e bobagens, para ser franco. As categorias de equívocos possuem tantas tonalidades quanto o casaco de José, porém as maiores e mais graves delas tendem a se estabelecer acompanhadas da seguinte ingenuidade: que o passado é apenas o presente fantasiado. Arranquem aquelas anquinhas, crinolinas, gibões, calções, aquelas togas meio alta-costura, e o que se descobre? Gente espantosamente parecida conosco, cujos doces corações batem, no fundo, iguaizinhos ao de Mamãe. Olhe para dentro de seu cérebro ligeiramente mal iluminado e você descobrirá uma porção de noções que, quando plenamente desenvolvidas, tornam-se os alicerces de nossos orgulhosos Estados democráticos modernos. Examinem a sua visão do futuro, imaginem seus temores e esperanças, seus pequenos sonhos de como será a vida muitos séculos depois de suas mortes, e você vislumbrará uma versão de nossas próprias e belas vidas. Para dizê-lo de modo grosseiro, eles querem ser a gente. Tudo besteiras e bobagens, é claro. Será que avanço demasiadamente rápido para você?

– Eu tenho acompanhado até agora, dr. Max.

– Bom. Tive o pra-zer – embora um pra-zer um tanto brutal às vezes, mas não se-jamos excessivamente moralistas em condená-lo – de pegar minha fiel foicezinha e desbastar uma parte do mato a cobrir a mente em evolução. E nos pastos do mais rematado erro, nada é mais tenaz, mais indestrutível – faz-nos pensar no sabugueiro, não, melhor, no onívoro cipó kudzu – que a suposição que o coraçãozinho bobo que faz tuquetuque dentro do corpo moderno sempre esteve aí. Que sentimentalmente somos imutáveis. Que o amor cortês foi um mero e grosseiro precursor do amasso no ponto de ônibus, se é que os jovens ainda fazem isso, quem sou eu para saber.

– Bem, vamos examinar aquela I-dade Média que, excusado di-

zer, não via a si mesma como mé-dia. Vamos, para efeitos de exatidão, pegar a França entre os séculos X e o XIII. Uma bela e esquecida civilização que construiu as grandes catedrais, que estabeleceu os ideais da cavalaria, que domesticou o terrível animal humano durante algum tempo, produziu as *chansons de geste* – que não é a idéia que todo mundo faz de uma bela noitada – e que, para resumir, instituiu uma fé, um sistema político, maneiras, gosto. E para que eles comercializavam, casavam, construíam, criavam? Por que desejavam ser *felizes*? Teriam rido da mesquinhez de semelhante ambição. Eles buscavam a *salvação*, e não a felicidade. Na verdade, haveriam de encarar nossa idéia moderna de felicidade como algo próximo do pecado, e certamente um obstáculo para a salvação. Enquanto...
— Dr. Max...
— Enquanto, se fôssemos adiantar a história...
— Dr. Max — Martha sentiu que precisava de uma campainha, não, uma buzina, uma sirene de ambulância. – Dr. Max, teremos de nos adiantar totalmente, lamento dizer. E sem querer parecer um de seus estudantes, devo lhe pedir que responda minha pergunta.

O dr. Max tirou os polegares postados sob o colete, limpou ambas as lapelas de bactérias fantasmas e olhou para Martha com aquela petulância de estúdio – aparentemente bem-humorado, mas a insinuar uma grande ofensa –, que ele aperfeiçoara na sua luta com os âncoras metidos da TV. – Que, se me atrevo a perguntar, foi qual?
— Eu só queria saber, dr. Max, se você se sentia feliz a nosso lado.
— Exatamente pa-ra onde eu me encaminhava. Ainda que de maneira circunloqüente, para sua cabeça. Para simplificar o que é essencialmente uma questão complicada, embora eu perceba, srta. Cochrane, que o seu não é nenhum cérebro tomado pelo mato, eu responderia o seguinte: Não estou "feliz" no sentido do amasso no ponto de ônibus. Não sou feliz no sentido em que o mundo moderno escolheu definir a felicidade. Na verdade, eu diria que *sou* feliz porque zombo dessa concepção moderna. Sou feliz, para usar essa expressão inevitável, exatamente porque não busco a felicidade.

Martha ficou calada. Que estranho que ela pudesse ser levada a sentir a gravidade e a simplicidade por baixo de tanta ebulição e de um paradoxo tão delicioso. Com apenas um toque de zombaria, ela perguntou – Então você busca a salvação, dr. Max?

— Meu Deus do céu, não. Sou *demasiadamente* pagão para isso, srta. Cochrane. Busco... o prazer. Muito mais confiável que a felicidade. Muito melhor definido e, no entanto, muito mais complicado. Você poderia me chamar, se quisesse, um pagão pragmático.
— Obrigada, dr. Max — disse Martha, levantando se. Ele obviamente não entendera o significado da sua pergunta; não obstante, sua resposta fora algo que ela inconscientemente precisava.
— Espero que tenha gostado do nosso pequeno pa-po — disse o dr. Max, como se tivesse sido ele o anfitrião. Um de seus prazeres mais garantidos era falar de si mesmo, e acreditava que os prazeres deviam ser compartilhados.
Martha sorriu junto à porta que se fechava. Ela invejava o ânimo do dr. Max. Qualquer outra pessoa teria adivinhado por que ela a convocara. O historiador oficial talvez desdenhasse a salvação no seu sentido mais elevado, porém conquistara sem saber uma versão menor, temporal, dela.

— ALGO MEIO INUSITADO,
                              lamento dizer — Ted Wagstaff estava postado diante da mesa de Martha Cochrane. Naquela manhã, ela trajava um terno verde-oliva com uma camisa branca sem gola presa ao pescoço por um botão dourado; seus brincos eram uma cópia, comprada em museu, de ouro da Báctria, suas meias eram da Fogal da Suíça, seus sapatos de Ferragamo. Tudo comprado na Harrods da Torre de Londres. Ted Wagstaff usava um chapéu verde, capa de chuva e botas de borracha com os canos dobrados. Vestuário bastante folgado para esconder qualquer quantidade de equipamentos eletrônicos. A sua pele ficava entre o bucólico e o alcoólico, embora Martha não soubesse se isso se devia à vida ao ar livre, ao descuido consigo mesmo, ou ao Departamento de Acessórios.
Martha sorriu. — Está vendo onde se chega com uma boa instrução.
— Perdão? — Ele pareceu genuinamente perplexo.
— Desculpe, Ted. Só estava sonhando — Martha ficou zangada

consigo mesma. Só porque ela lembrava do status de chefia dele. Ela já deveria ter aprendido a esta altura que, se Ted Wagstaff, chefe da Segurança e coordenador do Feedback dos Clientes, chegasse parecendo e falando como um membro da guarda-costeira, então era assim que ela deveria se dirigir a ele. O disfarce profissional se dissiparia depois de alguns minutos; bastava que ela tivesse paciência.

Esta divisão – ou adesão – de personalidade era algo que o projeto deixara de antecipar. A maior parte de suas manifestações era inofensiva; na verdade, elas poderiam ser interpretadas como sintoma de um gratificante zelo pela empresa. Por exemplo, poucos meses depois da Independência, certos membros dos figurantes não queriam ser tratados como funcionários da Pitco, mas como os personagens que eles eram pagos para representar. O caso deles foi inicialmente diagnosticado errado. Achavam que eles davam mostras de insatisfação, enquanto o que acontecia era o contrário: davam mostras de satisfação. Estavam contentes de ser aqueles em que haviam se transformado, e não queriam ser outros.

Grupos de agricultores e pastores – e até mesmo alguns pescadores de lagosta – tornaram-se cada vez mais relutantes em usar as acomodações da companhia. Disseram que preferiam dormir em seus chalés caindo aos pedaços, a despeito da ausência de recursos modernos disponíveis nas prisões reformadas. Alguns até pediam para ser pagos na moeda da Ilha, tendo aparentemente se apegado às pesadas moedas de cobre com as quais brincavam o dia inteiro. A situação estava sendo monitorada e poderia fazer surgir alguma vantagem a longo prazo para a Pitco – tal como custos reduzidos de alojamento; mas podia se transformar em uma mera indisciplina sentimental.

Agora ela parecia estar se espalhando além dos Figurantes Ambientais. Ted Wagstaff era um caso inofensivo, "Johnnie" Johnson e sua esquadrilha da Batalha da Grã-Bretanha eram mais problemáticos. Alegavam que, desde que os alto-falantes podiam zoar a qualquer instante e surgir o grito de "Ação!", fazia sentido dormirem nas cabanas Nissen ao lado da pista de decolagem. Na verdade, seria covarde e não patriótico não fazê-lo. Assim, eles aumentavam as chamas de seus fogareiros de querosene, jogavam uma última mão de cartas e se acomodavam nos seus casacos de vôo, apesar de parte deles saber que os Boches não poderiam realizar um ataque de

surpresa antes de os visitantes terem acabado seu grande café da manhã britânico. – Será que Martha deveria se comunicar com um executivo para emergências sobre este assunto? Ou deveriam apenas se autocongratular pelo aumento da autenticidade? Martha se dava conta de que Ted a fitava pacientemente.
– Algo inusitado?
– Sim, senhora.
– Algo... sobre o qual... você vai me contar?
– Sim, senhora.
Outra pausa.
– Talvez agora, Ted?
O homem da segurança arrancou sua capa de chuva. – Bem, para falar cruamente, parece haver um ligeiro problema com os contrabandistas.
– Qual o problema?
– Eles estão fazendo contrabando.

Martha suprimiu, com grande dificuldade, a gargalhada inocente, livre, pura e sincera que havia dentro dela, algo incorpóreo como a brisa, um momento excepcional da natureza, um frescor há muito esquecido; algo tão impoluto a ponto de produzir uma verdadeira histeria.

Em vez disso, ela pediu, circunspecta, os detalhes. Havia três aldeias de contrabandistas na Ilha, e vinham chegando relatórios sobre as atividades de Lower Thatcham que eram incompatíveis com os princípios do projeto. Os visitantes que iam a Lower, Upper e Greater Thatcham podiam observar de perto aspectos do negócio tradicional da Ilha: os barris de fundo falso, moedas escondidas nas bainhas das roupas, que eram depois costuradas, pedaços de fumo disfarçados como batatas de Jersey. Tudo, ao que parece, podia ser disfarçado em outra coisa: bebida alcoólica e tabaco, seda e cereais. Como demonstração desta verdade, um tipo parecido com um pirata pegava sua espada e abria uma noz no meio, tirando de seu liso interior uma luva de senhora estilo século XVIII. Depois, no centro comercial, os visitantes poderiam comprar essa noz – ou melhor ainda, um par – cujos conteúdos tinham códigos de barra dentro de sua casca. Semanas mais tarde, e a vários mil quilômetros de distância, os quebradores de nozes seriam tirados das gavetas e, entre expressões de espanto, a luva se ajustaria à mão que a comprara.

Recentemente, ao que parece, o centro comercial de Lower Thatcham andava se diversificando. As provas foram de início circunstanciais: o surgimento inesperado de jóias de ouro em vários aldeões (que não despertou logo grandes suspeitas, porque presumiu-se que eram falsas); uma fita pornográfica deixada num dos vídeos do hotel: uma garrafa cheia até um quarto, sem rótulo, cujo conteúdo era certamente alcoólico. Vigilância e infiltração revelaram o seguinte: roubo da moeda da Ilha e cunhagem de moedas falsas; a destilação secreta de uma aguardente incolor e fortíssima a partir das maçãs locais; o pirateamento dos guias da Ilha e falsificação de *souvenirs* oficiais, a importação de pornografia sob várias formas; a prostituição de garotas da aldeia.

Adam Smith aprovara o contrabando, lembrou-se Martha. Sem dúvida, ele achou que se tratava de uma extensão justificável do mercado livre, extensão que apenas explorava diferenciais anormais de taxas e impostos. Talvez também aplaudisse nele um exemplo do espírito empresarial. Bem, ela não devia se dar ao trabalho de discutir princípios com Ted, que ali estava à espera de uma reação, elogios, ordens, como qualquer outro funcionário.

— Então, o que acha que devemos fazer, Ted?

— Fazer? *Fazer?* A forca é bom demais para eles. — Ted Wagstaff queria que os malfeitores fossem açoitados, postos no próximo barco para Dieppe e jogados da popa para que as gaivotas furassem seus olhos. E também — seu zelo vingativo confundindo a sua noção de propriedade — queria que os chalés de Lower Thatcham fossem lambidos pelo fogo.

A Justiça na Ilha era executiva e não jurídica, o que a tornava mais rápida e flexível. Mesmo assim, precisava ser a justiça adequada. Não "adequada" no sentido antiquado, mas adequada ao futuro do projeto. Ted Wagstaff era muito entusiasta mas não era bobo: precisava haver um elemento de dissuasão em qualquer sentença que Martha escolhesse.

— Muito bem — disse ela.

— Então jogamo-los no primeiro barco? Ateamos fogo na aldeia?

— Não, Ted. A gente dá emprego temporário a ele.

— O quê? Se ouso dizê-lo, srta. Cochrane, isso é uma reação muito banana. São criminosas essas pessoas com quem estamos lidando.

— Exatamente. Por isso invocarei a cláusula 13b de seus contratos.

Ted continuou a olhar como se algum piedoso acordo feminino estivesse sendo proposto. A cláusula 13b meramente afirmava que, sob circunstâncias especiais, circunstâncias essas a serem decididas pelos executivos do projeto, os empregados podiam ser solicitados a se transferirem para qualquer outro emprego designado pelos ditos funcionários.

– Você quer dizer que vai retreiná-los? Isto, para mim, não é justiça, srta. Cochrane.

– Bem, você disse que eles eram criminosos. Vou retreiná-los para serem isso.

No dia seguinte, visitantes de primeira classe foram convidados, mediante pagamento de um adicional, a testemunhar um exemplo não especificado de uma ação do passado em local não descrito. Apesar da saída antes do amanhecer, os bilhetes foram rapidamente vendidos. Trezentos visitantes de primeira classe, cada um segurando um grogue quente de cortesia, assistiam enquanto fiscais do Tesouro davam uma batida na aldeia de Lower Thatcham. A cena era iluminada por archotes flamejantes que tinham uma leve ajuda de holofotes; soavam no ar pragas da época; amásias dos contrabandistas apareciam nas janelas de batente em estado de nudez tipo séries clássicas. Havia um cheiro de pixe a queimar e um brilho atenuado de botões dourados do Tesouro; um contrabandista, brandindo a espada, correu ameaçadoramente contra um grupo de visitantes de primeira classe, até que um deles jogou fora seu grogue, tirou seu sobretudo revelando um uniforme e derrubou o sujeito. Quando veio o amanhecer, dez líderes de camisolas e pernas presas a ferros foram enfiados numa carroça de feno, sob genuíno aplauso. A Justiça – ou retreinamento de emprego – começaria no dia seguinte, no castelo de Carisbrooke, onde alguns ficariam sentados nas masmorras, sendo alvejados com frutas podres, enquanto outros movimentariam a roda do moinho e poriam suas assinaturas nas embalagens dos pães dos presidiários. Vinte e seis semanas disso e teriam pago as multas executivas cobradas por Martha Cochrane. Quando chegasse a hora de serem transportados para o continente, os novos contrabandistas de Lower Thatcham, funcionando sob contratos mais rigorosos, estariam inteiramente treinados.

A coisa funcionaria. Tudo na Ilha funcionava, porque não se permitia o surgimento de complicações. As estruturas eram simples, e o princípio básico era de que se faziam as coisas, fazendo. Assim não havia crime (a não ser por pecadinhos como aquele) e, por isso, nenhum sistema judicial nem prisões – pelo menos, nenhuma de verdade. Não havia governo – somente um governador que era privado de direitos – e, portanto, eleições nem políticos. Não havia advogados, a não ser os advogados da Pitco. Não havia economistas, a não ser economistas da Pitco. Não havia história, a não ser história da Pitco. Quem teria adivinhado, lá no prédio Pitman (I), enquanto fitavam o mapa estendido na mesa de batalha e faziam piadas sobre *cappuccinos* ruins, aquilo que acabariam criando: um local sem tumulto no jogo da oferta e da procura, algo que alegraria o coração de Adam Smith. A riqueza era criada num reino pacífico: que mais poderia alguém querer, fosse ele filósofo ou cidadão?

TALVEZ FOSSE MESMO um reino pacífico, um novo tipo de Estado, um projeto para o futuro. Se o Banco Mundial e o FMI pensavam assim, por que negar a própria publicidade? Os leitores eletrônicos, como também os leitores retrô do *The Times* descobriam notícias impecavelmente boas sobre a Ilha, misturadas a notícias sobre o mundo mais amplo, e invariavelmente notícias negativas sobre a velha Inglaterra. De acordo com todas as versões, o lugar vinha decaindo, tornando-se uma lixeira moral e econômica. Rejeitando perversamente as verdades estabelecidas do terceiro milênio, sua população decrescente só conhecia a ineficiência, a pobreza e o pecado; depressão e inveja eram aparentemente suas emoções principais.

Enquanto isso, na Ilha, um animado e moderno patriotismo se desenvolvera rapidamente: não estava baseado em relatos sobre conquistas e recitações sentimentais, mas que, conforme sir Jack poderia ter afirmado, pertencia ao agora, e era mágico. Por que não deveriam eles se impressionar com os próprios feitos? O resto do mundo se impressionava. O patriotismo renovado gerara uma orgulhosa insularidade. Nos primeiros meses depois da Independência, quando houve ameaças legais e murmúrios sobre um bloqueio, parecera audacioso aos ilhéus tomar uma barca para Dieppe, e aos executivos cruzarem depressa o Solent em helicópteros da Pitco. Porém, isto logo pareceu errado: tanto impatriótico quanto absurdo. Para que se tornarem *voyeurs* do esgarçamento social? Por que se aventurar na sarjeta em um lugar em que as pessoas carregavam o fardo de ontem, e de anteontem, e do dia anterior? Da história? Aqui, na Ilha, as pessoas haviam aprendido como lidar com a história, como jogá-la displicentemente sobre o ombro e caminhar sobre a planície com a brisa no rosto. Viajar com pouca coisa: era verdade para as nações, tanto quanto para os caroneiros.

Então Martha e Paul trabalhavam a 15 metros um do outro no prédio Pitman (II) e passavam seu lazer – em parte bom, em parte não – num apartamento para executivos da Pitco, com uma vista de primeira sobre aquilo que os mapas ainda chamavam canal da Mancha. Alguns achavam que o mar precisava ser rebatizado, quando não inteiramente reposicionado.

– Semana ruim? – perguntou Paul. Era pouco mais que uma indagação ritualística, já que ele compartilhava todos os segredos profissionais dela.

– Ah, média. Banquei a cafetina para o rei da Inglaterra. Tentei despedir o dr. Max e não consegui. E ainda o negócio do contrabando. Pelo menos pusemos uma tampa em cima daquilo.

– Eu des-des-pedirei o dr. Max para você – o tom de Paul era de entusiasmo.

– Não, precisamos dele.

– Precisamos? Você mesma disse que ninguém chega perto dele. Ninguém quer saber da velha história do dr. Max.

– Ele é um inocente. Acho que ele é provavelmente a única pessoa inocente em toda a Ilha.

– Mar-tha. Estamos falando sobre a mesma pessoa? Personalidade da TV – ou melhor, ex-personalidade da TV –, manequim de alfaiate, voz falsa, maneirismos falsos. Ele é um *inocente*?

– Sim – respondeu teimosamente Martha.

– Está bem, está bem, como anotador de idéias extra-oficial de Martha Cochrane, eu registro aqui a sua opinião de que o dr. Max é um inocente. Datado e arquivado.

Marta deixou que a pausa se alongasse. – Sente falta de seu

velho trabalho? – com o qual quis dizer também: do seu velho patrão, de como eram as coisas antes que aqui chegássemos.
– Sim – disse simplesmente Paul.
Martha esperou. Esperou de propósito. Atualmente ela quase instava Paul a dizer coisas que depois a faziam ter menos respeito por ele. Simples perversidade, ou um desejo de morte em doses homeopáticas? Por que dois anos de Paul às vezes pareciam vinte?
Então, parte dela ficou satisfeita, quando ele continuou: – Ainda acho sir Jack um grande homem.
– Culpa do parricida?
A boca de Paul se retesou, ele abaixou o olhar que tinha nela, e seu tom de voz tornou-se de uma precisão pedante. – Às vezes você peca contra você mesma por inteligência em demasia. Sir Jack é um grande homem. Do começo ao fim, este projeto inteiro foi idéia dele. Quem paga seu salário, na verdade? Você se veste por intermédio dele.
Pecar contra ela mesma por inteligência em demasia. Martha retornara à sua infância. Está sendo atrevida? Não se esqueça que o cinismo é uma característica muito solitária. Ela olhou para Paul, lembrando-se de quando primeiro o vira se mexer no seu cantinho.
– Bem, então o dr. Max talvez não seja o único inocente na Ilha.
– Não seja paternalista comigo, Martha.
– Não estou sendo. É uma qualidade de que eu gosto. Há muito pouco dela por aí.
– Você ainda está me paternalizando.
– E sir Jack ainda é um grande homem.
– Foda-se, Martha.
– Eu bem que gostaria que alguém o fizesse por mim.
– Bem, pode me dispensar esta noite, muito obrigado.
Em outra ocasião, talvez ela tivesse ficado comovida pelo hábito que tinha Paul de adjetivar polidamente as pessoas. Eu te detesto, se me perdoa a expressão. Vá arder no inferno, sua vaca escrota, perdoe o meu francês. Mas hoje à noite não.
Mais tarde na cama, enquanto fingia dormir, Paul sucumbiu a pensamentos que ele não podia refutar. Você me fez trair sir Jack, agora você está me traindo. E não está me amando. Ou não me amando o bastante. Ou não gostando de mim. Você tornava as coisas reais. Mas só durante algum tempo. Agora tudo voltou ao que era antes.

Martha também fingiu dormir. Sabia que Paul estava acordado, porém seu corpo e sua mente estavam afastados dele. Ela ficou ali deitada, pensando na vida. Fez isso da maneira de sempre: a esmo, censurando-se, com carinho, passando as coisas em revista. No trabalho, tendo de enfrentar um problema ou decisão, sua mente trabalhava com lucidez, lógica e, se necessário, cinismo. Ao chegar a noite, essas qualidades pareciam se evaporar. Por que deveria ela dar um jeito melhor no rei da Inglaterra do que dava um jeito nela mesma?

E por que estava sendo tão dura com Paul? Era apenas decepção com ela mesma? Atualmente, a passividade dele simplesmente parecia provocá-la. Ela queria aguilhoá-lo, sacudi-lo para que saísse dela. Não, para que saísse mais do que "dela", saísse dele mesmo – como se (contra todas as provas) houvesse alguém diferente a espreitar lá dentro. Ela sabia que não fazia sentido. Tente a lógica do escritório, Martha. Se você provocar alguém que é calmo até que ele fique irritado, acaba com o quê? Uma pessoa ex-calma, atualmente irritada, e dentro em breve calma de novo. Com que finalidade?

Ela também sabia que esta delicadeza, esta ausência de ego – que ela agora rebatizava de passividade – fora um dos atrativos dele. Ela pensara... o quê, exatamente? Pensou (agora) que pensara (então) que ali estava alguém que não tentaria se impor a ela (bem, verdade), que a deixaria ser ela mesma. Teria ela realmente pensado aquilo, ou seria uma versão mais tardia? De qualquer maneira, era falso. "Ser ela mesma" – isso é o que as pessoas diziam, mas não diziam a sério. Elas queriam dizer – ela queria dizer – "tornar-se ela mesma", fosse lá o que fosse, e seja lá como poderia ser alcançado. A verdade era, Martha – não era? –, que você esperava que a mera presença de Paul agisse como um hormônio do crescimento para o coração? Sente-se só no sofá, Paul, e me irradie com seu amor; então eu me tornarei a pessoa madura, vivida que eu sempre quis ser. Você poderia ser mais egoísta, mais ingênuo? Ou mais passivo? Afinal, quem disse que os seres humanos amadurecem? Talvez fiquem apenas velhos.

Sua mente pulou de volta à infância, como fazia com mais freqüência nesses dias. Sua mãe a mostrar-lhe como os tomates amadureciam. Ou melhor, como se faziam os tomates amadurecer. Fora um verão frio e chuvoso, e os frutos ainda estavam verdes nos talos, quando as folhas secaram e se encresparam como papel de parede, e previa-se uma geada. Sua mãe separara a colheita em duas partes. Uma parte ela deixou quieta, para que amadurecesse naturalmente. Ela acondicionou os outros numa terrina com uma banana. Depois de alguns dias, os tomates da segunda terrina podiam ser comidos, e os da primeira só serviam para fazer *chutney*. Martha pedira uma explicação. Sua mãe dissera apenas: – É o que acontece.

Sim, Martha, mas Paul não é uma banana e você não é meio quilo de tomates.

Seria culpa do projeto? Aquilo que o dr. Marx chamava de suas embrutecedoras simplificações – seriam corrosivas? Não, culpar seu trabalho era como culpar seus pais, Martha. Proibido depois de 25 anos.

Seria por que o sexo não era perfeito? Paul era atencioso; ele acariciava a parte interna do braço dela até ela gritar; ele aprendera as palavras que ela precisava ouvir na cama. Mas não era Carcassonne, para usar seu código íntimo. Ainda assim, por que seria isso uma surpresa? Carcassonne era fora de série: daí o seu sentido. Não se podia continuar a voltar lá na esperança de encontrar mais um companheiro perfeito e mais uma tempestade de El Greco. Nem mesmo o velho Emil fazia isso. Então, talvez não fosse o sexo.

Podia-se culpar a sorte, Martha. Não se pode culpar os pais da gente, não se pode culpar sir Jack e seu projeto, não se pode culpar Paul, e nenhum de seus antecessores, não se pode culpar a história inglesa. Então, o que resta para culpar, Martha? Você mesma e a sorte. Perdoe-se esta noite, Martha. Ponha a culpa na sorte. Foi apenas um azar você não ter nascido como um tomate. As coisas teriam sido muito mais simples. Só precisaria de uma banana.

EM UMA NOITE DE TEMPESTADE,

quando os ventos vindos do oeste levantavam grandes ondas, quando as estrelas estavam ocultas e caía uma chuva feroz, um grupo de construtores de barcos de uma aldeia perto de Needles havia sido descoberto na beira d'água, a acenar com lanternas para os navios de suprimento. Uma das naves alterara seu rumo, imaginando que as luzes da barra do porto estivessem diante dele.

Algumas noites depois, um avião de transporte relatou que, ao fazer seu pouso em Tennyson Dois, avistara, meio quilômetro a estibordo, uma fileira grosseira de luzes alternativas de aterrissagem. Martha anotou os detalhes, aprovou as investigações de Ted Wagstaff, e esperou que ele saísse. – Sim, Ted? Mais alguma coisa?
– Sim, senhora.
– Da segurança ou informação de visitantes?
– Só um pouquinho mais de informação de visitantes que eu deveria mencionar, srta. Cochrane. No caso de ser relevante. Quero dizer, não é como a rainha Denise e o *personal trainer*, que a senhorita disse que não era da minha conta.
– Eu não disse isso, Ted. Só que não era traição. Quebra de contrato, no máximo.
– Certo.
– Quem é desta vez?
– É aquele dr. Johnson. O sujeito que janta com os visitantes no Cheshire Cheese. Grande, desajeitadão, peruca bamba. Seboso, se quiser saber.
– Sim, Ted, sei quem é o dr. Johnson.
– Bem, houve reclamações. De visitantes. Reclamações oficiais e outras em caráter informal.
– Que tipo de reclamação?
– Dizem que ele é uma companhia deprimente... Vive chovendo no molhado. Desgraçado. Por que eles querem jantar com ele, afinal?
– Obrigado, Ted. Deixe a ficha comigo.

Ela convocou Johnson para as três da tarde. Ele chegou às cinco e murmurava para si mesmo ao ser conduzido à sala de Martha. Era um sujeito desajeitado, musculoso, com profundas cicatrizes nas faces e olhos que mal pareciam focá-la. Continuou a murmurar, esboçou alguns gestos absurdos, em seguida, sem ser convidado, jogou-se sobre uma poltrona. Martha, que ajudou a fazer a entrevista do candidato ao papel e participou de uma pré-estréia no Cheshire Cheese, que foi um sucesso e tanto, ficou alarmada com a mudança. Quando o contrataram, tinham todos os motivos para ter confiança. O ator – ela não conseguia mais lembrar seu nome – passara certo número de anos numa excursão de um espetáculo solitário chamado "O Sábio da Média Inglaterra", e tinha pleno controle do material necessário. O projeto chegara a consultá-lo ao construir o

Cheese e contratara companheiros de taverna – Boswell, Reynolds, Garrick – para aliviar a pressão que sofreria o doutor se fosse deixado sozinho com os visitantes. A elaboração do projeto também providenciou um ator bibliófilo que contracenasse com ele, sempre a postos com uma respeitosa deixa para deflagrar o espírito do grande crítico. Assim, a experiência do jantar foi coreografada para se desenrolar entre solilóquios johnsonianos, respostas entre seus contemporâneos, e trocas entre-épocas com o bom doutor e seus convidados modernos. Havia até um momento roteirizado que era um sutil elogio ao projeto da Ilha. Boswell puxaria a conversa para as viagens de Johnson, perguntando "Não vale a pena ver o passadiço dos gigantes?", Johnson respondia: "vale a pena ver? Sim. Mas não vale a pena *ir ver*." Esse diálogo provocava amiúde uns risinhos convencidos de visitantes sensíveis à ironia.

    Martha Cochrane examinou na tela a ficha que resumia as reclamações contra Johnson. Que ele era mal vestido e tinha um cheiro ruim; que comia seu jantar como um bicho do mato, e tão depressa que os visitantes, sentindo-se obrigados a acompanhar o ritmo, ficavam com indigestão; que ele era muito imperativo, ou então mergulhava no silêncio; que várias vezes, no meio de uma frase, ele se inclinou e arrancou o sapato de uma mulher; que era companhia deprimente; que fazia comentários racistas sobre muitos países de origem dos visitantes; que ficava irritadiço quando muito interrogado; que não importa quão brilhante fosse sua conversa, os clientes eram distraídos pelos chiados asmáticos que a acompanhavam, e os remelexos desnecessários na sua cadeira.

    – Dr. Johnson – começou Martha. – Temos recebido reclamações contra o senhor – ela levantou os olhos, porém seu empregado parecia prestar pouca atenção. Ele se mexeu como um mamute e murmurou algo que parecia uma frase do Pai-Nosso. – Reclamações contra a falta de educação diante daqueles que compartilham sua mesa.

    Dr. Johnson se mexeu. – Estou disposto a amar toda a humanidade – respondeu ele –, *com exceção de um americano.*

    – Acho que o senhor descobrirá ser esse um preconceito que em nada lhe ajudará – disse Martha –, já que trinta por cento das pessoas que vêm aqui são formados por americanos – ela ficou à espera de uma resposta, porém Johnson aparentemente se esquecera de seu gosto pelo debate. – O senhor está infeliz por algum motivo?

— Herdei uma terrível melancolia de meu pai — respondeu ele.

— Depois da idade de 25 anos está-se proibido de culpar os pais por qualquer coisa — disse asperamente Martha, como se fosse uma diretriz da companhia.

Johnson deu uma enorme sacudida, um chiado asmático e berrou de volta para ele: — Garota desgraçada e desmiolada!

— O senhor não está satisfeito com quem o senhor trabalha? Existem tensões? Como anda se dando com Boswell?

— Ele ocupa uma cadeira — respondeu melancolicamente Johnson.

— Será, então, a comida?

— Essa é tão ruim quanto possível — respondeu o doutor com uma sacudida da cabeça que fez tremer sua papada. — Ela é mal cevada, mal sacrificada, mal cuidada e mal apresentada.

Martha considerou isso tudo como um exagero retórico, se não se tratasse de um golpe para conseguir melhor ordenado. — Vamos ao âmago da questão — disse ela. — Estou com uma tela cheia de reclamações contra o senhor. Eis aqui, por exemplo, *monsieur* Daniel, de Paris. Ele disse que pagou seu adicional pela experiência do jantar na expectativa de ouvir exemplos de humor britânico de alta categoria da sua parte, mas que o senhor mal pronunciou meia dúzia de palavras a noite toda, nenhuma das quais digna de ser repetida.

Johnson chiou e roncou, remexendo-se na sua cadeira. — Um francês precisa sempre estar falando, sabendo ou não algo sobre o assunto. Um inglês se contenta em não dizer nada, quando não tem nada para dizer.

— Isto é tudo muito bonito na teoria — respondeu Martha —, mas não é para isso que lhe pagamos — ela prosseguiu baixando a tela. — E o sr. Schalker, de Amsterdã, disse que, no decorrer do jantar, no dia vinte do mês passado, ele lhe fez várias indagações, nenhuma das quais mereceu uma resposta sua.

— Fazer perguntas não é um modo de se conversar entre cavalheiros — respondeu Johnson com grave condescendência.

Na verdade, isto não estava levando a nada. Martha mandou pegar o contrato de trabalho do dr. Johnson. É claro: aquilo deveria ter servido de um aviso antecipado. Qualquer que fosse o nome original do ator, ele há muito mudara-o oficialmente para Samuel Johnson. Talvez isso explicasse tudo.

De repente, ouviu-se um barulho de algo rolando, se arrastan-

do, um murmúrio e um baque, enquanto Johnson caía de joelhos, estendia a mão sob a mesa e, com uma torcida pesada, porém precisa, removia o sapato direito de Martha. Alarmada, ela olhou por cima de sua mesa para a parte de cima da peruca suja dele.
— O que o senhor *acha* que está fazendo? — perguntou ela. Mas ele não prestou nenhuma atenção. Ele fitava o pé dela e balbuciava para si mesmo. Ela reconheceu as palavras. ... cair em tentação, mas nos livrai do mal...
— Dr. Johnson, *por favor*!
O nervosismo na voz dela sacudiu-o de seu devaneio. Levantou-se da posição ajoelhada e lá ficou oscilando e ofegante diante dela.
— Dr. Johnson, o senhor precisa se controlar.
— Ora, se eu *preciso*, senhora, então não tenho escolha.
— O senhor compreende o que é um contrato?
— Perfeitamente, senhora — respondeu Johnson, com a atenção agora em Martha. — É, em primeiro lugar, um ato que reúne duas partes; segundo, um ato pelo qual se casam um homem e uma mulher; e terceiro, um texto que inclui os termos de uma transação.
Martha ficou espantada. — Aceito isso — disse ela. — Agora, o senhor, por sua vez, precisa aceitar que sua... instabilidade, ou melancolia, ou seja lá o que quiser chamá-lo, é desagradável às pessoas com as quais o senhor janta.
— Senhora, é impossível se ter o clima quente das Índias Ocidentais sem o trovão, os raios e os terremotos.
Ora, como poderia ela chegar ao sujeito? Já ouvira falar do método na arte de representar, mas este era o pior caso que ela já encontrara.
— Quando contratamos o dr. Johnson — começou ela, e parou. O grande vulto dele parecia envolver a mesa dela na escuridão. — Quando o contratamos... — não, isso também não estava certo. Ela não era mais uma executiva chefe, ou uma mulher de negócios, nem sequer uma pessoa de sua época. Ela estava sozinha com outra criatura humana. Sentiu uma dor estranha e simples. — Dr. Johnson — disse ela, sua voz abrandando-se sem esforço, enquanto ela olhava para a fileira de seus gordos botões, para além de sua gola branca, até seu rosto largo, cheio de cicatrizes, atormentado —, nós queremos que o senhor seja o "dr. Johnson", compreende?
— Quando examino minha vida passada — respondeu ele, seu olhar a apontar desfocado para a parede atrás dela —, nada descubro senão

um árido desperdício de tempo, com alguns achaques do corpo e distúrbios da mente muito próximos da loucura, que espero que Aquele que me fez há de consentir que sirvam para expiar muitas faltas, e desculpar muitas deficiências – em seguida, com o andar difícil de quem estava preso a grilhões, ele começou a deixar a sala de Mattha.
– Dr. Johnson – ele parou e se virou. Ela ficou de pé atrás de sua mesa, sentindo-se manca, com um pé descalço e outro calçado. Sentiu-se como uma garota solitária diante da estranheza do mundo. O dr. Johnson não era apenas dois séculos mais velho que ela, mas dois séculos mais sábio. Ela não sentiu constrangimento em perguntar: – E quanto ao amor?
Ele franziu a testa e pôs um braço em diagonal sobre o coração.
– Não há nada, na verdade, que seduza tanto a razão e afaste tanto da vigilância quanto a idéia de passar a vida com uma mulher amável; e tudo poder acontecer como na fantasia de um amante. Não sei que outra felicidade terrestre mereceria ser buscada.
Seus olhos pareciam agora ter encontrado seu foco, que era ela. Martha sentiu-se corar. Era absurdo. Há anos que ela não corava. E, no entanto, não parecia absurdo.
– Mas?
– Mas o amor e o casamento são dois estados diversos. Aqueles que hão de sofrer junto os males, e muitas vezes sofrer um pelo outro, perdem logo aquela ternura do olhar, aquela benevolência da mente.
Martha chutou fora seu outro sapato e olhou-o com sinceridade. – Então, não há esperança? Nada pode durar?
– Uma mulher, é certo, não será sempre bela; não temos certeza se será sempre virtuosa – Martha abaixou os olhos, como se sua imodéstia fosse conhecida no decorrer dos séculos. – E o homem não consegue reter pela vida toda aquele respeito e assiduidade que lhe apraz ter por um dia ou por um mês.
Com isso, o dr. Johnson saiu se arrastando com esforço pela porta.
Martha sentiu que fracassara completamente; causara pouca impressão nele, e ele se comportara como se ela fosse menos verdadeira do que ele. Ao mesmo tempo, sentiu a cabeça leve e uma calma faceira, como se, depois de uma longa busca, ela tivesse achado um espírito irmão.
Ela sentou-se, enfiou os pés de volta nos sapatos e tornou-se

uma executiva chefe de novo. A lógica voltou. É claro que ele teria de ir embora. Em algumas partes do mundo, eles já estariam enfrentando processos de vários milhões de dólares por assédio sexual, ultraje racial, quebra de contrato por não conseguir fazer o cliente rir, e Deus sabe o que mais. Felizmente, a lei da Ilha – em outras palavras, a decisão executiva – não reconhecia nenhum contrato específico entre os visitantes e a Pitco; em vez disso, reclamações razoáveis eram tratadas numa base *ad hoc*, geralmente envolvendo uma compensação financeira em troca do silêncio. A velha tradição da Pitman em relação à cláusula da mordaça ainda funcionava.

Deveriam contratar um novo Johnson? Ou repensar toda a experiência do jantar com um novo anfitrião? Uma noite com Oscar Wilde? Perigos óbvios aí. Noel Coward? Praticamente o mesmo problema. Bernard Shaw? Ah, o conhecido nudista e vegetariano. E se ele começasse a impor isso tudo à mesa do jantar? Não valia absolutamente a pena. Será que a velha Inglaterra não produzira nenhum homem espirituoso... *equilibrado*?

SIR JACK FOI EXCLUÍDO das reuniões executivas, mas permitiam-lhe participar, como presença decorativa, das reuniões mensais da alta diretoria. Ele usava seu uniforme de governador: tricórnio bordado; dragonas parecidas com escovas de cabelo douradas; passadeiras grossas como rabos-de-cavalo trançados; um verdadeiro varal de medalhas autoconcedidas; uma varinha toda entalhada presa sob a axila; e uma espada que balançava ao lado de seu joelho. Para Martha, aquela indumentária não tinha nenhum eco de poder, nem mesmo um cheirinho de junta militar; seu cômico exagero confirmava que o governador atualmente se aceitava como uma figura de opereta.

Nos primeiros meses depois do golpe de estado de Martha e de Paul, sir Jack costumava chegar atrasado nessas reuniões, demonstrando um ritmo de atividade de um homem ocupado, que detinha ainda na mão o controle; porém ele só encontrava uma reunião já em andamento e sua cadeira humilhantemente posicionada. Procurava se afirmar fazendo longos discursos peripatéticos, até mesmo dando coerentes instruções a determinados indivíduos. Mas ao dar a volta à mesa, não via nada senão insolentes nucas. Onde estavam os olhos amedrontados, as cabeças que giravam rápido, a subserviência do arranhar da caneta e do clique-clique baixinho do *laptop*? Ele ainda soltava idéias como uma gigantesca girândola; porém as fagulhas caíam agora sobre solo árido. Cada vez mais ele se mantinha calado e guardava suas opiniões para si mesmo.

Quando Martha tomou seu lugar, notou uma figura estranha ao lado de sir Jack. Não, não exatamente do lado; a indumentária de sir Jack era tão enorme que o sujeito mais parecia sua sombra. Bem, uma das vaidades passadas que o governador tinha era de se comparar a um carvalho a abrigar as pessoas à sua sombra. Hoje ele protegia da chuva um cogumelo: um terno macio italiano, camisa branca abotoada até o pescoço, cabelos grisalhos cortados curtos num crânio redondo. Tudo pura metade dos anos noventa; até mesmo os óculos eram da mesma época. Talvez ele fosse um daqueles grandes investidores que precisava ser ainda adoçado e que teria ainda de perceber que seu primeiro cheque referente aos dividendos só seria preenchido para seus netos.

— Meu amigo Jerry Batson — anunciou sir Jack, mais para Martha do que para qualquer outra pessoa. — Perdão — acrescentou ele. — *Sir* Jerry hoje em dia.

Jerry Batson. De Cabot, Albertazzi e Batson. O cogumelo reagiu à apresentação com um ligeiro sorriso. Parecia uma presença meio diluída, sentado ali tranqüilo, zen. Uma pedra num regato sempre a fluir, um sino de vento silente.

— Sinto muito — disse Martha. — Não tenho certeza qual o motivo de sua presença e sua posição aqui.

Jerry Batson sabia que não teria de responder por si. Sir Jack colocou-se de pé com um furioso ding-dong de medalhas sacudidas. Sua aparência talvez fosse de opereta, porém seu tom de voz era wagneriano, transportando alguns dos presentes ao prédio Pitman (I). — A posição de Jerry, srta. Cochrane, a posição de Jerry é que ele pensou, ajudou a inventar, foi *importantíssimo* em ajudar a conceber toda a porra do projeto. De certa maneira, Paul poderá confirmá-lo.

Martha virou-se para Paul. Para sua surpresa, ele sustentou seu olhar. — Foi antes de sua época. Sir Jerry foi crucial na elaboração preliminar do projeto. Os registros confirmam.

– Tenho certeza de que todos nós somos gratos. Fica minha pergunta: qual a sua posição aqui?

Sem uma palavra, com as mãos erguidas em sinal de paz, Jerry Batson levitou sem nenhuma ajuda óbvia dos músculos. Com a mais ligeira mesura em direção a Martha, deixou a sala.

– Descortesia – comentou sir Jack – em cima de descortesia.

Naquela noite, o governador, agora no seu simples uniforme informal de túnica, cinto Sam Browne e polainas, sentava-se diante de sir Jerry com uma garrafa de cristal inclinada. Sua mão livre gesticulou molemente em direção à sua modesta sala de estar. Suas cinco janelas proporcionavam uma vista dos penhascos, mas Ela roubara suas lareiras bávaras, e seu Brancusi parecia terrivelmente apertado perto do armário-bar. – É como dar ao almirante de esquadra aposentos de um aspirante – explicou ele. – Humilhação em cima de humilhação.

– O armagnac ainda é bom.

– Está no meu contrato – o tom de voz de sir Jack era, dessa vez, inseguro, indeciso entre o orgulho de ter forçado a aceitação daquela cláusula e o pesar por ter sido obrigado a fazê-lo. – Tudo faz parte de uma porra de um contrato hoje em dia. É o rumo em que vai o mundo, Jerry. Os dias dos velhos bucaneiros já passaram, lamento dizer. Tornamo-nos dinossauros. Faça-o fazendo, sempre foi meu lema. Hoje em dia é: não faça a não ser que você tenha feiticeiros e pesquisadores de mercado e grupos-alvos no mercado segurando sua mão. Onde está o *tchan*, a audácia, onde estão os bons e rijos colhões nisso? Adeus, ó mercadores aventureiros – não é essa a melancólica verdade?

– Assim dizem – Batson sempre achou que a neutralidade fazia sir Jack chegar mais depressa ao âmago da questão do que um comentário participativo.

– Mas você compreende o que quero dizer?

– Ouvi dizer sobre o que você passou.

– Sobre *ela*. Sobre a... Madame. Ela está deixando o barco virar. Pisando na bola. Uma mulher totalmente despida da visão das coisas. Quando ela... quando eu a nomeei executiva chefe, eu tinha esperanças, admito. Esperanças de que um homem que já não tinha a mesma idade de antes, como eu – sir Jack ergueu a mão para neutralizar um protesto que na verdade não veio –, pudesse descansar a

carcaça cansada. Pegar um assento lá atrás. Abrir caminho para o sangue novo, isso tudo.
— Porém...
— Porém... tenho cá minhas fontes. Ouço falar de coisas que estão acontecendo, que um pulso mais firme não sancionaria nem apoiaria. Procuro avisar. Mas você mesmo viu com que insolência sou tratado pela diretoria. Há momentos em que acho que meu grande projeto está sendo sabotado por pura maldade e inveja. E, nesses momentos, admito, ponho a culpa em mim mesmo. Humildemente — ele olhou para Batson, cuja expressão branda talvez significasse uma disposição em concordar com semelhante rateio da culpa; ou, por outro lado, pensando melhor, talvez não. — E os contratos de prestação de serviços elaborados pela Pitco eram, de certo modo, mal elaborados. Não que essas coisas sejam tão impositivas quanto pareçam.

Jerry Batson teve um leve estremecimento que poderia não ter passado de um meneio da cabeça. Então, a filosofia de negócios de sir Jack apresentara uma deficiência. Faziam-se as coisas simplesmente fazendo-as — exceto quando não se fazia. Supostamente porque não se podia. Finalmente Jerry murmurou: — É uma questão daquilo que quisermos excluir ou incluir. Além de qualquer parâmetro.

Sir Jack deu um suspiro colossal e gargarejou seu armagnac. Por que será que ele tinha de executar todo seu trabalho com Batson? Sujeito bastante esperto, sem dúvida, e considerando o que cobrava, deveria ser. Mas não era alguém que tivesse prazer na esgrima de uma bela conversa entre homens. Ou ficava mudo como uma porta, ou então era um blablablá danado, como num seminário. Ah, bem, era preciso se manter dentro do assunto.

— Jerry, você tem uma nova conta — ele parou durante um tempo suficiente longo para surpreender Batson. — Eu sei, eu sei que Silvio e Bob são os encarregados de todas as novas contas. O que é muito inteligente da parte deles, tendo em vista aquilo que se poderia chamar sua irrealidade existencial. Sem falar da realidade existencial de suas contas bancárias nas ilhas do canal.

O sorriso de cumplicidade de Batson se transformou num delicado risinho. Talvez o velho malandro não houvesse perdido seu toque. Será que sempre soubera e nunca falara de propósito, ou só descobriu quando dispunha de mais tempo? Não que Jerry fosse perguntar, já que duvidava que sir Jack lhe contasse a verdade.

– Então – concluiu o governador –, basta de muitas preliminares. Você ganhou um cliente.
– E será que esse cliente quer que eu sonhe um pouco mais? Sir Jack declinou da deixa, afastando a recordação. – Não. Este cliente quer ação. Este cliente tem problemas, de quatro letras, começando com P e rima com luta. Você precisa encontrar a solução.
– Soluções – repetiu Jerry Batson. – Sabe, eu às vezes acho que é nisso que somos melhores, como nação. Nós ingleses somos justamente reconhecidos pelo nosso pragmatismo, mas é na solução de problemas que demonstramos um verdadeiro gênio. Deixe-me contar-lhe o meu caso predileto. A morte da rainha Ana. Mil setecentos e qualquer coisa. Crise sucessória. Sem filhos vivos. O Parlamento quer – precisa – outro protestante no trono. Grande problema. Problema *principal*. Todo mundo na linha direta de sucessão é católico, ou casado com um católico, o que era igualmente um carma ruim naquela época. Então, o que faz o Parlamento? Despreza mais de cinqüenta – *mais* de cinqüenta – membros perfeitamente bons da realeza, com melhores e mais legítimas pretensões, e escolhe um obscuro hanoveriano, obtuso como uma porta, que mal falava inglês, mas 110 por cento protestante. E *então* o vendem à nação como nosso redentor de além-mar. Muito bom. Puro marketing. Depois de ter passado tanto tempo, a minha cabeça ainda fica estupefata. *É.*

Sir Jack pigarreou para pôr fim a esta parte irrelevante. – Você achará meu próprio problema café pequeno em comparação a exemplos tão importantes.

TODA A EXPERIÊNCIA DE MARTHA
 lhe dizia para tratar a regressão de Johnson como assunto puramente administrativo. Um empregado que quebrara o seu contrato: demissão, o primeiro barco que partisse e uma rápida substituição tirada do banco de reserva de mão-de-obra registrada. Um castigo público, como no caso dos contrabandistas, era inadequado. Então simplesmente toque a coisa para a frente.

Porém, seu coração ainda resistia. As regras do projeto eram inflexíveis. Ou você trabalhava, ou, então, estava doente. Se estivesse doente era transferido para o hospital de Dieppe. E, no entanto, chegaria ele a ser um caso clínico? Ou seria algo bastante diferente: como um caso histórico? Ela não tinha certeza. E o fato de a Ilha ser a responsável pela transformação do "dr. Johnson" no dr. Johnson, por desbastar aquelas protetoras aspas, deixando-o vulnerável, era também irrelevante. A súbita verdade que ela percebera enquanto ele se inclinara sobre ela, a chiar e balbuciar, era que a dor dele era autêntica. E sua dor era autêntica, porque advinha de um autêntico contato com o mundo. Martha se deu conta de que esta conclusão haveria de parecer irracional a alguns – certamente a Paul –, até mesmo lunática; mas era o que ela sentia. A maneira como ele arrancara o sapato dela e começara a balbuciar o Pai-Nosso, como se estivesse tentando expiar seus pecados; a maneira como ele falara de seus desequilíbrios e falhas, suas esperanças de perdão e salvação. Quaisquer que fossem os meios usados para apresentar esta visão diante dela, ela enxergava uma criatura a sós consigo mesma, recuando dolorosamente diante de um contato desnudo com o mundo. Quando foi a última vez que ela viu – ou sentiu – algo assim?

A igreja de St. Aldwyn jazia meio tapada pelo mato em uma das poucas partes da Ilha não reclamadas pelo projeto. Aquela era sua terceira visita. Tinha a chave; porém a construção, agora perdida no meio de uma pequena mata de arbustos, não estava trancada e vivia vazia. Cheirava a mofo e podridão; não era um santuário acolhedor, mas uma continuação, ou até mesmo uma concentração do frio úmido lá fora. As almofadas para ajoelhar de "petit-point" eram pegajosas ao tato; as páginas descoloridas do hinário tinham um fedor de sebo; até mesmo a luz que brigava para ser filtrada pelo vidro vitoriano parecia estar ligeiramente úmida. Ali estava ela, peixe num aquário de piso de pedra e paredes verdes, balouçante e curiosa.

A igreja não lhe impressionava como beleza: não tinha proporção, nem brilho, nem mesmo estranheza. Aquilo era uma vantagem, já que a deixava a sós com o que o prédio representava. Seu olho passou, tal como nas suas visitas anteriores, pela lista de párocos do século XIII. Qual era a diferença entre um pároco e um vigário – ou um cura? Tais distinções eram desperdiçadas nela, tal como todas as outras complexidades e sutilezas da fé. Seu pé se arrastava no piso desigual, de onde há muito fora removido um bronze monumental, levado para ser secularizado em algum museu. A mesma lista de números de hinos a espreitava, como da última vez, como uma lista de vencedores na loteria eterna. Ela pensou nos aldeões que haviam freqüentado ali e que cantavam, geração após geração, os mesmos hinos, acreditando nas mesmas coisas. Agora os hinos e os aldeões haviam sumido, como se os homens de Stalin tivessem passado por ali. Aquele compositor sobre quem Paul falara da primeira vez quando se conheceram – teriam de mandá-lo até lá para inventar alguns hinos novos e um autêntico fervor religioso.

Os vivos foram enxotados, mas não os mortos: estes eram confiáveis. Anne Potter, amada esposa de Thomas Potter Efquire e mãe de seus cinco filhos, Esther, William, Benedict, Georgiana e Simon, também enterrado ali perto. Alferes Robert Timothy Pettigrew, morto pela febre na baía de Bengala, em 23 de fevereiro de 1849, com a idade de 17 anos e 8 meses. Praças James Thorogood e William Petty, do Royal Hampshire Regiment, mortos na Batalha do Somme, dois dias de diferença entre um e outro. Guilliamus Trentinus, que morreu em latim de causas incompreensíveis e com tantas lamentações, em 1723. Christina Margaret Benson, cuja generosa doação permitiu a restauração da igreja, em 1875, por Hubert Doggett, e que é lembrada numa pequena janela da apside, que mostra suas iniciais entrelaçadas a folhas de acanto.

Martha não sabia por que trouxera flores desta vez. Deveria ter pensado que não haveria vaso onde colocá-las, nem água para enchê-lo. Ela estendeu-as no altar, virou-se e se empoleirou desajeitadamente no primeiro banco.

Sem terem ficado seis avós com fome...

Ela repisou seu texto de infância, há muito esquecido, até que foi ressuscitado por um balbucio do dr. Johnson. Não parecia mais blasfemo, apenas uma versão paralela, uma poesia alternativa. Seis avós faziam tanto sentido quanto uma só igreja úmida de pedra. A fome era uma condição natural que nos ameaçava, símbolo de nossa própria carência – e o símbolo que ela trouxera, mais ligeiro, devido à falta de vaso e de água. E a história: uma variação aceitável, até uma melhoria em relação ao original. A fome é o nome. Bem, deveria ser. Se apenas aquilo fosse verdade...

Se apenas aquilo fosse verdade. No colégio, seu desdém irritado e inteligentes blasfêmias advinham exatamente disso, dessa conclusão que não era verdade, que era uma grande mentira perpetrada pela humanidade contra si mesma. *Seis avós com fome...* o pouco que ela pensara sobre religião nos seus anos adultos sempre seguira o mesmo veio de esperteza: não é verdade, inventaram para a gente se sentir melhor quanto à morte, fundaram um sistema, em seguida usaram o sistema como controle social. Eles mesmos acreditavam, porém impunham a fé como algo irrefutável, uma verdade social primordial, como o patriotismo, o poder hereditário e a superioridade do homem branco.

Seria isso a conclusão do debate, ou seria ela apenas uma garota desgraçada de miolos vazios? Se o sistema ruísse, se o arcebispo de Canterbury pudesse se tornar menos conhecido e menos crível do que, digamos, o dr. Max, será que a crença poderia vir à tona, livre? E se viesse, isso a tornaria mais verdadeira, ou não? O que a trouxera ali? Ela se dava conta das respostas negativas: decepção, idade, descontentamento com a falta de consistência da vida, ou pelo menos da vida tal como ela a conhecera, ou escolhera. Havia outra coisa também, porém: uma curiosidade tranqüila que beirava a inveja. O que sabiam eles, aqueles futuros companheiros seus, Anne Potter, Timothy Pettigrew, James Thorogood e William Petty, Guilliamus Trentinus e Christina Margaret Benson? Mais do que ela sabia, ou menos? Nada? Alguma coisa? Tudo?

Quando ela chegou em casa, os modos de Paul mostravam-se afetadamente indiferentes. Enquanto comiam e bebiam, ela sentiu-o ficar cada vez mais tenso e ativo. Bem, ela sabia esperar. Observou-o fugir do que quer que fosse que ele queria dizer, em três ocasiões. Finalmente, enquanto ele apresentava uma xícara de café para ela, disse baixinho: – Por falar nisso, você anda tendo um caso?

– Não – Martha riu de alívio, o que o fez ficar afetado de tanta irritação. – Bem, será que está apaixonada por alguém e pensando em ter um caso? – não, isso também não. Ela estivera numa igreja abandonada. Não, é lá que estivera antes, em outras ocasiões de ausência suspeita. Não, não encontrara ninguém lá. Não, ela não estava atrás de religião. Não, fora lá para ficar sozinha.

Ele pareceu quase desapontado. Talvez tivesse sido mais fácil e mais diplomático dizer "sim, estou vendo outro". Isto justificaria a chatice e a distância que crescera entre eles. O dr. Johnson dissera-o melhor, é claro: eles haviam perdido aquele olhar terno, aquela benevolência mental. Sim, podia ter dito a ela, ponha a culpa em mim. Outras mulheres usavam este subterfúgio, e homens também. "Estou me apaixonando por outra pessoa" era sempre mais camarada para a vaidade do que "estou me desapaixonando por você".

Mais tarde, no escuro, de olhos fechados, ela contemplou botões gordos, uma gola branca e um rosto largo e atormentado. É verdade, Paul, poderia ter dito, é verdade que existe uma pessoa por quem me sinto atraída. Um homem mais velho, finalmente. Uma pessoa com a qual me sinto capaz de me imaginar apaixonada. Não lhe direi seu nome, você riria. É ridículo de certo modo, mas não mais ridículo que certos homens que procurei amar. O problema é que, sabe, ele não existe. Ou existiu, mas morreu há uns dois séculos.

Teria isso facilitado alguma coisa para Paul?

TED WAGSTAFF
       postou-se diante da mesa de Martha como um meteorologista se preparando para estragar um feriado.

— Algo incomum? — sondou ela.
— Lamento que sim, srta. Cochrane.
— Mas algo que vai me contar. De preferência, agora.
— É o sr. Hood e seu bando, infelizmente.
— Ah, não.

O bando... aqueles outros incidentes poderiam ser dispensados como café pequeno: funcionários mimados ficando presunçosos, os genes criminosos afirmando-se de novo na moita, colapsos imprevistos de personalidade. Pouco mais do que aquilo que o rei, aborrecido, teria chamado uma diversãozinha. Facilmente resolvida pela justiça executiva. Porém, o bando era algo central para o projeto, conforme confirmava o Feedback dos Visitantes. Era um mito primevo, recauchutado depois de consideráveis debates. O pessoal do bando fora rearrumado com grande sensibilidade; elementos ofensivos no cenário — atitudes antiquadas em relação à vida selvagem, consumo exagerado de carne vermelha — foram expurgados ou atenuados. Durante o ano todo, o departamento de promoções realçara ao máximo o bando. Se havia sido número 7 na lista de quintessências de Jeff, era número 3 no gosto dos visitantes, e já totalmente reservado durante os próximos seis meses.

Somente há alguns dias, Martha verificara a caverna de Robin na tela, e tudo parecia direito. O covil rombóide com acabamento de pedra parecia devidamente medieval; os carvalhos sauditas repatriados vicejavam; o sujeito no disfarce de urso estava inteiramente plausível. De ambos os lados da caverna, havia filas tranqüilas para se chegar às janelas de observação. Através delas, os visitantes podiam examinar o estilo de vida doméstica do bando: Much, filho do moleiro, a assar pão integral; Will Scarlet a esfregar loção de camomila na sua pele inflamada; Pequeno João e outros de seu tamanho se divertindo nos seus aposentos miniaturizados. A excursão continuava com o treino de arco e flecha (encorajava-se a participação) e uma visita até o forno do churrasco, no qual se podia encontrar frei Tuck a assar seu "Boi" (massa vegetal moldada a escorrer molho de uva-do-monte, se fosse o caso de alguém perguntar). Finalmente, os visitantes eram conduzidos às arquibancadas, nas quais um bobo da corte de capuz e sinos os esquentaria com um pouco de sátira trans-histórica, antes do acontecimento principal: a batalha moral entre os libertários hoodistas, pró-mercado livre, e o perverso xerife de Nottingham, apoiado pelos seus burocratas corruptos e exército de alta tecnologia.

O bando não era apenas o espetáculo central da Ilha; significava pagamento máximo também. Vários membros do bando haviam negociado uma porcentagem sobre o *merchandising*. Tinham apartamentos de luxo e fã-clube, que ia de Estocolmo a Seul. O que teriam, afinal, para reclamar?

– Conte.

– Começou há mais ou menos um mês. Apenas um raminho torto no tronco da árvore. Nada que uma boa surra não pudesse consertar.

Estaria ela se tornando mais impaciente, ou o deslocamento de personalidade de Ted Wagstaff ficando pior?

– Vamos ao que interessa, Ted.

– Perdão, srta. Cochrane. O bando disse que não gostava do boi. Disseram que tinha um gosto horrível. Nós dissemos que veríamos o que era possível fazer. Nós mesmos o provamos. Não era grande coisa, mas também não era tão ruim. Dissemos: "olha, a cena em que vocês trincham grandes pedaços e estalam a língua de prazer não é tão grande assim, será que não podiam fingir? ou então mantê-lo na boca e cuspi-lo depois?" Dissemos que íamos tratar do problema. *Estávamos* trabalhando nele, srta. Cochrane. Começamos a atacá-lo em duas direções. Primeiro, trazendo de avião um famoso *chef* francês, de Rouen, para ver se ele conseguia fazer seu gosto ficar um pouco mais parecido com o de carne. Segundo, posição de recuo, reescrever o roteiro para que frei Tuck fosse um péssimo cozinheiro e que isso fosse apropriado para que o bando cuspisse tudo fora.

Ele olhou para Martha, como se esperasse palmas pela iniciativa. Martha queria chegar ao centro da questão. – Porém?

– Porém, uma coisa que percebemos depois é que o cheiro da churrasqueira estava muito diferente. O bando está enchendo a barriga sem cuspir nada, e Dingle, o veado lanudo, está sumindo do parque Reserva Animal.

– Mas isso é do outro lado da Ilha.

– Eu sei.

– Todos esses animais não carregam plaquetas eletrônicas?

– Achamos a plaqueta, e a orelha, no cercado de Dingle.

– Então, eles conseguiram seu boi. Que mais?

– Pegaram um carneiro de Devon, um casal de pombos de Gloucester e três cisnes. Na semana passada, simplesmente eliminaram os patos do lago Memorial de Stacpoole. O fato é que começaram a pôr os nossos fornecimentos direto nas latas de lixo. Estão caçando a própria comida.

– Nos nossos parques tradicionais.

– E nos nossos velhos pátios de fazendas inglesas. E nas nossas matas e florestas. Os filhos da puta parecem que estão matando tudo aquilo que conseguem atingir com aquelas flechas. Sem falar em roubar verduras das hortas caseiras do Vale dos Bangalôs.

– Estamos falando apenas de uma dieta?

– De jeito nenhum, srta. Cochrane. Esse Robin tem uma lista de reivindicações do tamanho do braço da senhora. Diz que ter determinados membros excepcionais no seu bando diminui tanto sua capacidade de caçar, quanto de lutar. Quer que eles sejam substituídos pelo que chama de guerreiros totais. Diz que o bando insiste em mais pri-

vacidade e que vão instalar cortinas nas janelas de observação para impedir que todo mundo olhe para seu interior. Sim, eu sei o que a senhorita vai dizer. Também alega que ter homossexuais no bando é prejudicial à boa disciplina militar. Ele diz que as lutas ensaiadas não têm jeito de lutas e se não seria mais realista se os homens do xerife recebessem incentivos financeiros extras para capturar o bando, e se a eles, o bando, fosse permitido emboscar os homens do xerife em qualquer lugar. E, quanto à sua última reclamação, bem, a senhorita terá de perdoar a minha linguagem, srta. Cochrane.
– Já está perdoada, Ted.
– Bem, ele disse que o pau dele estava praticamente caindo por falta de uso, e que merda era essa que nós achávamos que estávamos fazendo, arranjando um sapatão para ele?
Martha olhou para Ted incrédula. Não tinha certeza se sua cabeça dava para contornar aquilo. – Mas... Ted... quero dizer, para início de conversa, a donzela Marian, como é mesmo seu nome, Vanessa, só para sermos muito práticos sobre isso tudo, está só representando o papel de sapatão, conforme diz Robin.
– Isto só até onde sabemos. Eu presumo que ela possa estar vivendo demais o seu papel. O mais provável é que esteja usando-o como desculpa. Para evitar as aproximações dele.
– Mas... quero dizer que, além de tudo mais, pelo que me lembro do relatório do dr. Max, a donzela Marian não dormia com Robin.
– Bem, talvez seja assim mesmo, srta. Cochrane. A atual situação é que Robin anda reclamando que é cruel e injusto, um crime contra sua masculinidade, ele não ter, perdoe minha linguagem, porém é a dele, dado uma foda há meses.
Martha teve uma breve vontade de chamar o dr. Max e contar-lhe sobre o comportamento de comunidades pastorais no mundo moderno. Ao invés disso, ela encarou o problema. – Certo. Ele está desrespeitando, e muito, o seu contrato. Todos estão. Mas não é isso, na verdade, o ponto principal. Ele está se rebelando, não está? Contra o projeto, contra nossa revisão do mito, contra cada um dos visitantes que vem vê-lo. Ele... ele é...
– Um marginal desgraçado, senhorita?
Martha sorriu. – Obrigada, Ted.
O bando revoltado? Era impensável. Era um problema crucial. Aquilo influía em tantas outras direções. O que aconteceria se todos

resolvessem se comportar assim? Se o rei decidisse querer reinar de verdade; ou, por exemplo, se a rainha Boadicéia chegasse à conclusão de que ele era um aproveitador de alguma dinastia continental emergente? Se os alemães resolvessem que eles é quem deveriam ter vencido a Batalha da Grã-Bretanha? As conseqüências eram inimagináveis. E se os tordos resolvessem não gostar da neve?

– PRECISAMOS CONVERSAR
                              sobre algumas coisas – disse Martha, e viu as faces de Paul se crisparem. O rosto aborrecido de um homem instado a discutir um relacionamento. Martha queria reassegurá-lo. Está certo, já ultrapassamos isso agora, a falação e a não falação. Há várias coisas que sou incapaz de dizer e, já que, por sinal, você não quer escutá-las, podemos deixá-las simplesmente quietas.
– É o bando de Robin.
Ela viu que o estado de espírito de Paul se relaxava. Animou-se ainda mais ao discutirem providências executivas. Confiança dos visitantes e um novo treinamento rápido. Concordaram quanto à ameaça ao projeto. Concordaram também que não seria tarefa para o Tesouro e as Autoridades Aduaneiras. Foi Paul quem sugeriu a FES, Paul quem aconselhou um ultimato de 48 horas, Paul quem se ofereceu negociar com o bando, como coordenador técnico, Paul que a veria depois, talvez muito depois, e que saiu num estado de excitação, mas com profundo alívio.
Eles conseguiam este jogo harmonioso no trabalho; em casa, iam tocando numa rotina cheia de resmungos e de educadas negações. Em outros tempos, ele dissera que ela o fazia se sentir verdadeiro. Haveria ela de chorar agora pelas lisonjas do passado, ou pela verdade do passado?
Essas eram algumas das coisas que ela se sentia incapaz de dizer:
– que nada fora culpa dele;
– que, a despeito do ceticismo histórico do dr. Max, ela acreditava na felicidade;
– que ao dizer "acreditava", queria dizer que achava que semelhante estado existia e valia a pena tentar alcançar;

– que os que buscavam a felicidade tendiam a se dividir em dois grupos, os que a buscavam preenchendo critérios estabelecidos por outras pessoas, e os que a buscavam preenchendo critérios próprios;
– que nenhum desses meios de buscá-la era moralmente superior ao outro;
– mas que, para ela, a felicidade dependia de se manter fiel a si mesma;
– fiel à sua natureza;
– isto é, fiel ao seu coração;
– porém, o problema principal, o dilema crucial da vida era como conhecer o próprio coração?
– e o problema que isso trazia era: como conhecer o que era sua natureza?

– que a maior parte das pessoas situava sua natureza no passado, suas reminiscências, as fotos que mostravam elas mesmas quando jovens eram maneiras de definir esta natureza;

– eis uma foto dela jovem, franzindo o rosto contra o sol e projetando seu lábio inferior: seria isso sua natureza ou apenas a incapacidade fotográfica de sua mãe?

– e se esta natureza não fosse mais natural que a natureza que sir Jack esboçara satiricamente depois de uma caminhada no campo?

– porque, se você fosse incapaz de situar sua natureza, suas chances de ser feliz ficavam diminuídas;

– ou: se situar a sua natureza fosse como situar uma extensão de charco, cuja disposição e funcionamento permaneciam um mistério?

– que, a despeito de condições favoráveis e ausência de empecilhos, e apesar do fato de ela achar que talvez amasse Paul, ela não vinha se sentindo feliz;

– que, de início, ela achara que talvez isto se devesse ao fato de ele entediá-la;

– ou que o amor dele a entediasse;

– mas não tinha certeza (e, sem conhecer sua natureza, como poderia?) se era este o caso;

– então, talvez fosse o caso do amor não ser a solução que ela queria;

– o que, afinal de contas, não era uma posição totalmente esquisita, como a teria reassegurado o dr. Max;

– ou talvez fosse o caso de o amor ter chegado tarde demais para ela, tarde demais para fazê-la perder sua solidão (se este fosse o modo de testar o amor), tarde demais para torná-la feliz;
 – que, quando o dr. Max explicara que na época medieval as pessoas buscavam a salvação, em vez do amor, os dois conceitos não se opunham necessariamente;
 – era só que os séculos vindouros tinham menos ambição;
 – e que, quando buscamos a felicidade, talvez estejamos perseguindo alguma forma mais baixa de salvação, embora não ousemos chamá-la pelo nome;
 – que talvez sua própria vida fosse aquilo que o dr. Johnson chamara a dele, uma perda de tempo;
 – que ela fizera pouquíssimos avanços, mesmo em direção à forma mais baixa de salvação;
 – que nada disso era culpa dele.

O ATAQUE À CAVERNA DE ROBIN
constava discretamente no programa como uma extravagância trans-histórica, limitada a visitantes categoria A, sob pagamento de um adicional duplo. Quando chegou seis horas, a arquibancada em U estava lotada, e o sol poente funcionava como um holofote natural na boca da caverna.

Martha e a diretoria estavam sentadas em cima, atrás da arquibancada. Aquela era uma grande crise, e um desafio à própria filosofia do projeto; mas ao mesmo tempo, porém, se as coisas corressem a contento, poderia fazer brotar idéias interessantes para a divisão de elaboração de conceitos. A teoria do lazer jamais ficava parada. Ela e Paul já haviam teorizado sobre a criação de interfaces com outros episódios não-sincrônicos da história do país. Onde estava ele, por sinal? Sem dúvida, ainda nos bastidores, burilando a coreografia do bando.

Martha ficou irritada ao descobrir que sir Jack estava sentado a seu lado. Aquilo não era um acontecimento cerimonial; longe disso. Que braço ele torcera para obter o assento do dr. Max? E era aquilo outra fileira de medalhas que ele arranjara para sua túnica de governador? Ao virar-se para ela com seu sorriso de "alegre Jack" e uma sacudida brincalhona da cabeça, ela notou que os fios grisalhos nas suas sobrancelhas haviam finalmente ficado pretos. — Não queria perder a diversão de jeito nenhum — disse ele. — Não que eu gostasse de estar na sua pele.

Ela o ignorou. Antes ela talvez tivesse feito aquilo parar; agora não importava. O controle executivo era o que importava. E se ele gostava de brincadeirinhas... bem, ela poderia cortar pela metade os cavalos de potência do Landau dele, rescindir a cláusula do armagnac no seu contrato, ou aplicar uma plaqueta nele como em Dingle, o veado lanudo. Sir Jack era um anacronismo. Martha inclinou-se para a frente para observar a ação.

O coronel Michael "Mike Maluco" Michaelson fora um professor de educação física particular com experiência como dublê, antes de ser recrutado para liderar o sistema de segurança especial da Ilha. O resto de sua unidade incluía ginastas, guardas de segurança, leões de chácara, atletas e bailarinos. A falta de experiência militar compartilhada por eles não era empecilho para a encenação quinzenal que faziam do sítio à embaixada iraniana de 1980, que exigia agilidade, boa técnica de observação e de escalar cordas, além da capacidade de demonstrar uma grosseira emoção na hora em que as granadas de efeito moral explodiam. Porém, este era um novo teste, e enquanto "Mike Maluco" dava as últimas instruções a seus homens, num terreno inútil aplainado às pressas pelos tratores, logo em frente à fileira AA, ele era vítima de autênticas ansiedades profissionais. Não sobre o desfecho: os alegres companheiros haveriam de cooperar, do mesmo modo que os ocupantes da embaixada iraniana faziam regularmente. O que o preocupava era que, sem ensaios, o espetáculo talvez não tivesse um aspecto autêntico.

Até mesmo ele sabia que, em termos militares, um ataque à luz do dia à boca da caverna era algo absurdo. A melhor maneira de pegar Hood e o bando — isto é, se eles estivessem mesmo provocando — seria entrar pela entrada de serviço na calada da noite, com lanternas e soquetes. Porém, se todo mundo desempenhasse seu papel, achou que poderia fazer tudo parecer bastante bonitinho.

Tal como no número do sítio, um sistema de comunicação permitia à plateia ouvir secretamente por meio de fones de ouvido. Mike Maluco explicou seu plano, realçando suas palavras com amplos gestos. Os dois grupos de combate, com os rostos totalmente enegrecidos, escutavam, enquanto continuavam seus preparativos; um, a afiar uma grande faca Bowie, outro verificando o pino de uma granada de efeito moral, outros dois testando a resistência de um cabo de náilon. O coronel terminou suas instruções exortando concisamente o pessoal à disciplina e ao autocontrole, sendo que todos os expletivos militares haviam sido deletados de sua fala; em seguida, com o braço estendido e um grito de "Avante, avante, AVANTE!", ele despachou o sexteto conhecido como grupo A.

A arquibancada assistia satisfeita, com uma impressão de familiaridade que beirava o verdadeiro conhecimento, enquanto o grupo A se dividia em dois, desaparecia na mata e descia das copas das árvores, por intermédio de um sistema de roldanas, até o teto da caverna, e dois homens da FES começaram a descer de cada lado do condomínio Hood.

O grupo A acabara de confirmar sua posição quando uma risada se espalhou pela arquibancada. Frei Tuck emergira da caverna carregando uma tesoura de podar de cabos compridos. Depois de muitas pilhérias, ele cortou a corda que pendia, pegou-a e arremessou-a em direção aos espectadores. Ignorando este grosseiro roubo de cena que não constava do roteiro, Mike Maluco liderou os membros do Grupo B, rastejando pelo descampado. Seguindo as melhores tradições militares dramáticas, usavam ramos com folhas presos a seus bonés de lã.

– Até que a floresta de Burnham venha a Dunsinane – anunciou sir Jack em benefício de uma dúzia de fileiras na sua frente. – Como observou o grande William.

O grupo B estava a 20 metros da boca da caverna quando três flechas passaram zunindo sobre suas cabeças e foram se enterrar no chão aos pés da fileira AA. Enorme aplauso em reconhecimento a este exato realismo que tinha tudo a ver com a taxa dupla adicional. Mike Maluco olhou para seus colegas ginastas e guardas de segurança, em seguida olhou de volta para a arquibancada, como se esperasse mais ou menos um sinal, ou instruções suplementares de Paul nos seus fones de ouvido. Quando não veio nada, ele sussurrou no seu microfone: – Tordo, tordo, hora do arrocho. Quarenta segundos, gente. – Fez um gesto inventado para o grupo A em cima da caverna. Quatro de seus seis membros estavam agora em posição diante de cordas esticadas em frente das janelas, cada um a calcular a profundidade e a distância do movimento pendular acrobático que fariam. Ao olhar para baixo, ficaram espantados com o que parecia ser o brilho do vidro de verdade. Na embaixada, as vidraças eram feitas de um substituto de baixo impacto, altamente estilhaçante. Bem, o Departamento Técnico inventara algo até mais autêntico. Mike Maluco e seu assistente ajoelharam-se e jogaram, cada um, uma granada de efeito moral dentro da caverna do bando. As granadas com dispositivos de trinta segundos serviam para esticar a tensão dramática; as explosões seriam o sinal para o grupo A entrar pelas janelas. O grupo B ainda estava deitado com a cara no chão, fingindo tapar seus ouvidos, quando ouviu outra risada "taxa dupla especial" vinda de trás. As duas granadas, agora nos segundos finais, voltavam na sua direção, seguidas de três flechas, que acertaram desnecessariamente perto. As granadas explodiram entre o grupo B, que ficou aliviado delas não serem de verdade. – Só peido e pouco impacto – comentou para si mesmo Mike Maluco, esquecendo que suas palavras iam direto para os fones de ouvido de cada espectador importante na arquibancada.

Para disfarçar sua confusão, ele se pôs de pé a gritar: – Avante, avante AVANTE! – liderando o ataque nos mais ou menos vinte metros que restavam do terreno. Simultaneamente, os quatro sujeitos com cordas da FES se jogaram pelo lado da pedra, mirando suas botas cheias de travas nas janelas de observação.

Mais tarde, era difícil concluir quem gritara primeiro: os membros do grupo A que tiveram dois tornozelos quebrados e oito joelhos machucados contra as vidraças duplas reforçadas da caverna; ou os membros do grupo B, ao verem meia dúzia de flechas caindo na sua direção. Uma atingiu Mike Maluco no ombro; outra furou a coxa de seu assistente.

– Avante, avante, AVANTE! – gritou o coronel prostrado, enquanto sua equipe de atletas e atores dava uma demonstração realista de fuga na direção oposta.

– Merda, merda, MERDA! – rosnou sir Jack.

– Ambulância – disse Martha Cochrane para Ted Wagstaff, enquanto mãos ocultas abriram as janelas da caverna e puxaram os homens da FES dependurados para dentro.

O guarda-costas da donzela Marian correu da caverna e arrastou Mike Maluco para longe. – Avante, avante, AVANTE! – gritava ele, valente até o fim.
– Merda, merda, MERDA! – ecoava sir Jack. Ele virou-se para Martha Cochrane e disse: – Até mesmo você precisa admitir que fez uma merda danada disso.
Martha não respondeu de início. Ela confiara que Paul fizesse um serviço melhor. Ou talvez houvessem chegado a um acordo quanto à coreografia e Hood o traíra. O ataque fora um desastre amadorístico. E no entanto... e no entanto... ela virou-se de volta para o governador: – Escute só os aplausos – verdade. As palmas e assobios agora se modulavam num bater de pés cadenciado que ameaçava a arquibancada. Eles tinham adorado, era óbvio. Os efeitos especiais foram espetaculares; Mike Maluco, ferido, fora totalmente convincente em seu heroísmo; quaisquer falhas só fizeram confirmar a autenticidade da ação. E, afinal de contas, percebeu de repente Martha, a maioria dos visitantes torcia pelos alegres companheiros. A FES podia ser constituída de heróis do mundo livre lá na embaixada iraniana, mas ali não passavam de um grupo de seqüestradores a mando do malvado xerife de Nottingham.
O bando de Robin foi arrancado da caverna e, como atores relutantes, obrigado a vários agradecimentos. Um helicóptero-ambulância entrou em cena para transportar o assistente do coronel direto para o hospital de Dieppe. Enquanto isso, o próprio Mike Maluco, amarrado com uma corda grossa, era exibido como refém.
Os aplausos continuaram. A coisa tinha possibilidades, definitivamente, pensou Martha. Ela e Paul teriam de conversar a respeito com Jeff. O conceito precisava de mais elaboração, é claro, e foi pena o entusiasmo exagerado do bando, porém os conflitos trans-históricos possuíam uma clara ressonância entre visitantes.
Sir Jack pigarreou e virou-se para Martha. Colocou cerimoniosamente o tricórnio na cabeça. – Espero seu pedido de demissão amanhã.
Perdera ele todo o contato com a realidade?

NA MANHÃ SEGUINTE, quando Martha abriu a porta de sua sala, sir Jack Pitman estava sentado sozinho atrás da mesa dela, com o polegar enfiado displicentemente por trás de um cordão dourado. Ele estava falando no telefone. Atrás dele estava Paul. Sir Jack apontou para uma cadeira baixa perto do outro lado da mesa. Tal como na sua primeira entrevista, Martha se recusou a seguir as instruções. Depois de mais ou menos um minuto, tendo dado ordens a alguém que poderia estar como poderia não estar do outro lado da linha, sir Jack apertou uma tecla e disse: – Receba minhas ligações – e levantou os olhos para Martha. – Espantada?

Martha não respondeu.

– Bem, não deixa de estar espantada, então. – Ele deu um risinho, como se devido a alguma obscura referência.

Martha quase pegou a coisa quando sir Jack se pôs pesadamente de pé e disse: – Mas meu caro Paul, eu me esqueci. Esta é *sua* cadeira agora. Meus parabéns – macaqueando um camareiro da corte ou porteiro parlamentar qualquer, segurou a cadeira para Paul, todo compenetrado, em seguida empurrou-a sob suas coxas. Paul, notou Martha, teve pelo menos a decência de parecer constrangido.

– Sabe, srta. Cochrane, você jamais aprendeu a lição. Isto me lembra do caçador que foi atrás do urso. Conhece a história? – ele não esperou pela resposta de Martha. – Vale a pena contá-la de novo. Desculpe minha insistência. É um reflexo de meu ânimo. Então: um caçador ouviu falar que havia um urso numa ilha na costa do Alasca. Ele alugou um helicóptero para levá-lo sobre o mar. Depois de uma busca, achou o urso, um grande, sábio e velho urso. Ele enquadrou-o na sua mira, deu um tiro rápido – piiiiioooooooou – e cometeu o terrível, imperdoável defeito de apenas ferir o animal. O urso fugiu para a mata, com o caçador em seu rastro. Ele deu a volta na ilha, cruzou-a em todas as direções, procurou pegadas morro acima e embaixo na várzea. Talvez o urso pardo tivesse se arrastado até uma caverna e dera seu último e peludo suspiro. De qualquer maneira, nada de urso. O dia estava para terminar, por isso o caçador resolveu que já bastava e refez seu caminho, cansado, de volta até onde estava esperando o helicóptero. Chegou a mais ou menos cem metros dele e notou que o piloto acenava para ele de um modo um tanto

excitado. Ele parou e pousou sua espingarda para acenar de volta, e aquele foi o momento em que o urso, com uma única patada de sua extraodinária pata – sir Jack esboçou o gesto no caso de Martha não conseguir imaginá-lo – arrancou a cabeça do caçador.
– E o urso viveu feliz para sempre? – Martha foi incapaz de resistir à zombaria.
– Bem, deixe-me lhe dizer o seguinte: o caçador, de jeito nenhum, srta. Cochrane, o caçador de jeito nenhum, porra – sir Jack, erguendo-se diante dela, parecia cada vez mais um urso, a balançar e urrar. Paul deu um risinho, como um puxa-saco reintegrado.
Ignorando sir Jack, ela disse para o executivo chefe recém-nomeado. – Eu lhe dou no máximo seis meses.
– Será que isso é uma lisonja exata? – respondeu ele friamente.
– Eu achei... Ah, deixe isso para lá, Martha. Você achou ter entendido a situação. Várias situações. Não tinha. É só.
– Perdoe por me intrometer num momento de sofrimento íntimo – o sarcasmo de sir Jack foi lascivo. – Mas existem alguns pontos contratuais que precisam ser esclarecidos. Seus direitos a receber seu salário ficam revogados, de acordo com o contrato, pelas enormes falhas no seu comportamento em relação ao incidente na caverna de Hood. Você tem 12 horas para tirar tudo de sua mesa e de seus aposentos. Seu presente de despedida será um bilhete só de ida, na classe econômica, para a barca até Dieppe. Sua carreira chegou ao fim. Mas só no caso de você querer discordar, as acusações de fraude e desfalque, que preparamos, ficarão registradas para um futuro uso, se necessário.
– Tia May – disse Martha.
– Minha mãe só tinha irmãos – respondeu presunçosamente sir Jack.
Ela olhou para Paul. Ele não quis aceitar o olhar dela. – Não existem provas – disse ele. – Não mais. Devem ter sumido. Talvez queimadas, ou algo assim.
– Ou comidas por um urso.
– Ótimo, srta. Cochrane. Fico satisfeito ao ver que manteve seu senso de humor, apesar de tudo. É claro que devo avisá-la que, se a senhorita alegar alguma coisa, em público ou em particular, que possa ser julgado danoso aos interesses de meu querido projeto, então não hesitarei em usar todos os consideráveis poderes que estão a

meu alcance para dissuadi-la. E me conhecendo como me conhece, terá consciência de que não hei de me contentar em defender apenas meus interesses. Eu haveria de ser muito ativo. Tenho certeza que compreende.
— Gary Desmond — disse Martha.
— Srta. Cochrane, você está fora do compasso. Uma aposentadoria cedo é algo que estava para acontecer. Conte-lhe as novidades, Paul.
— Gary Desmond foi nomeado editor-chefe do *The Times*.
— Com um belo salário.
— Correto, srta. Cochrane. Os cínicos dizem que todo mundo tem seu preço. Sou menos cínico do que certas pessoas que eu poderia mencionar. Acho que todo mundo possui o senso adequado do nível em que gostaria de ser remunerado. Não é uma maneira mais honrosa de ver as coisas? Você mesma, pareço lembrar, exigiu certas condições salariais logo que veio trabalhar para mim. Queria o emprego, mas deu o preço. De maneira que qualquer crítica ao estimável sr. Desmond, cuja folha de serviço jornalística é inigualável, seria pura hipocrisia.
— A respeito da qual você... Ah, deixe para lá, Martha. Deixe para lá.
— Você parece estar deixando muitas frases inacabadas nesta manhã, srta. Cochrane. Estresse, suponho. Uma longa viagem marítima é o remédio tradicional. Infelizmente, só podemos lhe oferecer uma curta travessia da Mancha — ele tirou um envelope do bolso e jogou-o em direção a ela. — E agora — disse ele, colocando o tricórnio na sua cabeça e pondo-se de pé, menos como um urso a empinar e mais como um capitão de navio a proclamar uma sentença a um amotinado — eu a declaro *persona non grata* na Ilha. Em caráter perpétuo.

Surgiram respostas na cabeça de Martha, mas não nos seus lábios. Ela deu um olhar neutro para Paul, ignorou o envelope e deixou sua sala pela última vez.

ELA SE DESPEDIU
                  do dr. Max, do Camundongo do Campo, do

Pagão Pragmático. O dr. Max, que não buscava a felicidade nem a salvação. Buscaria o amor? Ela presumia que não, mas não fora o amor o motivo da discussão naquele dia. Ele alegava que queria apenas prazer, com seus dissabores belamente entalhados. Beijaram-se nas faces, e ela pegou um cheiro de *eau de toilette* clonada. Ao virar-se para ir embora, Martha sentiu-se de repente responsável. O dr. Max talvez já tivesse construído sua própria carapaça luzidia, mas ela o via no momento como algo vulnerável, inocente, sem casca. Quem o protegeria agora que ela estava indo?
– Dr. Max?
– Srta. Cochrane? – Ele estava postado diante dela, com os polegares nos bolsos de seu colete cor de eucalipto, como se esperasse mais uma pergunta estudantil que ele pudesse virar ao contrário.
– Olha, lembra daquela vez que o convoquei há uns dois meses?
– Quando planejava me despedir?
– Dr. Max!
– Bem, planejava, não planejava? Um his-toriador adquire certo faro para os mecanismos de poder no decorrer de seus estudos.
– Ficará bem, dr. Max?
– Imagino que sim. Os documentos Pitman levarão muito tempo para serem arrumados. E tem, é claro, a biografia.
Martha sorriu para ele, sacudindo a cabeça em censura. A censura era autodirigida: O dr. Max não precisava de seus conselhos nem de sua proteção.
Na igreja de St. Aldwyn, ela olhou para a fileira de números lotéricos. Nada do grande prêmio esta semana, de novo, Martha. Ela sentou-se numa almofada úmida, de *petit-point* e com monograma, e pareceu quase sentir a luz úmida. Por que era atraída ali? Não vinha para rezar. Não havia nenhum claro espírito de arrependimento. O cético que entrou na linha, o blasfemo cuja catarata se dissolve: seu caso não imitava a velha história que dava prazer aos clérigos. E, no entanto, haveria um paralelo? O dr. Max não acreditava em salvação, mas talvez ela acreditasse, sentindo que talvez a encontrasse entre os destroços de um sistema de salvação maior, abandonado.
– Então, Martha, o que busca você? Pode me dizer.
– O que busco? Não sei. Talvez reconhecer que a vida, a despeito de tudo, possuiu a capacidade de ser séria. O que me escapou. Como escapa à maioria das pessoas, provavelmente. Ainda assim.

– Continue.
– Ora, eu presumo que a vida deva ser mais séria se possuir uma estrutura, se existir por aí algo maior que você mesma.
– Que belo e diplomático, Martha. Banal também. Um triunfo da insignificância. Tente de novo.
– Está certo. Se a vida é uma trivialidade, então o desespero é a única opção.
– Está melhor, Martha. Muito melhor. A não ser que você queira dizer que resolveu buscar Deus como uma maneira de evitar os antidepressivos.
– Não, isso não. Você entende mal. Não estou numa igreja por causa de Deus. Um dos problemas é que as palavras, as palavras sérias, foram usadas e abusadas por gente como esses curas e vigários arrolados no muro. As palavras parecem não se ajustar aos pensamentos, hoje em dia. Mas acho que havia algo invejável sobre esse mundo que, de outra forma, não tinha nada de invejável. A vida é mais séria, e melhor, e portanto mais tolerável, se houver algum contexto maior.
– Ah, vamos lá, Martha, você está me aborrecendo. Talvez você não seja religiosa, mas é certamente devota. Gostava mais de você como era. Um frágil cinismo é uma resposta mais verdadeira ao mundo moderno que este... anseio sentimental.
– Não, não é sentimental. Pelo contrário. Estou dizendo que a vida é mais séria, e melhor, e tolerável, mesmo se seu contexto for cruel e arbitrário, mesmo se suas leis forem injustas e falsas.
– Ora, isto *é* um luxo em termos de visão *a posteriori*. Diga isso às vítimas da perseguição religiosa no decorrer dos séculos. Você preferia ser torturada na roda ou ter um belo bangalozinho na ilha de Wight? Acho que dá para adivinhar a resposta.
– E outra coisa...
– Mas você não respondeu a pergunta.
– Bem, você talvez esteja enganada. E tem outra coisa. A perda da fé por parte de um indivíduo e por parte de uma nação não é praticamente a mesma coisa? Olhe só o que aconteceu à Inglaterra, à velha Inglaterra. Ela parou de acreditar nas coisas. Ah, continuava a avançar de modo atabalhoado. Saía-se bem. Mas perdeu a seriedade.
– Ah, então agora trata-se da perda da fé por parte de uma nação, é? É algo bastante irônico vindo de você, Martha. Você acha

que a nação vive melhor se tiver algumas crenças sérias, mesmo se forem arbitrárias e cruéis? Vamos trazer de volta a Inquisição. Que entrem em cena os grandes ditadores, Martha Cochrane, com orgulho, apresenta...
— Pare. Não posso explicar sem fazer troça de mim mesma. As palavras seguem apenas sua própria lógica. Como é possível desatar esse nó? Talvez esquecendo as palavras. Deixe que as palavras acabem, Martha...
De repente, veio uma imagem, uma que era compartilhada pelos velhos ocupantes desses bancos. Não Guilliamus Trentinus, é claro, nem Anne Potter, mas talvez o alferes Robert Timothy Pettigrew, Christina Margaret Benson, James Thorogood e William Petty tenham-na compartilhado. Uma mulher à beira do abismo, uma mulher meio fora deste mundo, apavorada, aterrorizada, porém, no fim, salva. Uma sensação de cair, cair, cair, que temos todos os dias de nossas vidas, e então a consciência de que a queda é abrandada, é detida por uma corrente oculta, cuja existência ninguém podia desconfiar. Um breve e eterno instante que era absurdo, improvável, inacreditável, verdadeiro. Os ovos racharam pelo ligeiro impacto da queda, mais nada. A riqueza de toda a vida, depois daquele instante.

Mais tarde haviam se apropriado do instante, reiventado, copiado, vulgarizado o instante; ela mesma ajudara. Mas semelhante vulgarização sempre acontecia. A seriedade jazia na celebração da imagem original: voltando lá e a revivendo. Era aí que ela divergia do dr. Max. Uma parte sua podia desconfiar que o acontecimento mágico jamais ocorrera, ou pelo menos não como se supunha agora que ele pudesse ter acontecido. Mas é também preciso que se celebre a imagem e o instante, mesmo que jamais tenham ocorrido. Era aí que residia a pouca seriedade da vida.

Ela colocou flores novas no altar, removendo as da semana passada que estavam murchas e frágeis. Puxou desajeitadamente a pesada porta, até fechá-la, sem trancá-la, caso houvesse outros. Seis avós com fome.

3: ANGLIA

COM UMA SÉRIE de gestos mecânicos e cadenciados, feitos por um punho firme, Jez Harris afiava seu alfanje. O vigário tinha uma antiga Atco, movida a gasolina, mas Jez preferia fazer as coisas direito; além do mais, as lápides tortas estavam enterradas todas juntas, como se em desafio aos cortadores mecânicos. Do outro lado do terreno da igreja, Martha observava Harris se agachando para apertar as correias de couro nos joelhos. Ele cuspiu nas palmas das mãos, soltou algumas pragas de sua própria autoria e começou a atacar a grama, e todas aquelas plantas pequeninas que nascem com a grama. Até que o mato voltasse a crescer, Martha seria capaz de ler os nomes entalhados de seus futuros companheiros.

Era no começo de junho, uma semana antes da festa, e o tempo tinha um falso ar de verão. O vento cessara, e lentos mangangás farejavam o cheiro da grama quente. Uma fritilária prateada ensejava despreocupadas trajetórias de vôo a um tordo marrom. Somente uma felosa, em busca de insetos demonstrava um método de trabalho como aquele, completamente frenético. Os pássaros silvestres mostravam mais audácia do que faziam na infância dela. No outro dia, Martha viu um pardal fender um caroço de cereja bem aos pés dela.

O terreno da igreja era um lugar de informalidade e de ruína, local dos danos mais suaves infringidos pelo tempo. Uma nuvem de barba-de-velho escondia a perigosa inclinação de um muro de pedras. Havia uma faia cobreada, com dois galhos cansados sustentados por muletas de madeira, e havia um portão coberto cujo teto, em forma circunflexa, contava inúmeras goteiras. Os pedaços musguentos do banco em que Martha estava sentada reclamavam até mesmo do cauteloso fardo de seu peso.

"A felosa é um passarinho inquieto que não anda em bandos." De onde saíra aquilo? Apenas surgira na sua cabeça. Não, estava errada, estivera sempre na sua cabeça e aproveitara aquela oportunidade para passar rapidamente pela sua mente. O funcionamento da memória estava se tornando mais errático; ela notara isso. Sua cabeça ainda funcionava com lucidez, achava, mas nos seus instantes de descanso, todo tipo de lixo do passado passava dentro dela. Anos atrás, na meia-idade, ou na maturidade, ou seja lá como se a chamasse, sua memória era prática, justificativa. Por exemplo, a infância era lembrada numa série de incidentes que explicavam por que você se transformou na pessoa que é atualmente. Hoje havia mais falhas – um dente saindo da engrenagem da corrente da bicicleta – e menos pertinência. Ou talvez era seu cérebro a insinuar aquilo que você não queria saber: que você se tornara a pessoa que era, não devido a uma causalidade explicável, por atos de sua vontade impostos às circunstâncias, mas por mero capricho. Passava a vida inteira a bater asas, mas era o vento que decidia para onde você ia.

– Sr. Harris?

– Pode me chamar de Jez, srta. Cochrane, como fazem os outros – o ferreiro era um sujeito robusto, cujos joelhos estalaram quando ele se endireitou. Ele usava uma indumentária rural, toda cheia de bolsos, correias e dobras, que insinuavam tanto o dançarino folclórico quanto a nostalgia do servo da gleba.

– Acho que ainda tem um pisco-ferreiro chocando – disse Martha. – Logo atrás daquela barba-de-velho. Cuidado para não perturbá-lo.

– Pode deixar, srta. Cochrane – Jez Harris puxou um fio solto de cabelo sobre a sua testa, com um possível intento satírico. – Dizem que os piscos-ferreiros dão sorte àqueles que não mexem nos seus ninhos.

– É verdade, sr. Harris? – A expressão de Martha era de descrença.

– Dão nesta aldeia, srta. Cochrane – respondeu com firmeza Harris, como se a chegada relativamente recente dela não lhe desse o direito de questionar a história.

Ele se afastou para dar suas foiçadas num pedaço de cerefólios.

Martha sorriu para si mesma. Engraçado como ela não conseguia chamá-lo de Jez. E, no entanto, Harris não era mais autêntico. Jez Harris, ex-Jack Oshinsky, assessor legal júnior de uma firma americana de eletrônica, foi obrigado a abandonar o país durante o estado de emergência. Preferiu ficar e atrasar o relógio, tanto de seu nome quanto de sua tecnologia: hoje ferrava cavalos, fazia aros de barril, afiava facas e foices, fazia chaves, cuidava dos canteiros e preparava uma espécie desprezível de cidra caseira na qual mergulhava um ferro em brasa imediatamente antes de servi-la. O casamento com Wendy Temple havia suavizado seu sotaque de Milwaukee, e tinha um prazer indescritível em bancar o rústico toda vez que aparecia algum lingüista ou antropólogo ridiculamente disfarçado de turista.

– Diga-me – talvez começasse o aplicado caroneiro com suas botas novas, reveladoras –, aquele arvoredo ali tem algum nome especial?

– Nome? – gritaria Harris da sua bigorna, franzindo a testa e martelando uma ferradura vermelha como um xilofonista maluco. – Nome? – repetiria ele, fitando o pesquisador entre os fios de cabelos emplastrados. – Aquilo lá é a matinha de Halley, até um cão afogado sabe disso – ele jogaria com desdém a ferradura dentro de um balde d'água, a fumaça e o chiado dramatizando seu reparo.

– Matinha de Halley... Você quer dizer... como o cometa de Halley? – a essa altura o falso turista já estaria arrependido do fato de não poder sacar um gravador ou caderneta de anotações.

– Cometa? Que cometa é esse? Tem muito tempo que não passa um cometa aqui. Nunca ouviu falar de Edna Halley, então? Não, eu acho que não foi como o pessoal daqui gosta de contar. Troço esquisito, se você quiser saber, troço esquisito.

Quando então, com estudada displicência e dando sinais de estar com fome, Harris o ferrador, *né* Oshinsky, o enxadrista, deixaria que lhe oferecessem um bolo de carne e rim no Rising Sun, e com uma canecona de cerveja amarga junto a seus cotovelos, insinuaria, sem chegar a dar certeza alguma de nada, casos de feitiçaria e crendices, de ritos sexuais sob uma lua brilhante e da matança de animais, tudo isso num passado nem tão remoto assim. Os outros fregueses do pub ouviriam suas frases morrerem, enquanto Harris se censurava e baixava teatralmente a voz. – É claro que o vigário sempre negou... – teriam eles o privilégio de ouvir, ou – Todos que você conhece dizem que nunca conheceram a velha Edna, mas era ela quem costuma lavá-los no parto e lavá-los na morte, e entrementes... De vez em quando, o sr. Mullin, o professor local, costumava censurar Jez Harris, sugerindo que o folclore, e especialmente o folclore inventado, não deveria ser objeto de transações monetárias ou barganhas. O professor era tímido e cheio de tato, por isso limitava-se a generalidades e princípios. Outras pessoas na aldeia colocavam as coisas de modo mais direto: para eles, a fabulação e a cupidez de Harris eram provas da origem não anglicana do ferreiro.

Mas, de qualquer maneira, Harris não aceitava a censura e, com várias piscadelas e coçadas de cabeça, trazia o sr. Mullin para dentro de sua própria narrativa. – Ora, não fique com medo, sr. Mullin. Eu nunca deixei escapar qualquer palavra sobre o senhor e Edna, nenhuma palavra, juro que passaria esse alfanje na minha garganta se dela tivesse saído qualquer coisa sobre esse caso...

– Ah, deixe disso, Jez – protestava o professor, embora seu uso do nome de batismo do seu interlocutor representasse uma confissão virtual de ter sido derrotado. – Quero dizer, não se deixe entusiasmar por toda essa besteirada que você fala para essa gente. Se você quiser algumas lendas locais, tenho uma porção de livros que posso lhe emprestar. Coleções sobre folclore, esse tipo de coisa – o sr. Mullin fora antiquário na sua vida pregressa.

– A Velha Mãe Bom Tempo e todo esse negócio, o senhor quer dizer? A verdade é que, sr. Mullin – e aqui Harris deu um olhar que tinha um pouco de presunção –, experimentei neles esse troço e não deu muito certo. Eles preferem os casos de Jez, pode crer. O senhor e a srta. Cochrane podem ler juntos seus livros à luz de velas...

– Ah, pelo amor de Deus, Jez.

– Ela deve ter sido um bom pedaço na sua época, essa srta. Cochrane, não acha? O pessoal fala que alguém roubou uma de suas anáguas no varal na última segunda-feira, faz uma semana, quando o velho Brock, o texugo, brincava à luz da lua na colina da Forca...

Não muito tempo depois deste encontro, o sr. Mullin, compenetrado e constrangido, todo ele um somatório de seu rosto corado e remendos de couro nos cotovelos, bateu na porta dos fundos de Martha Cochrane e declarou sua ignorância sobre as roupas de baixo roubadas, de nada sabia ele, até...

— Jez Harris? — perguntou Martha com um sorriso.
— Você não quer dizer...?
— Acho provavelmente que sou um pouquinho velha demais para que alguém se interesse pelas minhas roupas íntimas colocadas no varal.
— Ah, o... *velhaco*.
O sr. Mullin era um homem tímido e meticuloso, cujos alunos o chamavam de felosa. Ele aceitou uma xícara de chá de hortelã e permitiu-se, não pela primeira vez, dar mais ênfase às suas reclamações contra o ferreiro. — O negócio, srta. Cochrane, é que de certo modo não posso deixar de ficar do lado dele, a contar lorotas para todos esses intrometidos e campistas abelhudos, que nem sequer admitem a que fim vieram. Que o enganador seja ele mesmo enganado — tenho certeza que essa é a moral da história, mesmo se não consigo defini-la neste instante. Será que é de Marcial...?
— Mas por outro lado...
— Sim, obrigado, mas por outro lado, eu gostaria que ele não *inventasse* essas coisas. Tenho livros sobre mitos e lendas cujo acesso eu lhe franqueio de bom grado. Há todo tipo de contos de onde escolher. Ele poderia ser o guia de uma pequena excursão, se quisesse. Levá-los até o alto da colina da Forca e falar sobre o Carrasco Encapuzado. Ou, tem a Velha Mãe Bom Tempo e seus Luminosos Gansos.
— Não seriam casos *dele*, seriam?
— Não, seriam *nossos* casos. Seriam... verdade. — Ele mesmo não pareceu convincente. — Bem, talvez não verdade, mas pelo menos registrados. — Martha apenas olhou para ele. — De qualquer maneira, você percebe meu argumento.
— Entendo seu argumento.
— Mas sinto que está do lado dele, srta. Cochrane. Está, não está?
— Sr. Mullin — disse Martha sorvendo seu chá de hortelã —, quando se chega à minha idade, descobre-se que não se está do lado de ninguém, não especificamente. Ou do lado de todo mundo. Como queira.
— Ah, meu Deus — disse o sr. Mullin. — Sabe, pensei que a senhorita fosse um dos nossos.
— Talvez eu já tenha conhecido muitos "nossos" na minha vida.

O professor olhou para ela como se ela fosse de algum modo traiçoeira, bem possivelmente impatriótica. Na sala de aula, ele gostava de ensinar raízes a seus alunos. Ensinava-lhes geologia local, baladas populares, a origem dos nomes dos lugares, o padrão migratório dos pássaros, e os reinados da Heptarquia (tão mais fáceis, pensou Martha, que os condados da Inglaterra). Ele costumava levá-los até a beira da formação de Kimmeridgean e demonstrar golpes antiquados de luta, cujas ilustrações se viam nas enciclopédias.

Fora idéia do sr. Mullin ressuscitar – ou talvez, já que os registros não eram exatos, instituir – a festa da aldeia. Uma tarde, uma delegação oficial do vigário e do professor foi bater à porta de Martha Cochrane. Sabia-se que ela, ao contrário da maioria dos atuais moradores da aldeia, fora criada de fato no campo. Entre canecas de chá e biscoitos amanteigados, pediram que ela lhes contasse suas recordações.

– Três cenouras longas – respondera ela. – Três cenouras curtas. Três cenouras de qualquer tipo.

– Sim?

– Bandeja de legumes. A bandeja pode ser enfeitada, mas só se pode usar salsa. Couve-flores, quando incluídas, devem ser com os talos.

– Sim?

– Seis ervilhas largas. Seis feijões vermelhos. Nove vagens anãs.

– Sim?

– Jarro de geléia de maçã. Todos os caprinos inscritos devem ser fêmeas. Jarro de gelatina de limão. Novilha holandesa com dois dentes largos no máximo.

Ela foi buscar um livreto com uma capa vermelha desbotada. Suas visitas folhearam-no. "Três dálias, cactos, 15-20cm – em um vaso," leram eles. Em seguida: "cinco dálias pom-pom, menos de 5 cm de diâmetro." Em seguida: "cinco dálias, miniatura, em bola." Em seguida: "três dálias, decorativas, mais de 20cm – em três vasos." O frágil livro de listagens parecia um fragmento de uma civilização imensamente complicada e obviamente decadente.

"Concurso de fantasias a cavalo?" ficou a ponderar o reverendo Coleman. "Dois cabides forrados? Um artigo feito de massa de pão? Melhor treinador infantil com menos de 15 anos? Cão que o juiz gostaria de levar para casa?"

Apesar do respeito que ele tinha pela sabedoria enfeixada nos livros, o professor não se deixou convencer. – Talvez, devamos, de modo geral, começar do zero – o vigário balançou a cabeça, concordando. Abandonaram a lista das regras da Sociedade Agrícola e Hortícola do Distrito.

Mais tarde, Martha folheou aquele livro, lembrando-se mais uma vez do cheiro de uma barraca de cerveja, dos carneiros sendo tosqueados, de seus pais jogando-a bem para o alto, no céu. E então havia o sr. A. Jones e a maneira como seus feijões brilhavam em cima do veludo preto. Uma vida inteira depois, ela se perguntou se o sr. Jones roubava para chegar a tamanha perfeição. Não havia como saber: ele mesmo já se tornara esterco, a essa altura.

Caíram páginas que se soltaram dos grampos enferrujados do livreto, em seguida uma folha seca. Ela colocou-a, dura e cinzenta, na palma de sua mão; somente sua borda serrilhada lhe informava que ela era de carvalho. Martha deve tê-la guardado, todos aqueles anos por algum motivo específico: para fazê-la se lembrar, num dia como este, exatamente de um dia como aquele. Só que, que dia fora? O *souvenir* não funcionou: nenhuma recordação de alegria, êxito ou simples satisfação retornou, nenhum sol a brilhar entre as ramagens das árvores, nenhuma andorinha a voar sob o beiral, nenhum cheiro de lilás. Ela fracassara diante dela mesma mais jovem ao perder as características da juventude. A não ser que sua pessoa mais jovem tivesse fracassado ao não prever as características da idade mais avançada.

Jez Harris passou de fininho pela cascata de barba-de-velho, sem perturbar o pisco-ferreiro e trazendo sorte para si mesmo, de acordo com seu mais recente folclore. Suas foiçadas e podas deixaram o terreno da igreja com um jeito cuidado, mais do que de fato limpo; os pássaros e borboletas continuaram com suas vidas. O olhar de Martha, e depois seus pensamentos, seguiram uma borboleta cor de enxofre que passou rente, rumo ao Sul, sobre planícies, sobre o mar, passando por penhascos calcários, até outro cemitério, um lugar de muros claros de pedra seca e terra impecavelmente limpa. Lá a vida selvagem seria desencorajada, se possível, minhocas seriam proibidas, como também o próprio tempo. A nada seria permitido perturbar o lugar de descanso do primeiro barão Pitman de Fortuibus.

Até mesmo Martha não invejava o grande isolamento de sir

Jack. A Ilha fora sua idéia e um sucesso seu. A revolta camponesa de Paul e Martha demonstrara ser um interlúdio a ser esquecido, há muito expurgado da história. Sir Jack também soube lidar rápido com a tendência subversiva a se identificar em demasia com os personagens, por parte de alguns funcionários contratados para representá-los. O novo Robin Hood e seus novos alegres companheiros trouxeram nova respeitabilidade à bandidagem. O rei recebera um firme lembrete a respeito dos valores da família. O dr. Johnson fora transferido para o hospital de Dieppe, onde tanto a psicoterapia quanto as drogas psicotrópicas mais adiantadas não haviam conseguido aliviar o seu distúrbio de personalidade. Foi prescrita uma profunda sedação para controlar suas tendências autodestrutivas.

Paul durara uns dois anos como executivo chefe, mais tempo do que predissera Martha; em seguida, sob protestos e idade avançada, sir Jack tomara mais uma vez as rédeas. Logo depois disso, através de uma votação especial, ambas as Casas do Parlamento haviam-no nomeado primeiro barão Pitman de Fortuibus. A moção fora aprovada sem voto contrário, e sir Jack reconheceu que só um homem arrogante teria recusado a homenagem. O dr. Max elaborou uma árvore genealógica plausível para o novo barão, cuja mansão começou a rivalizar com o palácio de Buckingham, tanto em esplendor quanto em visitação pública. Sir Jack ficava fitando o Mall, da extremidade oposta, a refletir que sua última grande idéia, sua *Nona Sinfonia* lhe trouxera merecida riqueza, fama mundial, aplausos do mercado e um feudo. Com toda razão, era aclamado tanto como inovador quanto homem de idéias.

Não obstante, mesmo na morte continuara a cultivar a rivalidade. A idéia de compartilhar a terra com jogadores de menor porte pareceu-lhe um pouco indigna na hora do fundador da Ilha designar o lugar de seu último descanso. A igreja de St. Mildred, que era a igreja da propriedade de Osborne House, foi desmantelada e remontada bem no interior da planície de Tennyson, cuja extensão, tão popular, talvez viesse a ser rebatizada no futuro, embora, é claro, só diante do firme desejo da Ilha. O terreno de um hectare da igreja foi cercado por um muro de pedra seca engastado com pedras de mármore trazendo alguns dos ditos eternos de sir Jack. No centro, numa pequena elevação, ficava o mausoléu Pitman, necessariamente ornamentado, ainda que simples na sua essência. Os grandes homens deveriam ser modestos na morte. Ainda assim, seria uma negligência ignorar as exigências da visitação pública a um futuro ponto quente da Inglaterra, Inglaterra. Sir Jack dividira seus últimos meses entre os riscos dos arquitetos e a previsão do tempo. Acreditava, cada vez mais, em avisos e presságios. O grande William comentara em algum lugar que os lamentos ruidosos dos céus eram amiúde um sinal da morte dos grandes homens. O próprio Beethoven morrera enquanto os trovões de uma tempestade ribombavam em cima dele. As últimas palavras que sir Jack pronunciara foram de elogio aos ingleses. – Que Deus os abençoe – dissera ele. Seria vaidade – e não de fato uma humildade? – afirmar a mesma coisa se o céu também protestasse pela sua própria passagem? O primeiro barão Pitman ainda ruminava sobre seu epigrama de despedida, quando morreu, fitando complacentemente um céu de brigadeiro.

O funeral foi um acontecimento pomposo com cavalos ornamentados com plumas negras; parte da dor foi verdadeira. Porém o tempo, ou, para ser mais exato, a dinâmica do projeto de sir Jack, teve sua vingança. Nos primeiros meses, os visitantes classe A vinham prestar sua homenagem no mausoléu, para ler a sabedoria-mural de sir Jack, e ir embora pensativamente. No entanto, continuavam a excursionar pela mansão Pitman, na extremidade do Mall, até mesmo em quantidade maior. Tamanho e fiel entusiasmo só faziam realçar a melancolia e o vazio do prédio depois da morte de seu proprietário, e pareceu a Jeff e a Mark haver uma diferença entre tornar seus visitantes pensativos e torná-los deprimidos. A lógica do marketing ardeu como uma mensagem no muro de Baltazar: sir Jack precisava tornar a viver.

As entrevistas para o emprego tiveram lá seus momentos desconcertantes, porém eles encontraram um Pitman que, depois de um pouquinho de treino e pesquisa, era igualzinho ao original. Sir Jack – o velho – teria gostado do fato de seu sucessor ter desempenhado uma porção de papéis principais em representações shakespearianas. O substituto de sir Jack tornou-se logo uma figura popular; descendo de seu Landau para mergulhar entre a multidão, dando aulas sobre a história da Ilha, e mostrando sua mansão a executivos-chave da indústria de lazer. A experiência de jantar com

Pitman demonstrou ser uma alegre opção para o visitante no Cheshire Cheese. A única baixa do mercado nisso tudo é que a circulação no mausoléu caiu tão rápido quanto a cesta de ovos de Betsy – em certos dias, o número de jardineiros superava o dos visitantes. À maioria das pessoas, parecia de mau gosto sorrir para o homem de manhã e de tarde fazer uma visita à sua sepultura.

A Ilha já estava no seu terceiro sir Jack quando Martha voltara para Anglia depois de décadas de perambulações. Ela estava em pé na coberta de proa da barca quinzenal para Le Havre, que fazia, a toques de buzina, sua entrada incerta no porto de Poole; enquanto um chuveirinho fino refrescava seu rosto, ela pensava que tipo de ancoradouro ela mesma encontraria. Jogaram-se cordas, que foram atadas; foi içada uma escada de desembarque; rostos virados para cima procuravam outras pessoas que não ela. Martha foi a última a desembarcar. Estava trajando suas roupas mais velhas; mesmo assim, o funcionário da alfândega, de suíças, cumprimentou-a enquanto ela permanecia diante de sua mesa de inspecionar malas de carvalho polido. Ela mantivera seu passaporte da velha Inglaterra, pagando também, secretamente, seus impostos. Estas duas precauções garantiram que ela fosse incluída na rara categoria de imigrante permitido. O funcionário da alfândega, com seu terno grosso de sarja azul desaparecendo dentro de suas botas de borracha, tirou o relógio de bolso cuja corrente atravessava sua barriga e cronometrou a repatriação dela num livro de capa de couro de cabra. Ele era mais novo que Martha, mas olhou para ela como se fosse uma filha há muito perdida. – Melhor uma desgarrada, se assim ouso dizê-lo, senhora – em seguida ele devolveu-lhe o passaporte e chamou com um assobio um moleque que a levasse até o táxi a cavalo.

O que a surpreendera, observando à distância, era com que rapidez tudo aquilo se desenrolara. Não, isso era injusto, era assim que o *The Times of London* – ainda publicado em Ryde – teria colocado a coisa. A linha oficial da Ilha, fielmente mantida por Gary Desmond e seus sucessores, era de uma simplicidade óbvia. A velha Inglaterra perdera gradativamente poder, território, riqueza, influência e população. A velha Inglaterra deveria ser comparada, desvantajosamente, a alguma província distante qualquer de Portugal ou da Turquia. A velha Inglaterra cortara a própria garganta e jazia na sarjeta sob uma luz espectral de lampião a gás, com a única função de servir de exemplo dissuasório aos demais. De Viúva Rica a Pé Rapada, conforme uma manchete do *Times* afirmara desdenhosamente. A velha Inglaterra perdera sua história, e portanto – já que a memória é a identidade – perdera todo sentido de si mesma.

Mas havia outra maneira de ver as coisas, e os historiadores do futuro, quaisquer que fossem seus preconceitos, haveriam sem dúvida de concordar na identificação de dois períodos distintos. O primeiro, que tivera início com a instituição do projeto da Ilha, durara tanto quanto a velha Inglaterra – para adotar a expressão em função de sua conveniência –, procurara competir com a Inglaterra, Inglaterra. Esta fora uma época de vertiginoso declínio para a ilha maior. A economia baseada no turismo entrou em colapso; os especuladores destruíram a moeda; a saída da família real tornou a expatriação algo na moda entre a nobreza; enquanto as melhores residências do país eram compradas como casas de férias pelos europeus do continente. Uma Escócia revigorada comprou grandes extensões de terra, inclusive as velhas cidades industriais do Norte. Até mesmo o País de Gales pagou para poder se expandir à custa de Shropshire e Herefordshire.

Depois de várias tentativas de socorro, a Europa recusou-se a investir dinheiro saudável para salvar dinheiro podre. Houve gente que viu uma conspiração na atitude européia frente a uma nação que já contestara a supremacia do continente; houve discursos de vingança histórica. Correram boatos que durante um jantar secreto no Elysée, os presidentes da França, Alemanha e Itália ergueram os copos ao brinde: "Não basta ter êxito, é necessário também que outros fracassem." E, se isso não fosse verdade, muitos documentos vindos de Bruxelas e Estrasburgo confirmam que muitos altos funcionários encaravam a velha Inglaterra não como um caso adequado para receber ajuda financeira emergencial, mas como um mau exemplo econômico e moral. Ela deveria ser tratada como uma nação perdulária, e os outros países deveriam permitir que ela continuasse em queda-livre, como exemplo para os gulosos. Castigos simbólicos foram também aplicados: o Meridiano de Greenwich foi substituído pelo Tempo Médio de Paris: nos mapas, o canal da Mancha tornou-se o canal Francês.

A população diminuiu ainda mais. Os de origem caribenha e subcontinental começaram a voltar para suas terras mais prósperas, das quais seus trisavós tinham vindo outrora. Outros se dirigiram aos Estados Unidos, Canadá, Austrália e a Europa continental; porém os velhos ingleses estavam lá em baixo no rol dos imigrantes desejáveis, tidos como portadores da mácula do fracasso. A Europa, numa cláusula do Tratado de Verona, retirou dos velhos ingleses o direito de viajar livremente dentro da União. Destroiers gregos patrulhavam o canal para interceptar os fugitivos em barcos. Depois disso, a diminuição populacional se tornou mais lenta.

A reação política natural a esta crise foi a eleição de um Governo de Recuperação, que se comprometeu com um renascimento econômico, soberania parlamentar e reaquisições territoriais. Seu primeiro passo foi reintroduzir a velha libra como unidade central da moeda, coisa que pouca gente questionou, já que o euro inglês deixara de ser uma moeda corrente. Seu segundo passo foi enviar o Exército ao Norte numa missão de reconquista dos territórios oficialmente tidos como conquistados, mas que na verdade foram vendidos. A *blitzkrieg* libertou grande parte de West Yorkshire, para grande espanto de seus habitantes; mas depois que os EUA apoiaram a decisão européia de melhorar o armamento do Exército escocês, com a oferta de um crédito ilimitado, a Batalha de Rombalds Moor levou ao humilhante Tratado de Weeton. Enquanto a atenção estava desviada, a Legião Estrangeira da França invadiu as ilhas do canal, e a reivindicação ressuscitada do Quai d'Orsay obteve o respaldo da Corte Internacional de Haia.

Depois do Tratado de Weeton, um país desestabilizado e, com o pesado fardo das retribuições, descartou a política de Recuperação – ou, pelo menos, o que fora tradicionalmente tido como Recuperação. Isto marcou o início do segundo período, sobre o qual os historiadores do futuro haveriam de discordar por tanto tempo. Alguns afirmavam que neste ponto o país simplesmente desistiu; outros que ele encontrou uma nova força na adversidade. O que permanecia incontestável era que as metas nacionais que constituíam há muito um consenso – crescimento econômico, influência política, capacidade militar e superioridade moral – foram agora abandonadas. O país foi retirado da União Européia – negociando com tamanha irracionalidade obstinada que foi finalmente pago para sair –, instituiu-se uma barreira comercial contra o resto do mundo, foi proibida a posse por estrangeiros de terra ou de bens móveis dentro do território nacional, e os militares foram desmobilizados. Permitiu-se a emigração; a imigração, só em condições muito raras. Os patrioteiros intransigentes alegaram que essas medidas foram projetadas para reduzir uma grande nação comercial a um isolacionismo radical; porém, os patriotas modernizadores achavam que aquilo era a última opção realista para uma nação cansada da própria história. A velha Inglaterra proibiu todo turismo a não ser para grupos de, no máximo, duas pessoas e introduziu um sistema bizantino de vistos. Decretou o fim da velha divisão administrativa dos condados, criando novas províncias, baseadas nos reinos da heptarquia anglo-saxã. O país declarou seu isolamento do resto do mundo e do terceiro milênio mudando seu nome para Anglia.

O mundo começou a esquecer que "Inglaterra" já significara outra coisa que não a Inglaterra, Inglaterra, uma falsa memória que a Ilha batalhou para reforçar; enquanto aqueles que permaneceram na Anglia começaram a se esquecer do mundo lá fora. Seguiu-se a pobreza, é óbvio; embora agora não tivesse tanta importância devido a falta de comparação. Se a pobreza não implicasse má saúde ou desnutrição, então não se tratava de pobreza, mas de austeridade voluntária. Aqueles que andavam em busca das vaidades tradicionais eram livres para imigrar. Os anglianos também descartaram grande parte da tecnologia de comunicações que antes parecera indispensável. Tornaram-se chiques as novidades das canetas-tinteiros e de se escrever cartas, das noites com a família em torno do rádio e de se ter de discar "0" para conseguir a telefonista. As cidades murcharam; os sistemas de trânsito de massa foram abandonados, embora alguns trens a vapor ainda funcionassem; os cavalos eram os donos das ruas. Cavou-se carvão de novo, e os reinos afirmavam suas diferenças; emergiram novos dialetos baseados nas novas distinções.

Martha não soubera o que encontrar quando o ônibus cor de ameixa e creme, de um só andar, a largara na aldeia do médio Wessex e que a aceitara como residente. A mídia mundial sempre seguira a liderança do jornal *The Times of London*, retratando a Anglia como um lugar em que reinava a caipirice e um culto deliberado ao que era antigo. Pesadas charges satirizavam caipiras tomando uma ducha na bomba manual depois de uma bebedeira. Dizia-se que o crime florescia, apesar dos esforços dos policiais de bicicleta. Até mesmo a reintrodução do tronco não dissuadira os malfeitores. Enquanto isso, o casamento consangüíneo produzia um tipo idiotizado que vivia nas aldeias.

É claro que ninguém da Ilha visitava havia séculos a terra de origem; embora fosse comum a esquadrilha da Batalha da Grã-Bretanha fazer vôos de reconhecimento sobre Wessex. Através de óculos de celulóide, e com a estática da época em seus ouvidos, "Johnnie" Johnson e seus heróis de casacos de pele de carneiro olhavam para baixo espantados diante daquilo que não existia: tráfego nas estradas e linhas de energia elétrica, luzes na rua e cartazes de publicidade, o sistema circulatório de uma nação. Viam subúrbios mortos, arrasados e rodovias de quatro pistas que morriam na mata, viam uma ou outra caravana de ciganos a saracotear por cima do asfalto deformado e cheio de crateras. Aqui e ali apareciam manchas vivas de reflorestamento, algumas possuindo a desordem original da natureza, outras com as linhas nítidas da vontade humana. A vida lá em baixo parecia lenta e pequena. Vastos campos foram redivididos em pequenas glebas; moinhos de vento giravam pesadamente; um canal recuperado oferecia o reflexo de um tráfego colorido e cavalos suando para puxar as barcaças. Vez por outra, longe no horizonte, perdurava um rastro de vapor de uma locomotiva. A esquadrilha gostava de voar baixo e assustar alguma aldeia: rostos amedrontados com suas bocas de tinteiro, virados para cima, um cavalo refugando numa ponte levadiça, e seu cavaleiro a esbravejar para o céu. Depois dessa cena, com risinhos superiores, os heróis davam o giro da vitória, batiam no indicador de combustível com a luva esgarçada e rumavam em direção à base.

Os pilotos viram o que queriam: esquisitice, retraimento, fracasso. As mudanças menos óbvias lhes fugiam. No decorrer dos anos, as estações voltaram à Anglia e tornaram-se puras. As colheitas tornaram-se de novo um produto da terra local, e não do frete aéreo: as batatas novas da primavera eram exóticas, o marmelo e as amoras do outono, decadentes. O amadurecimento era tido como coisa do acaso, e verões frios significavam uma abundância de *chutney* de tomates verdes. O avanço do inverno era calculado pelo estrago nas maçãs armazenadas e a crescente audácia dos predadores. As estações, agora imprevisíveis, passaram a ser mais respeitadas, e seus inícios marcados por cerimônias. O clima há muito fora reduzido a um mero determinante do estado de espírito, tornou-se novamente crucial: algo externo, que operava castigos e recompensas. O novo tempo, o natural, não sofria rivalidade nem interferência do tempo industrial, e era autocomplacente no seu domínio: reservado, imanente, cheio de caprichos, sempre ameaçando ser milagroso. Os nevoeiros tinham índole e movimento, o trovão recuperou seu posto de divindade. Rios transbordavam, diques marítimos arrebentavam, e os carneiros eram achados em cima das copas das árvores, quando as águas baixavam.

Com os agentes químicos finalmente desaparecidos da terra, as cores tornaram-se mais delicadas, e a luz mais pura. A lua agora se erguia mais dominante, visto que não havia uma luminosidade terrestre que a ofuscasse. No campo aumentado, a vida selvagem se reproduzia livremente. As lebres se multiplicavam; veados e porcos selvagens eram soltos nas matas por criadores de animais de caça; a raposa urbana voltou a uma dieta mais saudável de carne sangrenta e pulsante. A terra comunitária foi reavivada; replantaram-se sebes nos campos e fazendas. As borboletas voltaram a justificar a espessura dos velhos livros de colecionadores; pássaros migrantes, que durante gerações passavam céleres sobre a ilha intoxicada, agora se demoravam mais, e alguns até resolveram ficar. Os animais domésticos tornaram-se menores e mais ágeis. Comer carne tornou-se de novo popular, e também as caçadas. Mandavam-se as crianças colher cogumelos no mato, e as mais audaciosas caíam entorpecidas por experimentar os fungos. Outros cavavam raízes esotéricas, ou fumavam samambaia seca e fingiam uma alucinação.

A aldeia na qual morava Martha há cinco anos era uma pequena aglomeração onde a estrada se bifurcava ao sul, rumo a Salisbury. Há décadas que os caminhões sacudiam os alicerces frágeis dos chalés e a fumaça escurecia seu reboco; toda vidraça era duplamente embaçada e somente os jovens e os bêbados atravessavam desnecessariamente a estrada. Agora a aldeia cortada ao meio recuperara sua integridade. Galinhas e gansos perambulavam com pose de proprietários pelo asfalto rachado e onde as crianças riscavam com giz jogos de amarelinha; patos colonizavam o passeio triangular da aldeia e defendiam seu pequeno lago. As roupas lavadas, penduradas em varais de corda com pregadores de madeira, se debatiam até ficarem secas com o sopro de um vento limpo. À medida que as telhas se tornaram impraticáveis, cada chalé voltou à palha ou ao sapé. Sem tráfego, a aldeia se sentia mais segura e próxima; sem televisão, os aldeões falavam mais, mesmo se parecesse haver menos assunto que antes para se conversar. Qualquer coisa não deixava de merecer a observação dos demais; os pedintes eram recebidos com cautela; mandavam-se as crianças para cama com casos de salteadores e ciganos a farfalhar na sua imaginação, embora raros pais tivessem visto um cigano, e nenhum um salteador.

A aldeia não era idílica, mas não era horrorosa. Não havia nenhum idiota extraordinário, apesar dos gestos de Jez Harris. Se houvesse estupidez, conforme insistia em dizer o *Times of London*, então era do velho tipo, baseado na ignorância, ao contrário do novo, baseado no conhecimento. O reverendo Coleman era um chato bem intencionado, cujo status clerical chegara pelo correio, o sr. Mullin, o professor do colégio, uma autoridade quase respeitada. A mercearia abria em intervalos regulares projetados para enganar até mesmo o mais fiel dos fregueses. O pub estava ligado a uma cervejaria de Salisbury, e a mulher do dono não sabia sequer fazer um sanduíche. Do lado oposto à casa de Fred Temple, seleiro, sapateiro e barbeiro, havia um curral para animais que andavam soltos. Duas vezes por semana um ônibus todo sacolejante levava os aldeões à cidade que tinha feira, passando pelo hospital sediado em chalés e pelo hospício do Médio-Wessex. O motorista era invariavelmente tratado por George e tinha prazer em trazer encomendas para os que ficavam em casa. Havia crime, porém numa cultura de austeridade voluntária, ele não extrapolava o eventual roubo de galinhas. Os aldeões aprenderam a deixar seus chalés de porta aberta.

De início Martha ficara sentimental, até que Ray Stout, o dono do pub – ex-coletor de pedágio na rodovia –, inclinara-se sobre o balcão com o gin e a tônica dela e as palavras: – Suponho que você acha a nossa pequena comunidade *um tanto divertida?* – depois ela ficou deprimida pela falta de curiosidade e de horizontes, até que Ray Stout desafiou-a com – Sentindo falta das luzes brilhantes a esta altura, ouso dizer. Finalmente ela ficou acostumada à tranqüilidade e à necessária repetição, à cautela, à incessante espionagem, à prestatividade, ao incesto mental, às longas noites. Fez amizade com uma dupla de pequenos fabricantes de queijo, ex-negociantes de produtos primários. Martha fazia parte do conselho paroquial e nunca deixou de contribuir com a lista para as flores da igreja. Ela caminhava pelos morros, pegava livros emprestados da biblioteca móvel, que estacionava terça sim, terça não, no passeio da aldeia. Na sua horta cultivava nabos Snowball e couve Red Drumhead, alface de cabeça alongada Bath, couve-flor St. George e cebolas Rousham Park Hero. Em memória do sr. A. Jones, cultivava mais ervilhas do que precisava: Caseknife e Painted Lady, Golden Butter e Scarlet Emperor. Nenhuma delas, a seus olhos, era digna de descansar sobre um veludo preto. Ela se entediava, é claro, mas voltara a Anglia como pássaro migratório, e não como fanática. Ela não transava com ninguém. Envelhecia. Conhecia os contornos de sua solidão. Não tinha certeza se agira certo, se Anglia agira certo, se uma nação poderia reverter seu rumo e seus hábitos. Seria mero culto voluntário do antiquado, conforme alegava *The Times* – ou este traço fizera parte da índole dela, de sua história? Seria um corajoso e novo empreendimento, de renovação espiritual e auto-suficiência moral, conforme afirmavam os líderes políticos? Ou era simplesmente inevitável, uma reação forçada ao colapso econômico, diminuição da população e vingança européia? Essas questões não eram debatidas na aldeia: sinal talvez que a autoconsciência preocupada e psoríaca do país chegara ao fim.

E finalmente Martha se adaptou à aldeia, porque ela mesma não se atormentava mais com seus problemas particulares. Não debatia mais se a vida era uma banalidade ou não, e quais as conseqüências disso. Tampouco sabia se a tranqüilidade que ela alcançara era sinal de maturidade ou cansaço. Hoje ela ia à igreja como uma aldeã, ao lado de outros aldeões que guardavam seus guarda-chuvas na entrada cheia de goteiras e ouviam sermões inofensivos com seus estômagos dando sinais de que estava próxima a hora de comer o pernil de carneiro que o padeiro assara para eles. Esse era o costume: eles davam a carne para que o padeiro assasse. Uma pobre cabana, as flores e uma história: apenas mais uma bela poesia.

Na maioria das tardes, Martha costumava destrancar a porta dos fundos, e os patos batiam as suas asas, enquanto ela atravessava o passeio, e tomava a trilha do cavalo até a colina da Forca. Os andarilhos – ou, pelo menos, os de verdade – eram raros hoje em dia, e a trilha afundada ficava novamente tomada de mato a cada primavera. Ela usava um velho par de protetores para se proteger das urze-brancas, e mantinha uma das mãos erguida para afastar o mato. Aqui e ali um regato se derramava na trilha, fazendo as pedras brilharem cor de índigo sob seus pés. Ela subia com uma paciência só descoberta tarde na vida, chegando num pedaço de pasto comunal que cercava a moita de olmos na colina da Forca. Martha ficava sentada no banco, seu casaco roçando numa placa embaçada em homenagem a um fazendeiro há muito morto, e olhava de cima os campos que ele devia ter arado. Seria o caso das cores empalidecerem à medida que os olhos envelheciam? Ou na juventude a excitação diante do mundo inundava tudo aquilo que você via, tornando-o mais vivo? A paisagem que ela descortinava era cor de camurça e marrom-escura, cinza e cor de urtiga, castanho acinzentado, ardósia e verde-garrafa. Contra este fundo se moviam alguns carneiros castanho-claros. O pequeno sinal da presença humana também não destoava das leis naturais de discrição, neutralidade e desbotamento: o armazém púrpura do fazendeiro Bayliss, que já fora objeto de debates estéticos no comitê de planejamento do conselho da paróquia, estava agora ficando da cor de uma delicada equimose.

Martha reconheceu que também ela desbotava. Aquilo fora um baque certa tarde, quando ela passara um bom pito no pequeno Billy Temple por ter cortado os pés de malva-rosa do vigário com sua vara de salgueiro, e o menino – com os olhos em fogo, desafiador, as meias enroladas para baixo – manteve por um momento sua posição e então, ao virar-se para correr, gritara: – Meu pai diz que você é uma velha solteirona – ela foi para casa e se olhou no espelho: o cabelo solto, livre dos grampos, camisa de lã colorida sob um casaco cinza, feições cuja vermelhidão havia se imposto desdenhando décadas de pele tratada, e aquilo que lhe parecia – embora quem fosse ela para dizer? – uma brandura, quase uma leitosidade nos olhos. Está bem, então, velha solteirona, se era isso o que eles enxergavam.

No entanto, era uma estranha trajetória para uma vida: que ela, criança tão sabida, adulta tão desencantada, devesse se transformar numa velha solteirona. Ela não era uma daquelas tradicionais, que adquirira este status devido à virgindade da vida inteira, do cuidado em zelar por pais idosos, e um desdenhoso distanciamento moral. Martha se lembrava quando fora moda entre os cristãos, às vezes bastante novos, se declarar – baseados em que autoridade possível? – nascidos de novo. Talvez ela pudesse ser uma velha solteirona nascida de novo. E talvez também fosse o caso de, a despeito da luta interna de uma vida inteira, no final das contas, você não deixasse de ser como os outros a viam. Aquilo era sua natureza, quisesse ou não você.

O que faziam as velhas solteironas? Eram solitárias e, no entanto, participavam dos assuntos da aldeia. Tinham boas maneiras e pareciam ignorar toda a história da sexualidade. Tinham, às vezes, suas próprias histórias, suas vidas vividas, cujas decepções não gostavam de divulgar. Davam caminhadas saudáveis em quaisquer condições meteorológicas. Sabiam fazer misturas de uvas e levavam sopa aos doentes; guardavam pequenos *souvenirs*, cujo significado escapava à comprensão dos de fora. Liam o jornal.

Assim Martha parecia estar agradando a todos, além de dar satisfação a si mesma quando, a cada sexta-feira, fervia um pouco de leite para sua chicória matinal e se acomodava para ler a *Mid-Wessex Gazette*. Era com prazer que ela alimentava o seu provincianismo em pequenas doses. Melhor compartilhar a realidade que você conhecia; mais entediante, talvez, mas também mais adequado. Há muitos anos que o Médio-Wessex estava livre de desastres de avião e golpes de estado, massacres, prisões por drogas, fome na África e divórcios de Hollywood. Portanto, tais assuntos não eram relatados. Nem haveria ela de ler alguma coisa sobre a ilha de Wight, como era conhecida na ex-Inglaterra. Alguns anos antes, Anglia renunciara a todas as pretensões territoriais sobre o feudo do barão Pitman. Fora um abandono necessário, mesmo tendo algumas pessoas ficado impressionadas. *The Times of London* comentara com desdém que aquilo era um gesto de um pai falido a declarar desesperado que não se responsabilizaria mais pelas contas de seu filho milionário.

Ainda circulavam revistas em que se podia ler a respeito de coisas excitantes, e mais pesadas do além-mar. Mas não na *Mid-Wessex Gazette*, ou em qualquer um de seus iguais. Era verdadeiramente chamada de gazeta, já que não se tratava de um jornal que trazia notícias; ao contrário, era uma listagem daquilo sobre o qual havia um consenso, e daquilo que acabara de acontecer. O preço de animais e de rações, o preço de mercado dos legumes e frutas, os processos nos tribunais regionais e nos tribunais de pequenas causas, detalhes sobre móveis vendidos em leilões; casamentos dourados, prateados e apenas cheios de esperança; festas, festivais e a abertura de jardins ao público, esportes, resultados dos colégios, paróquia, distritos e reinos do centro, nascimentos, funerais. Martha lia todas as páginas, até mesmo – e especialmente – aquelas nas quais ela não tinha nenhum interesse óbvio. Examinava avidamente coisas vendidas nos quintais, stones e libras, por quantias em libras, xelins e pennies. Isto não chegava a ser nostalgia, pois a maioria dessas medidas fora abolida antes de ela ter muita consciência das coisas. Ou talvez fosse, e nostalgia de um tipo mais verdadeiro; não por aquilo que você conhecera, ou achava que conhecera na infância, mas por aquilo que você jamais poderia ter conhecido. Assim, com uma atenção que era artificial sem ser ilusória, Martha percebeu que a beterraba segurava o preço de 13,6 pennies pelo quintal, enquanto a bardana caíra um xelin na semana. Ela não ficou surpresa: que diabo fazia as pessoas pensarem que valia a pena comer bardana? Na sua opinião, a maioria dessas verduras retrô não eram consumidas por motivos nutricionais, ou mesmo por necessidade, e sim por uma afetação da moda. A simplicidade estava se confundindo com a automortificação.

A *Gazette* só relatava o que acontecia no mundo exterior de maneira contingente: como fonte de meteorologia, como destino de pássaros migratórios que partiam no momento do Médio-Wessex. Havia também um mapa semanal do céu noturno. Martha examinava isso com tanto cuidado quanto examinava os preços do mercado. Se Sirius seria vista, qual o planeta vermelho que brilhava perto do horizonte a Leste, como reconhecer o cinturão de Orion. Era assim, pensava ela, que o espírito humano deveria se dividir, entre o inteiramente local e o quase eterno. Quanto de sua vida ela gastara com tudo aquilo que ficava no meio: carreira, dinheiro, sexo, problemas do coração, aparências, ansiedade, medo, anseios. As pessoas talvez dissessem que ficava mais fácil para ela renunciar a isso tudo depois de prová-lo; mas que agora ela era uma velha, ou velha solteirona, e se fosse obrigada a arrancar campos de beterraba, ao invés de monitorar preguiçosamente seu preço, talvez passasse a se arrepender mais do que renunciara. Bem, isso também era provavelmente verdade. Mas todo mundo precisava morrer, não importa como se distraísse com as coisas que ficavam no meio. E a maneira como ela se preparava para seu eventual lugar no terreno recém-cortado da igreja era problema dela.

A festa da aldeia aconteceu num daqueles dias anglianos de começo de junho, que tinham vento e quando se é ameaçado constantemente por uma chuvinha fina, e nuvens apressadas passam atrasadas para seu compromisso no próximo reino da heptarquia. Martha olhou pela janela da cozinha para o passeio público triangular e inclinado, na qual uma tenda manchada sacudia suas cordas de amarração. Harris o ferreiro verificava a tensão delas e enterrava os grampos mais fundo, com uma marreta de madeira. Ele fazia isso de uma maneira exibida, com ar de dono, como se sua família tivesse recebido, há gerações, uma carta patente para executar esse bravo ritual. Martha ainda estava confusa quanto a Jez: por um lado, suas invencionices pareciam totalmente fraudulentas; por outro, aquele americano criado na cidade com um sotaque de brincadeira era um dos aldeões mais convincentes e dedicados.

A tenda estava firme; e eis que, dirigindo-se a ela no lombo de um cavalo, com o vento a bulir nos seus cabelos, ia a sobrinha loura de Jez, Jacky Thornhill. Jacky seria a Rainha de Maio, embora, como frisasse alguém, já era início de junho, o que, como também frisara uma outra pessoa, era irrelevante, já que maio se referia à árvore* e não ao mês, ou pelo menos era o que ela achava, indo todos consultar o sr. Mullin, o professor, que disse que iria fazer uma pesquisa sobre o assunto, e depois de fazê-lo veio relatar que o nome se referia à flor de espinheiro-alvar que a rainha usava tradicionalmente no seu cabelo. Isto tudo talvez fosse dar no mesmo, porque presumia-se que a árvore florisse em maio, mas, de qualquer maneira, a mãe de Jacky fez para ela uma pequena coroa de papelão pintado de dourado, e foi isso o que ela usou, e acabou-se a história.

Era o direito e o dever do vigário inaugurar a festa. O reverendo Coleman morava na velha casa paroquial, ao lado da igreja. Os vigários anteriores moravam num condomínio de casas com divisórias de gesso há muito em ruínas. A velha casa paroquial ficara vaga quando seu último proprietário leigo, um homem de negócios francês, voltara para seu país, durante as medidas de emergência. Parecera natural aos aldeões que o vigário morasse na casa paroquial. Era tão natural quanto uma galinha morar no galinheiro. Mas o vigário não deveria ficar presunçoso, tal como uma galinha não deveria se julgar um peru. O reverendo Coleman não deveria concluir, só porque voltara para onde seus antecessores haviam morado há

---

* A palavra inglesa *may* se refere tanto ao mês de maio quanto à árvore do espinheiro-alvar. (N. do T.)

séculos, que Deus voltara para sua igreja ou que a moralidade cristã constituía a lei da aldeia. Na realidade, a maioria dos paroquianos vivia, de fato, segundo um código cristão atenuado. Mas quando vinham à igreja no domingo, era mais pela necessidade de um convívio regular e o gosto por hinos melodiosos, do que para receber conselhos espirituais e a promessa da vida eterna, vinda do púlpito. O vigário tinha plena consciência de que não deveria usar sua posição para propor qualquer sistema teológico coercivo; ao mesmo tempo, aprendera logo que sermões moralizantes acabavam por merecer um botão de calça e um euro sem valor na salva de prata.

Assim, o reverendo Coleman não se permitira nem um comentário rotineiro sobre o Bom Senhor que fazia o sol brilhar sobre a aldeia naquele dia especial. Ecumenicamente, ele até fez questão de apertar a mão de Fred Temple, que viera vestido de diabo escarlate. Quando o fotógrafo da *Gazette* os fez posar juntos, ele pisou com malícia no rabo articulado de Fred, enquanto cruzava ostensivamente – e até mesmo de modo pagão – os dedos. Fez um breve discurso mencionando quase todo mundo da aldeia. Declarou que a festa estava inaugurada, e fez um gesto vigoroso de agora-é-com-vocês para a banda de quatro integrantes parada ao lado da tenda meio vagabunda.

A banda – tuba, trompete, sanfona e violino – começou com "Land of Hope and Glory", que alguns aldeões consideraram um hino em deferência ao vigário, e outros uma velha canção dos Beatles, do século passado. Uma procissão improvisada percorreu então o passeio público em velocidades não sincronizadas: Jacky a Rainha de Maio, encimando desajeitadamente um cavalo de tração lavado com xampu, cuja crina e tufos de pêlo nas patas esvoaçavam mais espetacularmente na brisa que os cachos que a mãe de Jacky fizera para ela com um permanente em casa. Fred Temple, com o rabo escarlate enrolado em volta do pescoço, controlava um barulhento veículo de tração, estrepitoso e cheio de correias! Phil Henderson, avicultor, gênio mecânico e candidato à mão da loura Jacky, estava em seu Mini-Cooper conversível, que ele encontrara abandonado num armazém e convertera a gás. Finalmente, o policial Brown, na sua bicicleta, brandia o cassetete, seu polegar esquerdo enfiado no cinto tilintante, com grampos de ciclista nos tornozelos, um falso bigode sobre o lábio, uma figura que evocava um passado quase imemorial. Este quarteto heterogêneo deu uma meia dúzia de voltas pelo passeio, até que a família ali reunida parasse de dar vivas para eles.

Havia barraquinhas de limonada e de ginger-beer; jogo de boliche com um porco como prêmio e adivinhe-quanto-pesa-o-ganso; um tiro-aos-cocos no qual, em deferência à longa tradição, metade dos cocos era colada às taças e faziam as bolas de madeira voltarem, ricocheteando em direção a quem as arremessou; uma banheira cheia de farelo de trigo, onde a brincadeira era achar as maçãs ali colocadas. Mesas instáveis em cima de cavaletes estavam apinhadas de bolo de sementes e conservas; geléias, gelatinas, *pickles* e *chutneys*. Ray Stout, dono do pub, com ruge nas faces e um turbante torto, a revelar um tufo de cabelo isolado, estava agachado numa barraquinha crepuscular, lendo a sorte com folhas de chá de lima. As crianças podiam brincar de pregar o rabo no jumento e fazer uma barba nos seus rostos com rolha queimada; então, por meio penny, podiam entrar numa tenda que continha três antigos espelhos que deformavam as silhuetas e levavam os guris a ficarem pasmos diante de suas imagens.

Mais tarde, à medida que a tarde avançava, havia uma corrida de três pernas, vencida por Jacky Thornhill e Phil Henderson, cuja habilidade neste evento desajeitado chegou a ponto de fazer os engraçadinhos comentarem que eles dariam uma boa combinação, inclusive no casamento. Dois jovens constrangidos, em bojudos casacos soltos de linho, deram uma demonstração de luta galesa; um deles, enquanto se preparava para tentar uma "égua voadora", ficava de olho no treinador Mullin, que julgava com uma enciclopédia aberta na mão. Para o concurso de fantasias, Ray Stout, guardando sua varinha mágica e rearrumando seu turbante, veio como Rainha Vitória. Também presentes estavam lord Nelson, Branca de Neve, Robin Hood, Boadicéia e Edna Halley. Martha Cochrane resolveu dar seu voto à Edna Halley de Jez Harris, mesmo tendo muita simpatia pela Rainha Vitória de Ray Stout. Porém o sr. Mullin tentou desclassificar o ferreiro baseado no fato de que era uma exigência do concurso que os concorrentes se fantasiassem de gente de verdade; por isso convocou-se uma reunião *ad hoc* do conselho da paróquia para discutir se Edna Halley era uma pessoa de verdade. Jez Harris se defendeu questionando a realidade de Branca de Neve e de Robin Hood. Algumas pessoas disseram que só se era real se alguém visse a gente; outras que só se era real se a pessoa estivesse num livro; outras ainda que só se era real se muitas pessoas acreditassem em você. As opiniões foram afirmadas em extenso, alimentadas pela cidra e a segurança advinda da ignorância.

Martha estava perdendo o interesse. O que lhe prendia a atenção agora eram os rostos das crianças, que estampavam uma enorme crença. Segundo seu ponto de vista, elas ainda não tinham alcançado a idade da incredulidade, somente a do espanto; de modo que mesmo que não acreditassem, também acreditavam. O anão, que parecia uma barrica e olhava para eles no espelho deformante, era eles e não era: ambas as coisas eram verdade. Elas viam com a maior facilidade que a Rainha Vitória não passava de Ray Stout com a cara vermelha e um cachecol envolto na cabeça, e, no entanto, acreditavam em Ray Stout e na Rainha Vitória ao mesmo tempo. Era como aquele velho enigma nos testes psicológicos: isto é uma taça ou dois rostos de perfil olhando um para o outro? As crianças podiam ir de um a outro, ou ver ambas as coisas ao mesmo tempo, sem qualquer problema. Ela, Martha, não conseguia mais fazer isso. Tudo que ela conseguia ver era Ray Stout, contente, a se fazer de palhaço.

Poder-se-ia reinventar a inocência? Ou era ela sempre construída, enxertada sobre a antiga descrença? Eram os rostos das crianças prova desta inocência renovável – ou não passava isso de simples sentimentalismo? O policial Brown, bêbado de tanta cidra, dava voltas no passeio público, com o polegar a tilintar sua campainha, saudando com seu cassetete todos por quem passava. O policial Brown, cujo treinamento de dois meses fora feito há muito tempo numa empresa particular de segurança, que não era ligado a nenhuma delegacia e que não pegara nenhum criminoso desde sua chegada à aldeia; mas que tinha o uniforme, a bicicleta, o cassetete e o bigode que estava agora se soltando. Isto parecia bastar.

Martha Cochrane deixou a festa à medida que o ar ficava pesado e a dança mais improvisada. Ela tomou a trilha do cavalo para a colina da Forca e sentou-se no banco a olhar para a aldeia embaixo. Teria mesmo existido uma forca ali em cima? Teriam os cadáveres ficado oscilando enquanto as gralhas arrancavam seus olhos? Ou seria aquilo, por sua vez, a versão fantasiosa e turística de algum vigário gótico há uns dois séculos? Ela imaginou brevemente a colina da Forca como ponto de atração da Ilha. Gralhas na corda? Um salto, preso por cordas, do patíbulo para se ter a sensação de como era, seguido de um drinque com o carrasco encapuzado? Algo assim.

Lá na aldeia acenderam uma fogueira, em torno da qual circulava uma fila de gente dançando a conga, liderada por Phil Henderson. Ele agitava uma bandeira de plástico com a cruz de São Jorge, santo padroeiro da Inglaterra, Aragão e Portugal, lembrou ela; e também protetor de Gênova e Veneza. A conga, dança nacional de Cuba e de Anglia. Fortalecida por mais cidra, a banda começara mais uma vez a desfiar seu repertório, como se fosse a única fita cassete disponível. "The British Grenadiers" dera lugar a "I'm Forever Blowing Bubbles"; em seguida, sabia Martha, viria "Penny Lane", seguida de "Land of Hope and Glory". A fileira de conga, uma lagarta de brincadeira, ajustava seu passo oscilante a cada mudança de melodia. Jez Harris começou a soltar bonecos saltadores, que perseguiam as crianças até elas darem berros e gargalhadas. Uma nuvem preguiçosa libertou uma lua corcunda. Sentiu um movimento sob seus pés. Não, não era um texugo, a despeito das histórias decorativas do ferrador; apenas um coelho.

A lua se escondeu de novo; o ar esfriou. A banda tocou "Land of Hope and Glory" pela última vez, em seguida fez silêncio. Tudo que ela conseguia escutar agora eram as imitações ocasionais de pássaros feitas pela campainha do policial Brown. Um foguete cortou, hesitante, o céu em diagonal. A fileira da conga, reduzida a três pessoas, dava a volta na fogueira que minguava. Fora um dia para se recordar. A festa havia se firmado; parecia já possuir sua história. Dali a um ano, seria coroada uma nova Rainha de Maio e novas sortes seriam lidas nas folhas de chá. Martha ouviu um outro barulho perto. Novamente não era um texugo e sim um coelho, destemido, a verificar o seu território. Martha Cochrane observou-o durante alguns segundos, colocou-se de pé e começou a descer a colina.

Este livro foi impresso na Editora JPA Ltda.
Av. Brasil, 10.600 - Rio de Janeiro - RJ
em agosto de 2000
para a Editora Rocco Ltda.